La Scala

Paola Barbato

Bilico

Rizzoli

ISBN *88-17-01171-1*

Prima edizione: maggio 2006

Il 5% del prezzo di copertina di questo libro sarà devoluto all'Associazione "Mauro Emolo" O.N.L.U.S. per la ricerca sulla *Corea di Huntington.*

Bilico

a Miglio e Alessandro:
per esistere davvero

capitolo primo

Il primo molare era stato tranciato alla base. Il premolare accanto, invece, nel momento dello scatto della pinza aveva ceduto, fuoriuscendo dalla gengiva con tutta la radice, e ora penzolava verso l'esterno, appoggiato al labbro. Gli incisivi erano stati un gioco da ragazzi, si erano allegramente dimezzati riducendosi a patetici monconi che si affacciavano dalla loro tana di carne. Giuditta scattò una foto. Sì, va bene, non era sua competenza scattare le foto, ne avrebbe avute a dozzine da studiare, ma era sempre stata certa di avere un occhio clinico, una visione «laterale» delle cose, la capacità di far emergere i dettagli invece del soggetto protagonista. Con i guanti in lattice di polietilene, di una misura troppo grande per le sue mani grassocce da bambina, frugò bene la bocca dell'uomo sotto la lingua. Le venne spontaneo constatare ancora una volta come la densità del sangue rappreso avesse una certa affinità con quella del sangue mestruale. «Morte per infarto miocardico acuto. L'assassino gli ha tenuto aperta la bocca con un divaricatore, reperto numero...» controllò la cartelletta «... sette. Ha immobilizzato la vittima legandola alla sedia e poi le ha tranciato alla base tutti i denti sani che le rimanevano in bocca per un totale di...» ulteriore controllo alla cartelletta «... quindici. Quattro incisivi, un canino, due premolari e due molari inferiori; due superiori, due incisivi e due canini. Ha avuto la cura di togliergli i ponti e un piccolo apparecchio prima di cominciare.» Pausa. E va bene, sottolineiamo l'ovvio. «La vittima è morta per il dolore. Non gli ha retto il cuore. Non ci sono altre cause conosciute.» Spense il registratore. Silenzio religioso, come sempre. Nei telefilm le criminologhe, le psichiatre criminali americane, le addette della scientifica sono sempre alte, belle e con uno sguardo dolente. Gli uomini le guardano con reverenza e temono di avvicinarsi troppo, quasi la figura femminile venisse rivestita di un alone etereo dovuto al contatto con la morte. Lei era bassa, tozza, né bella né brutta, copriva un po' tutte le mansioni e con le sue alter ego televisive aveva un unico punto in comune: spaventava gli uomini. Non era sempre stato così, ma lo era da qualche tempo. Probabilmente per il fatto che non distoglieva lo sguardo. Quale che fosse la carneficina che le si presentava davanti, che fossero uomini, donne, bambini o pezzi degli uni o degli altri, Giuditta Licari non distoglieva lo sguardo. Non arricciava il naso di fronte all'odore di sangue, urina, feci e morte che ammorba l'aria di ogni luogo del delitto (ed è prassi aprire le finestre solo dopo la rimozione dei corpi), non provava nemmeno un sussulto di empatia per lo strazio a cui assisteva, non ricollegava la scena alla sua causa diretta: urla, dolore, paura. Delirio. Crudeltà. Per lei erano concetti astratti. C'erano dati da riportare. Una gamba ritrovata dietro una scrivania? Era un reperto con un rudimentale disegno in gesso tutt'intorno, un campione di sangue da prelevare, una prova da preservare con cellophane e guanti asettici. Nient'altro. Non era «diventata così da», come molti colleghi sostenevano, cercando di dare una dimensione umana alla sua assoluta estraneità. Era sempre stata così. Giuditta Licari era sempre stata così.

* * *

Si erano spenti come fiammelle senza ossigeno i commenti dei compagni di scuola, così come i bisbigli nei corridoi al suo passaggio, da che era ancora bambina. La prima della classe, il massimo dei voti ottenuto con la disinvoltura di chi semplicemente impara. Sarebbe stata un bersaglio facile, con quella pelle grassa, i capelli sempre unti e appiccicati alla fronte anche in inverno, la corporatura tozza che con la pubertà invece di «fiorire» si era limitata ad assestarsi in un paio di tette solide e fianchi compatti. Ma già allora a ogni battutina, a ogni commento o dispetto, Giuditta rispondeva alzando lo sguardo e sorridendo appena. Come se fosse stata una spettatrice, invece che la vittima dello scherzo. Ben presto, più presto di quanto non ci si potesse aspettare, l'interesse crudele dei bambini verso chi è diverso, si era attutito, ovattato. Giuditta aveva preso la licenza media con il massimo dei voti, presentando una bella tesina sul pittore olandese Hieronymus Bosch, aveva proseguito diplomandosi con sessantasessantesimi al Liceo scientifico, si era iscritta a medicina, inanellando un esame dietro l'altro, un trenta dietro l'altro, con o senza lode. A chi le chiedeva come potesse attendere calma il suo turno per l'esame, senza nemmeno ripassare, rispondeva con il solito sorriso vacuo che lei sapeva, aveva studiato, non c'era ragione di avere paura. Aveva aperto la pancia alla prima rana senza un brivido, senza battere ciglio. Aveva sezionato il primo cadavere con lo stesso distacco, mentre la sua compagna di esercitazione dava di stomaco. Il suo nome era finito su una lista che era passata di mano in mano e da un certo momento in poi aveva saputo che la sensazione di essere tenuta d'occhio non era priva di fondamento. Si era laureata senza una sbavatura, entro l'anno accademico, con centodiecielode e una tesi intitolata *Tossicologia forense nel processo penale. Studio retrospettivo su una casistica di decessi per avvelenamento indotto da metalli pesanti*, per la quale aveva visitato gli obitori di mezza Italia e aveva ottenuto anche una riesumazione. Poi la specializzazione in anatomia patologica. Poi quella in psichiatria. Contemporaneamente l'inizio della collaborazione con la polizia, che naturalmente durava già da qualche anno in maniera riservata e ufficiosa. Di lei si sapeva tutto quello che c'era da sapere, non c'erano ombre né misteri, nessun trauma infantile da indagare, nessuna famiglia disastrata alle spalle, solo due genitori orgogliosi di origini modeste, il padre con la tendenza ad alzare la voce ma non le mani, la madre con quella di vedere nella figlia adorata una bellezza che non c'era, non c'era stata, non ci sarebbe stata mai. Una vita dedicata allo studio prima e al lavoro poi, qualche sporadica relazione, un appartamento e un'auto di proprietà, quarantun'anni dichiarati. Eppure molti dei suoi colleghi sarebbero stati pronti a giurare che Giuditta Licari non avesse mai vissuto, nemmeno un giorno della sua vita.

* * *

Naturalmente avevano torto. C'era un mondo intero che apparteneva a Giuditta Licari. Solo che tutti lo cercavano nel posto sbagliato, al di fuori di lei. Paradossalmente il suo distacco da ciò che la circondava derivava da una spasmodica curiosità innata che coinvolgeva tutto, vita e morte, senza alcuna distinzione. La scelta di un determinato colore di reggiseno, lo studio dei massimi sistemi, i tempi del rigor mortis, tutto rappresentava LA domanda. E ogni domanda, ogni urgenza di sapere, ogni avidità di conoscenza andava appagata subito, senza mezze misure, senza perdite di tempo. Il SAPERE, la capacità di DISCERNERE, avevano dato alla sua esistenza l'unico senso che le sembrava possibile. La noia, l'apatia, l'abulia rappresentavano per lei un vero inferno. Aveva brancolato per diversi anni, sprofondata nello studio di quanto fosse avvenuto nel diciassettesimo secolo, nei misteri della fotosintesi, nella immutabilità delle regole aritmetiche, trigonometriche, logaritmiche, e sempre, a lavoro concluso, le restava un senso di vuoto. Avrebbe potuto approfondire ogni tipo di dettaglio, affrontare ogni genere di esercizio, ma erano solo palliativi, l'essenza di ciò che voleva sapere era già stretta nel suo pugno piccolo e sudato. Fu per un caso, per una banalità estrema, che venne illuminata: ascoltando una discussione tra compagne di scuola su quale rossetto abbinare a un determinato ombretto. E l'ombretto al mascara, e il trucco all'acconciatura, e l'acconciatura al vestito, e il vestito all'occasione in cui indossarlo, e l'occasione allo scopo recondito che nascondeva, l'apparire, il mostrarsi, il far colpo definitivamente su quel Gianluigi ancora reticente che dietro i Ray-Ban nascondeva forse emozioni che potevano essere tradite dalla visione di quell'abito abbinato a quell'acconciatura e a quel trucco, quel mascara, quell'ombretto, quel rossetto. La Natura Umana colpì Giuditta come uno schiaffo. Eppure, santiddio, era sempre stata lì, intorno a lei, un materiale immenso a sua disposizione, una serie smisurata di prototipi unici, forse raggruppabili in gruppi e sottogruppi, ma inesauribili fonti di conoscenza e appagamento di curiosità. Perché Linda si stirava i capelli quando stava meglio con i suoi ricci naturali? Perché il professor Andreasi scendeva dalla cattedra quando doveva spiegare? Perché la bidella del secondo piano chiudeva sempre a chiave il bagno, dopo la ricreazione, solo perché tutti andassero a cercarla per riaprirlo, spinti dall'urgenza dei loro bisogni fisiologici? Le dava un senso di potere? Davvero la chiave di un cesso poteva dare senso all'esistenza di una donna? Giuditta, quindici anni compiuti a marzo, comprese allora quale sarebbe stata la sua materia di studio per il resto della vita: gli altri.

capitolo secondo

«Bene» esordì Lamberti. E quando Lamberti cominciava il discorso dicendo «Bene» significava che le cose stavano andando in qualsiasi modo fuorché bene. A quel punto tutti cominciavano a innervosirsi, eccezion fatta per Giuditta, che al massimo provava un vago moto di fastidio per quell'omuncolo dai capelli radi e la faccia da bulldog bastonato. In tempi molto più antichi e molto più cupi, Lamberti sarebbe stato fucilato come disfattista. Ogni caso che si presentava, dallo scippo allo stupro, dall'omicidio al rapimento, era ai suoi occhi destinato a rimanere irrisolto. E a nulla valevano le innumerevoli smentite accumulate negli anni. Lamberti viveva ogni successo del suo dipartimento come il preludio di una catastrofe che si avvicinava, e ogni riconoscimento come un onere in più da portare a fronte dell'onta che sarebbe un giorno caduta su di lui. Il massimo del complimento che un ispettore poteva aspettarsi da lui era: «Be', anche stavolta è andata». Cosa che faceva imbestialire Alessandro. Ma quello non era un buon momento per pensare ad Alessandro, così Giuditta si concentrò sulle foto. Erano buone, buone davvero, soprattutto quelle fatte alla bocca del vecchio. Miglio aveva usato molto contrasto, stava migliorando. Gli lanciò un'occhiata al di sopra del fascicolo. Miglio, l'agente Michelangelo Giglio, ascoltava l'ispettore capo Lamberti con la serenità con cui si ascolta un sermone in chiesa. Giuditta sorrise in quel suo modo vago. Miglio. Ventotto anni e non sentirli, ventotto anni di cui una bella fetta in polizia e credere ancora che il mondo sia un bel posto. Non era salito di grado, passato alla scientifica in fretta e furia subito dopo l'addestramento. Acuto osservatore, dotato di grande fantasia e colpo d'occhio, eccellente fotografo e funambolico nel muoversi sulla scena del delitto senza contaminarla, ma per l'amor del cielo, che nessuno gli mettesse in mano una pistola, che nessuno lo obbligasse a prendere una decisione o a partecipare a un'azione. Michelangelo Giglio, Miglio da sempre, per tutti, veniva dalla campagna. Quando i suoi superiori gli chiesero per la prima volta perché non mostrasse nessuna reazione apparente di fronte a un delitto, nemmeno a un bagno di sangue, Miglio aveva seraficamente spiegato che i suoi avevano un allevamento di mucche e polli con annesso macello, e che lui stesso aveva cominciato a tirare il collo alle galline non più tardi dei cinque anni. Il sangue e la morte non gli facevano impressione; una volta un operaio era finito in un ingranaggio e quello che ne era venuto fuori non era stato un bel vedere, ma lui non aveva vomitato nemmeno allora. «L'uomo è un animale particolare, signore» aveva detto in quell'occasione. «Si adatta a tutto. Nessun altro animale ha un tasso di adattabilità alle circostanze così alto come l'uomo.» C'era naturalmente il rovescio della medaglia: Miglio era un ambientalista convinto, capace di piangere per il crollo della Torre Trephor sulle Dolomiti e di venire alle mani con un collega perché non aveva buttato un fascicolo di carta nell'apposito contenitore del riciclaggio. La scientifica era così contenta di lui da mandar giù la zazzera bionda troppo fuori ordinanza (che durante i rilevamenti lui diligente riordinava in improbabili codini, usando tutte le forcine, mollette ed elastici che la fidanzata gli metteva a disposizione) e gli abiti appariscenti che lo facevano assomigliare a un cantante hip hop. Miglio era bravo. E poteva migliorare. Giuditta avvicinò la foto della bocca a una di quelle che aveva scattato lei con la sua tascabile. Quasi identiche. Quasi, naturalmente. In quel mentre seppe che Miglio la guardava, come la guardava sempre, da lontano. Terrorizzato e attratto da una donna che nessuna logica avrebbe dovuto rendergli appetibile. Miglio aveva paura, come tutti. E a Giuditta la paura di Miglio piaceva più della paura di qualsiasi altro uomo. Un giorno si erano ritrovati insieme in ascensore. Giuditta aveva premuto il tasto di stop. L'allarme aveva cominciato a suonare. Lei aveva guardato Miglio. Miglio aveva guardato lei. Non avevano fatto altro per alcuni lunghissimi minuti, finché qualcuno da sotto non aveva sbloccato l'ascensore. Lei ne era uscita sorridendo appena, lui grondante di sudore e con un'inspiegabile erezione. Non si era mai chiesto perché quella donna tanto sgradevole lo attraesse così. Non si era mai soffermato molto, a dire il vero, sul fatto che quasi tutte le donne del dipartimento avrebbero dato qualsiasi cosa per poterselo infilare tra le gambe; Miglio non ci badava, proprio non se ne accorgeva. Era fidanzato con una ragazza carina che stava per laurearsi in odontoiatria. Lui voleva salvare il mondo dall'inquinamento e fotografava morti squartati. Era la sua normalità. Miglio non si faceva domande.

* * *

«Mi sembra» cominciò in tono strascicato Lamberti, «che non stiamo andando da nessuna parte. Tre morti e nessun sospettato. Tre morti e nessun indizio. Tre morti, giornali e media non parlano d'altro e i miei migliori uomini che si grattano i coglioni tutto il giorno. Allora, cosa vogliamo fare?»

Silenzio.

«Tracce? Impronte? Collegamenti tra le vittime?»

Silenzio. Occhi bassi. Lamberti sospirò profondamente. Quella parte non piaceva a nessuno, nemmeno a lui.

«Dottoressa Licari. La prego.»

Giuditta si alzò. Lentamente abbassò le veneziane a tutte le finestre. Lentamente spinse avanti il carrello delle diapositive. Lentamente girò intorno alla scrivania.

«Signore...»

Mandando giù, Lamberti le lasciò il posto.

«Le foto le abbiamo viste tutti, quindi cerchiamo di non avere reazioni fuori luogo. Prima vittima.»

Prima diapositiva: una giovane donna stesa a terra di fianco a un divano. Un paio di sacchetti di cellophane avvolti intorno alla testa pieni di sangue e vomito. Niente altro.

«Chiara Telli, venticinque anni, torna dalla discoteca, prima è stata a cena con degli amici; ha mangiato e bevuto, nel locale ha bevuto ancora, almeno tre cocktail. L'assassino lo sa. L'aspetta nascosto in corridoio o forse già in casa. Lei è ubriaca, non ha la prontezza di difendersi. Lui o lei le infila i sacchetti in testa e stringe abbastanza da lasciarle un segno sul collo, ma non da soffocarla. Comincia a tempestarla di pugni e calci nello stomaco, la vittima reagisce vomitando tutto quello che ha mangiato e bevuto, nel frattempo comincia a consumare il poco ossigeno che le resta, l'assassino continua a colpire, lei a respirare il vomito e quindi a continuare a vomitare sino a buttar fuori solo succhi gastrici e sangue e a morire asfissiata.»

Seconda diapositiva: una specie di quadro astratto. Un corpo sezionato e ricomposto in maniera «artistica» su un tappeto persiano, probabilmente originale.

«Lucia Astuni, trentotto anni. Uccisa in pieno giorno. Nel suo palazzo si sta ristrutturando il piano di sopra e c'è un baccano d'inferno. L'assassino, lui o lei, prepara in anticipo due cavalletti e alcune assi fuori dalla porta. Si presenta alla vittima, le spara al cuore con una calibro 9 e la uccide sul colpo. Poi introduce in casa, sempre ammesso che non l'abbia fatto prima, i cavalletti e le assi. Stende il corpo nudo della donna, che NON subisce alcun tipo di attenzione di natura sessuale – se si escludono fotografie o eventuali atti di autoerotismo, di cui però non è stata rilevata traccia –, sulle assi e con una sega elettrica le taglia testa, arti, mani e piedi. Subito dopo con un attrezzo non meglio identificato, probabilmente un tronchese, taglia tutte le dita delle mani e dei piedi. A questo punto stende i pezzi sul tappeto e ricompone il corpo della donna come una sorta di scultura astratta. Le dita vengono disseminate sul corpo con una logica ancora da chiarire.»

Terza diapositiva: la bocca spalancata dell'uomo.

«Ermes Iannoni, settant'anni. Qualche anno fa aveva affrontato un intervento chirurgico lungo e complesso alla tiroide per un carcinoma, e durante l'intervento la lesione al nervo ricorrente gli aveva procurato la paralisi totale delle corde vocali. Parlava tramite un sintetizzatore vocale a inferenza meccanica, uno di quegli affari a vibrazione che si premono contro la gola, per capirci. È stato scelto perché non potesse urlare. Probabilmente ha aperto lui stesso all'assassino, che presupponiamo avesse una maggiore forza fisica poiché lo ha immobilizzato, legato, si è sbarazzato di tutte le protesi e gli oggetti d'impaccio all'interno della bocca, gliel'ha tenuta spalancata a forza con un divaricatore e gli ha tranciato i denti con una banale pinza, non necessariamente dentistica. Dei quindici denti "trattati" solo due erano devitalizzati. L'uomo è morto per arresto cardiaco, dovuto con ogni probabilità al dolore, in quanto i danni arrecati alla parte orale non possono definirsi mortali. Luce.»

Un silenzio pesante come una cappa era sceso sulla stanza. Giuditta aveva elencato quegli orrori come se stesse leggendo la lista della spesa. Aspettò a braccia conserte che qualcuno dicesse qualcosa. Alla fine, per questione di grado, Lamberti azzardò un:

«Allora?».

Giuditta venne avanti girando intorno alla scrivania e vi si appoggiò con la schiena, le mani sul piano. Questa parte le piaceva. Le piaceva saperne più di tutti gli altri. Succedeva spesso, ma in quei momenti particolari le dava un piacere ancora più intenso. Sarà stato per la presenza di Miglio. Forse.

«Il nostro assassino o la nostra assassina se ne frega dell'identità delle vittime. Inutile cercare legami tra loro o legami con chi li ha uccisi. Vengono scelti puramente per questioni pratiche. L'assassino ha una fantasia e vuole realizzarla, ma prima deve trovare le condizioni adatte. Un palazzo con un frastuono che copra grida e rumori di seghe elettriche, un vecchio senza voce, una ragazzotta sbronza tutte le sere che abita da sola. Sceglie la SCENA. E se sceglie la scena è perché si deve dare una RECITA, e una recita la dà generalmente un ATTORE. Mi seguite?»

Forse non del tutto, ma a ogni buon conto...

«Lui non uccide per le vittime. Non uccide per noi né per un ipotetico pubblico. Uccide per se stesso o per se stessa. Mette in piedi uno spettacolo a proprio uso e consumo, di cui è regista e protagonista. Pone l'accento di volta in volta su ciò che lo interessa di più. Dettagli anatomici per la Astuni, per esempio. Sopportazione del dolore per Iannoni. Valutazione del tempo necessario all'asfissia nella Telli. Sono solo ipotesi, di certezza ne abbiamo una sola. Lo fa perché gli piace. O le piace.»

«Perché continua a dire che può essere una donna piuttosto che un uomo?» chiese uno in prima fila.

«Mia zia Olga può spezzarti un braccio con una mano sola. Tutte e tre le vittime non erano particolarmente robuste e le circostanze della loro morte, la prima ubriaca persa, la seconda freddata con un colpo al cuore e il terzo un anziano, lasciano aperta l'ipotesi di un serial killer donna.»

«Be', ma ci potrà ben dare qualche elemento, un profilo, un indizio» sbottò Lamberti.

«Certo. Il trailer.»

Silenzio del tutto attonito, salvo una smorfia di Miglio che cercava di non sorridere. Lui la storia del trailer la sapeva già.

«Vicino a ogni cadavere lascia un indizio sulla modalità con cui ucciderà la prossima vittima. Facciamo degli esempi concreti. A casa della Telli c'era della segatura spazzata in un angolo. In un primo momento avevamo pensato che la segatura si getta normalmente a terra per pulire vomito, pipì di cane eccetera, invece era un indizio per l'omicidio Astuni: segatura, sega elettrica per sezionare il corpo su delle assi. È chiaro? Ora guardate la foto del collo della povera Astuni e vedrete che il tappeto è leggermente ripiegato in sotto… No, aspettate, questa foto non va bene.»

Miglio arrossì sino alla radice dei capelli. Nella sua foto si vedeva benissimo il collo mozzato, ma l'angolo del tappeto restava semi nascosto. Giuditta mostrò un ingrandimento della SUA foto.

«Dicevo, vedete l'angolo del tappeto arrotolato? Lì dentro c'era un dente strappato riconducibile, o addirittura appartenente – il test del DNA è in corso –, alla prossima vittima, il povero signor Iannoni. Dunque, riassumendo questa faccenda del trailer:

- le vittime non sono collegate;
- l'assassino non le conosce personalmente, le seleziona con appostamenti e pedinamenti, quindi le sceglie per le ambientazioni;
- l'assassino uccide per se stesso, per il piacere di farlo, e si prepara meticolosamente assaporando questo piacere anche per lungo tempo;
- lascia un indizio, che non è una vera e propria firma né una sfida lanciata a noi, ma è un trailer, ovvero un assaggio del prossimo spettacolo nel quale si esibirà. Per se stesso.»

«E il… come lo chiama lei… "trailer" di questa volta dove sarebbe?» chiese Lamberti.

«Ah, io non lo so» rispose Giuditta serafica: «Lei ha letto *La lettera rubata*?».

capitolo terzo

«Cosa cerchiamo?»

«Qualcosa.»

Giuditta e l'agente Michelangelo Giglio, guanti e soprascarpe indossati (anche se ogni contaminazione possibile e immaginabile del luogo del delitto era già avvenuta con la rimozione del cadavere), stavano fermi in mezzo al salotto del fu signor Iannoni. Erano gli unici che si erano resi disponibili a fare quell'ennesimo sopralluogo fuori orario, tanto caldeggiato da Giuditta quanto osteggiato da Lamberti e scantonato dai colleghi. Non si sarebbe detto che lì dentro fosse stato ucciso qualcuno. In fondo il sangue perso non era stato tanto, la moquette ne conservava delle tracce brunite che avrebbero potuto essere qualsiasi cosa.

«Cos'era la faccenda della lettera?»

«Un racconto di Poe. Il succo è che spesso si cerca una cosa pensando che sia stata nascosta in maniera tattica, ragionata, mentre in realtà l'oggetto è bene in vista sotto gli occhi di tutti. Solo che si è così intenti a cercare nascondigli che non lo si vede.»

«E quindi?»

Beata ingenuità. Si voltò a fissarlo perché vedesse bene le parole sillabate dalla sua bocca.

«E quindi, Miglio, le altre due volte dove erano i trailer? Uno in un angolo per terra e l'altro arrotolato nel tappeto. Non erano così nascosti, anzi, erano belli in evidenza!»

«Ah, ecco.»

Restarono fermi ancora un po'. In questo Miglio era bravo, capiva che stare fermo qualche volta era più utile. Aiutava a mettere a fuoco. La presenza di Giuditta glielo rendeva difficile. Quando la osservava non si soffermava mai sul seno o sui fianchi. Spesso le guardava le gambe, tornite, solide. Non portava mai gonne corte eppure era sicuro che anche le cosce dovessero essere sode. La sua ragazza era esile e filiforme, con un seno sfacciato che puntava il cielo sbattendosene dei reggiseni. Aveva i fianchi morbidi e vellutati come quelli di un'adolescente. Si sforzò di non guardare le caviglie di Giuditta. Voltò lentamente la testa verso il divano del salotto, il tavolino, le riviste, la tv, il telecomando, il tavolino senza nessuna foto, riviste di enigmistica, un elefante di ceramica sopra il televisore, il tavolino con su le riviste, il telecomando, il posacenere, le riviste di enigmistica, forse in mezzo la guida tv, il telecomando, l'elefante di ceramica, il tavolino, il posacenere...

«Non ci sono foto. Né sul tavolino né in giro, a parte quella dei genitori in camera da letto. Non aveva affetti.» La guardò. «Non da mostrare, almeno.» Miglio, così ingenuo, così sveglio.

«Pare di no. Dai primi accertamenti risulta che fosse omosessuale. Lo si sapeva, era stato vittima di piccoli atti vandalici tempo fa, ma niente di eccessivamente sgradevole. Era sempre stato discreto, nessun compagno fisso, nessuna relazione pubblica.»

«Ah, ecco.»

Miglio puntava.

«L'assassino lo sapeva. Lui non sceglie la vittima, ve l'ho spiegato, sceglie il teatro d'azione. Ma poi si prepara, e preparandosi impara a conoscere la vittima. Ha tempo. Ha pazienza. Ricordi la seconda, quella fatta a pezzi?»

«Sì.»

«Le dita delle mani erano posizionate tutte come chiari riferimenti sessuali. I due pollici sui capezzoli, i due medi nella vagina e nell'ano, un indice sul clitoride, l'altro in bocca, sotto la lingua. Gli anulari e i mignoli erano bloccati nel solco delle natiche, come per divaricarle. Ma era un bluff.»

«A-ah.»

Non era certa che la stesse ascoltando. Ma nel dubbio Giuditta continuò.

«È la posizione delle dita dei piedi che ci interessa. Erano messe in fila sulle cosce. Ecco, vieni qui.»

Si stese sul pavimento, lontana dal sangue. Miglio si scosse, impreparato a vederla stesa a terra.

«Avanti, vienimi sopra. Sdraiati tenendoti su con le braccia, come se dovessi...»

«Sì. No. Va bene.»

Miglio incespicò nelle parole, nei passi e nei fatti, e quando si fu posizionato avrebbe potuto candidarsi per le olimpiadi di atletica, tanto era perfettamente rigido e allineato il suo corpo. Se tendeva ancora un po' i muscoli delle braccia avrebbe potuto sollevare le gambe e rimanere orizzontale. Da strappare un applauso. Giuditta non sorrise, non sorrideva mai quando insegnava qualcosa, nemmeno a Miglio.

«Ok. Ora io sto a gambe chiuse. Se tu dovessi divaricarmele a forza, avessi le mani impegnate e ti fossi accorto che con le ginocchia non ce la fai, cosa useresti?»

«Cioè, per divaricarle?»

«Sì, Miglio. Sei uno stupratore, mi vuoi aprire le gambe, mi devi tenere ferme le braccia, ci provi con le ginocchia e non ci riesci. Cosa fai?»

Miglio si illuminò.

«Uso i piedi!»

«Esatto. Infili un piede in mezzo, fai forza, poi appoggi il ginocchio sull'addome e infili l'altro. Le apri e infili il resto. Ok?»

«Ok.»

«Ora puoi alzarti?»

«Sì.»

Miglio si alzò ruotando le spalle a Giuditta perché non

si accorgesse dell'evidenza, di cui ovviamente lei si era già accorta.

«La vittima, la Astuni, aveva subìto un tentato stupro dal suo datore di lavoro anni fa, e lo inchiodarono perché le lasciò l'impronta della scarpa sulla coscia. Lei riuscì a scappare e lui si beccò tre anni.»

«Cazzo!»

«Questo l'assassino lo sapeva. Le dita dei piedi sono state messe in fila nella stessa posizione in cui dovevano essere quelle del datore di lavoro in quel momento. Il taglio della testa, le dita delle mani, sono tutte stronzate, servono a fare scena e a confondere le idee. Il messaggio è sempre lo stesso: io sapevo, io la conoscevo, io mi ero documentato. Ci tiene a far capire che è meticoloso, che è preciso, che non lascia nulla al caso. Che fa un lavoro ben fatto e vuole un dieci e lode. Non da noi, piuttosto da se stesso, ma se lo capiamo il dieci e lode ce lo becchiamo anche noi.»

«Posso averlo io, questa volta?»

«Se te lo meriti, Miglio.»

«Quando arrivano Morabito e quelli della scientifica?»

«Visto che "tecnicamente" non si tratta di omicidio, che la zona è stata isolata e noi ufficialmente non siamo nemmeno qui, verranno con comodo domattina presto... Tra poche ore, ormai. Perché?»

«Iannoni aveva subito un intervento alla tiroide, giusto?»

«Giusto.»

«Aveva le corde vocali paralizzate, giusto?»

«Giusto.»

«Quindi non cantava l'opera, magari stava attento a non prendere freddo alla gola, a non tossire, a non fumare e a non far fumare in sua presenza.»

«Esatto.»

«E allora com'è che c'è un mozzicone nel posacenere?»

Giuditta lo guardò e gli fece una carezza.

«Cioè, lo hanno trovato dopo qualche giorno perché

nessuno aveva dato l'allarme, non riceveva amici, lui non fumava, e quindi...»

«Quindi abbiamo trovato la nostra lettera rubata e possiamo tornare in centrale a stendere un rapporto. Non ufficiale, naturalmente.»

Si sfilò i guanti rivoltandoli e mettendoseli in tasca. Levò le soprascarpe mentre Miglio, che aveva superato l'impasse dell'erezione, faceva lo stesso.

«Giuditta?»

«Michelangelo?»

«Di' la verità. Tu pensi che sia un uomo.»

«Diciamo che qualcosa me lo fa sospettare.»

«Cioè?»

«La mancanza di prove che sia un uomo.»

* * *

Erano le tre di notte passate quando rientrò a casa. Accese la luce di ogni stanza giusto il tempo di attraversarla, poi la spense. Abitudini che le aveva tramandato suo padre, un baluardo contro lo spreco. Era una casa fioca, illuminata solo da lampadine da 40 watt. Una casa anonima che sarebbe potuta appartenere a chiunque. Gli abiti negli armadi erano i suoi, i fogli sulla scrivania, il computer e i testi di medicina legale e psichiatria indicavano chiaramente che era lei ad abitarvi. Ma non c'era altro. Nemmeno lei teneva foto sui mobili, e la casa l'aveva acquistata già ammobiliata, la biancheria gliel'aveva data sua madre, il televisore, gli accessori da cucina, i prodotti nel bagno erano dozzinali. Giuditta sorrise, pensando quanto quella casa fosse un gioco di scatole cinesi dominato da una sola cosa: la volontà. Una casa anonima? No, casa SUA. Le camicette nell'armadio erano appese in un certo ordine. Non per colore o per tessuto, ma secondo uno schema che solo lei conosceva. I libri non erano ordinati né per altezza, o autore, o colore, o casa editrice, sembravano messi alla rinfusa, e invece erano riposti nell'ordine stretto in cui li aveva letti, e questo solo lei poteva saperlo. Era consapevole che questa forma di ordine mentale apparteneva soprattutto ai soggetti autistici, ma se gli autistici venivano chiamati «pazzi geniali» doveva pur esserci una ragione. Giuditta aveva imparato a guardare sempre oltre le cose, oltre la loro apparenza e soprattutto oltre la loro prima sostanza. Accese il computer. Si collegò. Aprì il programma di messaggi.

Lui c'era, l'aspettava.

Aries: «Torni a quest'ora?».
Nova: «Ho lavorato fino a tardi».
Aries: «Stanca?».
Nova: «Un po'. Ti dispiace se chiacchieriamo domani?».
Aries: «Ok».
Nova: «Buonanotte».
Aries: «Buonanotte».

Spense il computer. Si infilò sotto le coperte. Prese sonno quasi subito.

* * *

Alle 4:02 il telefono squillò.
«Pronto?»
Silenzio.
«Pronto?»
Silenzio.
«Alessandro?»
Linea interrotta.

capitolo quarto

L'ispettore Alessandro Amadei aveva dato segni di squilibrio intorno ai trentasei anni. Il primo episodio grave fu dopo un lungo inseguimento in macchina, uno spacciatore che avevano individuato a uno svincolo della tangenziale. Amadei lo aveva letteralmente speronato con l'auto e poi, incurante del fatto che il sospettato fosse ferito e perdesse sangue dalla fronte, lo aveva estratto dalla macchina, gli aveva infilato la pistola in bocca e aveva cominciato a gridargli di dire i nomi dei suoi complici e subito! Parlando a voce bassa e molto lentamente, il collega che aveva toccato con lui i 210 chilometri orari sulla Saab di servizio e nel contempo aveva ritrovato una fede fervida, gli aveva suggerito di togliere la canna della pistola dalla bocca dell'uomo, se voleva che gli rispondesse. Non ci fu nessun rapporto ufficiale, quella volta, ma qualcosa trapelò, e Amadei iniziò a essere tenuto d'occhio. Ci fu poi la rapina in cui un collega ammise che – non l'avrebbe giurato – ma gli era parso che il primo ad aprire il fuoco fosse stato l'ispettore, e non i rapinatori. Poi c'era stato il primo ferito. Poi un secondo. Poi un collega preso di striscio. «Ma in quel casino non ci capivo più niente!» si difese Amadei. Peccato che il casino lo stesse facendo solo lui. Finché ci era scappato il morto. Una rapina in banca con una pistola giocattolo, a viso scoperto, un dilettante, che all'arrivo della polizia si era arreso subito, era corso fuori agitando il pezzo di plastica: «Mi arrendo! Mi arrendo! Non sparate!». Alessandro lo aveva freddato con un colpo solo. Ed era stato sospeso. Si era evitata l'inchiesta, ma il prepensionamento era stato d'obbligo. In fondo l'ispettore Amadei aveva reso fior di servigi al suo paese «prima di cominciare ad avere i suoi "problemi"». All'epoca Alessandro e Giuditta avevano interrotto la loro relazione già da un paio di anni. La ragione apparente era l'ostinazione di Giuditta nel non volersi sposare. Quanto meno era quello che aveva fatto credere. La realtà era che Giuditta sapeva che Alessandro era pazzo. O psicotico, se il termine disturbava di meno. Aveva avuto modo di conoscere tutte le sfumature dei suoi comportamenti maniacali e la sua violenza sopita, addormentata. Alessandro era sempre stato nervoso e lo era diventato ancor di più dopo la loro rottura. Quando qualcuno doveva lasciargli un plico o passargli una comunicazione interna, all'intestazione «A. A.» veniva spesso aggiunta a penna una terza «A», perché molti avrebbero giurato che presto l'ispettore si sarebbe dovuto trovare un altro lavoro. Le voci su lui e Giuditta non si erano mai spente. Si erano lasciati? Non si erano lasciati? Formalmente dicevano di sì, ma di fatto arrivavano alla centrale insieme e se ne andavano sempre insieme, ognuno sulla rispettiva macchina. Più di una volta l'ispettore Amadei era stato visto dietro il vetro dell'obitorio a guardare la dottoressa Licari sezionare un cadavere. E più di una volta la dottoressa Licari aveva trovato il suo armadietto scassinato, i propri oggetti frugati e spesso trafugati. Non aveva mai segnalato la cosa ai suoi superiori, si era limitata a far cambiare la serratura dell'armadietto e, quando era diventato davvero troppo sfasciato, a cambiare armadietto. Le avevano chiesto di seguire personalmente, come psichiatra interna del dipartimento, il caso dell'ispettore, per capire se fosse recuperabile, magari una vacanza gli avrebbe giovato. Giuditta non si era opposta, si era limitata a guardare bene in faccia la persona che le aveva proposto una simile assurdità. E a sorridere.

Poi erano cominciati gli incidenti.

E un giorno la scrivania di Alessandro era rimasta vuota.

I bene informati ci avevano tenuto molto a farle sapere che Alessandro non solo aveva lasciato il posto di lavoro, ma aveva anche venduto la casa, la macchina, chiuso il conto in banca e che era sparito. Pensavano che l'avrebbero ritrovato in un fosso, ubriaco fradicio, morto per overdose o per un colpo alla testa. Giuditta sapeva che non era così. Alessandro non aveva mai bevuto e non avrebbe cominciato ora. La parola droga gli dava il voltastomaco. E il tempo per suicidarsi non era ancora arrivato. Inoltre sapeva che non era sparito. Gli uomini come Alessandro non spariscono. Non chiedono il permesso quando entrano nella tua vita né la tua autorizzazione per uscirne. E per quanto tu creda di poter cambiare la serratura, loro hanno sempre la chiave per rientrare. L'hanno sempre.

* * *

Aries: «Allora questo pomeriggio sei in vacanza?».
Nova: «Sì. Infatti pensavo di non trovarti».
Aries: «È un caso. Sono in studio, volevo rivedere alcuni grafici».
Nova: «Scusa, non volevo rubarti tempo».
Aries: «Tu non mi rubi mai tempo. Semmai me lo regali».

Giuditta si stiracchiò indietro. Le iniezioni di banalità di Aries le facevano tremendamente bene. Tanto scontato e prevedibile era lui tanto scontata e prevedibile si mostrava lei, nel suo alter ego di ventottenne bionda responsabile del reparto profumi di un grande magazzino. La facilità di essere qualcun altro nascondendosi dietro l'esile sagoma di un led l'aveva solleticata non appena era scoppiata la moda delle chat line. Aveva intrecciato moltissime relazioni, quasi solo con uomini, ma c'erano state anche un paio di donne interessanti da leggere. L'ultimo in ordine di tempo era Aries, architetto di trentasette anni, probabilmente sposato, amabile conversatore, forse troppo caramelloso (ma del resto il personaggio che lei si era creata non lasciava ampi spazi a dissertazioni filosofiche), eccezionale amante virtuale. Buttò un occhio alla finestra dalle tapparelle abbassate. La poca luce che filtrava le fece capire che stava imbrunendo.

Nova: «Come sei dolce! Ma davvero sento di non aver nessun diritto di interrompere il tuo lavoro».
Aries: «Be', potresti anche aiutarmi, invece...».
Nova: «Io! Non ti voglio nemmeno dire che voti prendevo a scuola!».
Aries: «Dài, Nova, non c'entrano proprio niente i voti. E poi non penso che tu fossi obbligata a studiare la trigonometria, no?».
Nova: «Non so nemmeno cos'è! È una specie di matematica, no?».
Aries: «Sì, esatto».

Giuditta si raddrizzò di colpo. Ne aveva mangiata tanta di trigonometria negli anni di liceo! E di parentela con la matematica aveva soltanto i numeri. Ma forse era stata una risposta semplificata per toglierla dall'imbarazzo...

Nova: «Radici quadrate e roba del genere...».
Aries: «Infatti».

Stava mentendo. Aries le stava mentendo. Medie... liceo scientifico o scuola per geometri... poi la laurea in architettura...

Nova: «Non capisco cosa ci trova un cervellone come te in una come me. Scommetto che al Politecnico hai preso centodieci e lode! Ho vinto?».
Aries: «Hai vinto, cervellina!».

E bravo Aries. Giuditta si appoggiò nuovamente allo schienale della sedia, ma aveva una luce nuova negli occhi.

La laurea in architettura al Politecnico arriva fino a cento. Sì, tutti mentono in internet, ma pochi erano riusciti a fregarla. Aries ci era riuscito. Due mesi a raccontarle di cantieri, di viaggi d'affari, di progetti, palazzi, interni, esterni... Balle. Tutte balle. E raccontate davvero bene, con un certo stile. Chissà se aveva davvero trentasette anni, chissà se era davvero biondo con i capelli ricci, chissà se era davvero scontato, prevedibile, caramelloso. Una donna normale si sarebbe arrabbiata, ma Giuditta non era una donna normale, e se c'era una cosa capace di risvegliarle l'anima (e non solo) era la curiosità. «Ne uccide più la curiosità che la spada», si diceva sempre, parafrasando il proverbio. Dipende da chi la brandisce, però, la spada. Si arrotolò la gonna fin sopra i fianchi. Quella giornata sarebbe rimasta nella sua memoria come «interessante».

Nova: «Be', avrò anche un cervellino, ma ho qualcos'altro di notevoli dimensioni... come te, del resto...».
Aries: «...».
Nova: «... o in studio certe cose non le puoi fare?».

* * *

Giuditta si stava vestendo. Quella sera sarebbe stato inevitabile uscire. Aries l'aveva stimolata ma non appagata, non del tutto. Nel corpo, forse, ma restava sempre la mente, assetata, avida, esigente. Giornate come quella nascevano per galvanizzare tutti i lati del poliedro che componeva la sua persona. Aveva bisogno di osservare, di succhiare, di assorbire. Cercava di non abusare di questo hobby che con gli anni si era trasformato in una droga. L'hobby che poi era la sua ragione di vita, che poi era la base del suo lavoro, che poi era ciò che l'aveva resa la persona che era.

* * *

La settimana precedente era stato il turno dei cuori solitari. Allora Giuditta aveva scelto con cura un ristorante romantico, nel quale si era presentata truccata pesantemente, vestita in maniera dimessa, interpretando la malinconica parte di donna abbandonata e patetica che ritorna come una vittima sul luogo del delitto, il luogo dove, forse, un tempo era stata felice con un uomo. Si preparava meticolosamente a quelle piccole recite scolastiche: beveva molto – quanto meno agli occhi degli altri – e si perdeva in fissità malinconiche, gli occhi fintamente lucidi, sempre sull'orlo del pianto. Ma intanto cacciava. Il suo hobby poteva avere molti nomi morbosi che non centravano mai la definizione precisa. Guardonaggio? Studio del genere umano? Voyeurismo? Analizzava le coppie intorno a sé e giocava a pronosticare gli esiti delle loro serate. Alcuni erano scontati, le coppie collaudate, quelle dove lui tradiva lei, quelle dove lei tradiva lui, quelle dove entrambi si tradivano e lo accettavano, quelle dove entrambi si tradivano ma non l'avrebbero mai accettato dall'altro, quelle di due che non si conoscevano e non si sarebbero mai conosciuti, pur essendo sposati. Poi c'erano le coppie nuove, quelle clandestine, e quelle più divertenti: le coppie nuove che quella sera avrebbero deciso se fare il grande passo ed entrare nella clandestinità, consumare l'adulterio di uno, dell'altro o di entrambi. Scelse una di queste, quella sera, li seguì a distanza. Lei era tentennante, lui interpretava in maniera pessima il cavaliere dall'animo nobile e comprensivo. Giuditta scommise che lei avrebbe ceduto. E perse. Cinque minuti dopo lei uscì dall'auto sbattendo la portiera e si allontanò in un flamenco di tacchi. Giuditta provò un moto di trionfo. Adorava sbagliarsi. Non accadeva quasi mai, ma la scoperta che c'era ancora ragione di indagare, ancora qualche variabile da imparare, sfumature da approfondire, la ripagava della sua perpetua ricerca, colmandola di nuova curiosità.

* * *

Quella però non era sera da ristorante, ma da pub. Ne conosceva uno che era una via di mezzo tra un club privé e un semplice locale ambiguo. Era un luogo di incontro a prescindere: coppie, single, gente alla ricerca di qualcuno del proprio sesso o persone sperse, alla ricerca di qualcosa che non sapevano ben definire. Al piano di sopra c'erano delle stanze, discretamente distribuite dal gestore. Le cose che si vedevano in quel genere di locali di rado erano esplicite, il bello stava proprio nel saper interpretare. Giuditta veniva sempre avvicinata e qualche volta stava al gioco, se la divertiva. Per un po'. Non era una bellezza, ma in quei locali l'aspetto fisico giocava un ruolo secondario. E così, come poteva attrarre qualcuno solo perché apparteneva al genere femminile, con la stessa facilità poteva liquidarlo con un paio di frasi e occhiate ben assestate. A volte era crudele, e lo sapeva. Ma anche questo era un aspetto della natura umana. Non aveva a che fare con la crudeltà ogni santo giorno, lei? Come avrebbe potuto comprendere così profondamente, immedesimarsi perfino in chi devasta le esistenze altrui (sempre almeno più di una, anche considerando solo il cadavere e la persona che lo vedrà per prima), se non avesse conosciuto la violenza a fondo, personalmente, a volte sulla propria pelle? Giuditta sapeva di non essere poi molto diversa dagli uomini cui contribuiva a dare la caccia. Nessuno lo era, in realtà. Se parti dal presupposto che quello è un CATTIVO e tu sei un BUONO è meglio che lasci perdere e apri un negozio di frutta e verdura. Un killer è solo una pietanza con un ingrediente in eccesso. Un santo è la stessa pietanza con un altro ingrediente in eccesso. Ma siamo tutti la stessa pietanza, la ricetta è la stessa, stessi i condimenti e le spezie; poi è il cuoco a decidere quale sarà il sapore finale. Chi fosse il cuoco era anche questo secondario, non fondamentale. Giuditta aveva stabilito un patto con se stessa: avrebbe cercato di comprendere, senza necessariamente condividere. Forse lei non era più brava degli altri. Era solo più onesta.

* * *

Chiuse la porta e bilanciandosi sui tacchi a spillo cominciò a scendere le scale. Era a metà rampa quando la porta dell'appartamento di sotto si aprì e ne uscì Tadzio abbracciato a una ragazzina con una permanente elettrica tinta di un rosso ancora più elettrico. Aveva un'aria estasiata. Tadzio invece sorrideva, come sempre. Naturalmente non si chiamava Tadzio, ma Andrea, e aveva sedici anni. Giuditta lo aveva visto crescere ma non avrebbe saputo dire quando si fosse trasformato da uno qualsiasi dei bambini che facevano baccano nel cortile in quella provocazione ambulante. I ricci neri sempre in disordine, gli occhi a mandorla, un velo di efelidi, un sorriso che rapisce, che illumina. Era un sole. Alto e magro come un'acciuga, baby-sitter volontario dei bambini più piccoli, a cui insegnava a giocare a basket, pronto a portare su per le scale la spesa a qualsiasi vicino, sempre a cavallo della sua bicicletta anche in inverno, quando gli altri ragazzi avevano il motorino. Il figlio perfetto. Certo.

«Ehi, è in *mise* da acchiappo, eh, dottoressa?» la apostrofò.

«Si fa quel che si può, vero, Andrea?»

«TUTTO quello che si può!» rise correndo giù per le scale.

La ragazzina dai capelli rossi si fece trascinare, persa nel suo stato di euforia. Non aveva visto la biondina che era entrata in casa di Andrea il giorno prima. E l'altra rossa, quella punk, più grande di lui, uscirne la settimana avanti. Non l'aveva visto svuotare la cassetta della posta dai bigliettini infilati con ostinazione tutti i giorni da una moretta magra e bruttarella che evidentemente non si arrendeva. Non sentiva i continui trilli dei due cellulari che Tadzio teneva appoggiati sul davanzale perché prendessero sempre. Non aveva visto la sua figura incrociarsi nel parco, a cavallo dell'inseparabile bici, con un trentenne cui aveva stretto la mano e poi via, e quello che era passato tra le due mani non era difficile da indovinare. La madre di Andrea era un'operaia, tornava a casa tardi e trovava sempre la tavola pronta, la cena cucinata e un biglietto affettuoso e buffo del figlio che le diceva a che ora sarebbe rientrato. Lo adorava, lei come tutti. Come Giuditta. Le era bastato incrociare i suoi occhi meno distrattamente, un giorno di qualche anno prima, per vedere le nubi che si annidavano, nascoste dal sole. Per capire che dentro ad Andrea viveva Tadzio, che dietro la sagoma del ragazzo perfetto stava crescendo l'ombra di un uomo perverso, un uomo pericoloso, che aveva imparato a fingere già da ragazzo, avendo capito il ruolo da recitare davanti agli altri, la copertura dietro cui nascondere quelle parti di sé che non sarebbe stato conveniente mostrare. E lei si era ritrovata protagonista del romanzo di Thomas Mann *La morte a Venezia*, nei panni del professor Aschenbach, l'uomo che perde ogni dignità a causa dell'amore idealizzato verso il giovane Tadzio, bambino già uomo, crudele come un adulto, che fa della propria apparente innocenza uno strumento di seduzione e tortura. Anche lei era rimasta rapita dalla doppiezza di Andrea, da quel ragazzo perfetto, dalla sua ambiguità, dalla perversione che prometteva. Forse Tadzio aveva aspettato a lungo che lei si accorgesse di lui, perché da allora non aveva lesinato occhiate di sfida che promettevano: «Aspetta che compia diciotto anni e ti farò la festa». Tadzio non aveva paura di lei. Sapeva chi era e che lavoro faceva, e poi c'erano le voci che giravano, ma nell'incoscienza della sua età, in cui ci si crede invincibili, se ne fregava altamente. Sarebbe stata la tacca d'oro sul suo cinturone, e da ora ai diciotto ne avrebbe aggiunte un bel po', ma quella, oh, quella sarebbe stata un capolavoro. Giuditta lo seguì con lo sguardo fino al portone, lui e quella ragazza che da domani avrebbe cominciato a piangere e forse non avrebbe smesso tanto presto. Poteva darsi che un giorno sarebbe successo anche a lei. Non era certa di essere più forte della fascinazione di Tadzio. Solo al penultimo gradino realizzò l'ovvietà che sino ad allora le era sfuggita: quanto nel fisico Tadzio le ricordasse Alessandro. Tanto che avrebbe potuto essere suo figlio. E in questo caso uno dei due non sarebbe sopravvissuto. Meglio così, dunque. Al mondo c'era posto per entrambi. Forse.

* * *

Il locale era già avvolto in una nebbia di fumo, musica soffusa, le luci basse con dominanza rossa, pochi avventori, ma l'ora di punta non era ancora arrivata. Giuditta sedette su un divanetto a forma di U, stando di lato: un mezzo invito per qualcun altro a sedersi. Ordinò un cocktail alcolico alla frutta. Poi lasciò che la mente si perdesse per conto suo, si distraesse mentre gli occhi andavano in cerca del primo esemplare, guidati solo dall'istinto. Lo individuò in un uomo grasso e tarchiato, seduto al bancone. Sui quaranta, ma poteva dimostrarne di più e averne di meno, era molto trascurato. Le mani, i muscoli delle braccia e lo stato della maglietta ne stabilirono la professione di muratore. C'era della polvere incrostata nei capelli che portava lunghi dietro, nonostante la pelata quasi totale. La barba incolta faceva ombra a un viso bruciato dal sole, nero di suo, un viso del Sud. Giuditta socchiuse gli occhi. Bevitore. Non ti viene una pancia così prima dei quaranta se lavori come una bestia dieci ore al giorno, a meno che non la lasci gonfiare, e per questo c'è prima la birra e poi tutto il resto. Aveva una compagna. I pantaloni, per quanto da lavoro, erano stati stirati con la riga (il paradosso di certe donne!). E non era la madre, no. La madre di un simile soggetto o non l'avrebbe lasciato andare in giro conciato così (e lui non pareva un tipo da sottomettersi alla mamma), oppure se ne sarebbe fregata del bucato. La compagna avrebbe potuto essere una sorella troppo spaventata, o una zia, ma più probabilmente era una donna e basta. Che però non gli bastava, non lo gratificava. E se una donna ti stira i pantaloni con la riga ma non ti gratifica vuol dire che la consideri inferiore a te e che pensi di meritare di meglio. E cerchi di meglio. E quindi sei qui.

«Lo sai che non mi piace che tu beva alcol.»

Risucchiata di colpo nella realtà, Giuditta si voltò verso la metà divanetto lasciata libera. Seduto come se fosse stato lì da sempre, c'era Alessandro.

capitolo quinto

«Ti trovo bene.»
«Dove sei stato finora?»
«Forse dovresti cambiare taglio di capelli.»
«Alessandro, rispondimi.»
«E anche i vestiti. Il nero sluttisce. Qualcosa di più allegro non ce l'hai?»
«Sono stata in pensiero.»
«Davvero? Non si direbbe.»

Si accomodò meglio sul divanetto, la camicia blu appena sbottonata che lasciava intravedere i muscoli, le spalle ampie, i jeans ben stirati. I capelli erano poco più lunghi del taglio d'ordinanza che aveva osservato con scrupolo per anni e i ricci neri gli lambivano la fronte. La pelle abbronzata metteva in rilievo le rughe che gli donavano maledettamente. Gli occhi erano scuri eppure limpidi, amichevoli, senza ombre. Sì, sembrava che stesse davvero bene. Non lo vedeva da sette mesi. Da quando, salendo in auto, l'aveva trovato seduto sul sedile del guidatore a rimetterle in ordine i documenti della macchina. La sua prima sensazione era stata di sorpresa, e la sorpresa era una sensazione piacevole. Poi era subentrata la rabbia. Si era scoperta di nuovo, aveva abbassato la guardia, non era stata abbastanza attenta, precisa, si era «guardata in giro», non aveva OSSERVATO. Distratta. Superficiale. Alessandro si era fatto consegnare le chiavi e le aveva proposto di «fare un giro» e «due chiacchiere». L'aveva riportata al punto di partenza dopo tre ore. Aveva sbloccato le serrature ed era sceso dal caldo soffocante dell'auto lasciandola madida di sudore, lo stomaco contratto per trattenere i conati di vomito, ma ancora viva. Per scomparire di nuovo, salvo telefonarle ogni notte.

«E poi non hai ragione di preoccuparti, non sono il tuo fidanzato. E per gli amici non ci si preoccupa.»

«Tu non sei un amico, non lo sei mai stato e non lo sarai mai. Quindi piantala.»

«Allora. Come ti vanno le cose? Lei!» rivolto al cameriere. «Via questa roba e ci porti due aranciate.»

«Odio l'aranciata.»

«Lo so, piccola, lo so. Dunque: l'hai trovato l'uomo della tua vita?»

"Non così presto, perdio, non così presto!" pensava Giuditta. "Lasciami il tempo di prepararmi, non sono pronta, non sono pr..."

«Rispondimi quando ti faccio una domanda.»

«No, Alessandro. Lo sai che se non sei stato tu non sarà nessun altro.»

«E come fai a saperlo se non ci provi nemmeno?» Fraterno, magnanimo.

«Non voglio provarci.»

«A-ah. E com'è che sei qui?»

Doveva stare attenta. Doveva stare attentissima, scegliere bene le parole.

«Qui o da un'altra parte è lo stes...»

«NO!»

La mano di Alessandro si abbatté sul tavolino rovesciando uno dei bicchieri.

«Non venirmi a dire che una paninoteca o un cinema o una sala da Bingo o un ristorante per coppiette sono la stessa cosa di questo ritrovo per marchettari! Non ci provare nemmeno a prendermi per il culo, Giuditta, hai capito?»

Le aveva sibilato tutto a un centimetro dalla faccia. Lei aveva respirato velocemente e profondamente il suo fiato, il suo odore, cercando di carpire, di distinguere, cogliere tracce di alcol, di fumo, ma niente, non c'era niente. Lo guardò negli occhi per vedere se aveva le pupille dilatate, ma nemmeno lì trovò traccia di droga. Lo sguardo limpido e amichevole aveva lasciato il posto al pozzo nero, al nulla, abitato solo dalla follia di Alessandro. Aveva elencato tutti i posti nei quali era andata nelle ultime settimane, in stretto ordine cronologico. Si chiese se riusciva a seguirla dappertutto, proprio dappertutto. E cosa faceva prima. E dopo.

«Vieni fuori.»

«Alessandro, ti prego, no!»

«O vieni fuori con le tue gambe o ti porto fuori io.»

Si alzò lentamente, guardandosi intorno, ma tanto già sapeva. Nessuno avrebbe mosso un dito, nemmeno se al posto di Alessandro ci fosse stato il muratore calvo. La gente non vuole guai e, anche se non lo avrebbero ammesso, avevano fiutato il pericolo annidato in quell'uomo alto e dall'aria perbene a cui, in circostanze normali, avrebbero volentieri offerto una birra.

* * *

Tutto si svolse nel vicolo dietro il pub. Tutto come al solito. Non appena usciti dal cono di luce del lampione Alessandro l'aveva spinta contro il muro e l'aveva schiacciata con tutto il peso del corpo.

«Con chi te la fai, puttana? Con Lamberti? Con Broglia? Con Giglio? Con tutti insieme? Oppure hai cominciato a ripassarti le donne? Ti consiglio la Laffranchi, ti dà tutto quello che vuoi, ma sono sicuro che lo sai già, lo sai bene, oppure la Aldrighi, quella usa la bocca come un frullatore, però a te piacciono cose più consistenti, o mi sbaglio? Con quanti vai per volta? Due? Tre? O hai già superato te stessa? Puzzi di sesso lontano un chilometro, l'ho sentito appena entrato nel locale. Credi che non lo riconosca quell'odore? Che non ti fiuti quando sei in calore, cagna? Tanto una volta levato di mezzo me hai risolto tutti i tuoi problemi, vero? Hai organizzato quel complotto per farmi sbattere fuori, mi hai pugnalato alle spalle! Credevi che non lo sapessi che sei stata tu? E invece io lo so, io so tutto di te, so anche le cose che TU non sai. Di' un po', giocherelli ancora con i cadaveri? Quelli ce l'hanno duro per forza, ti pare? Duro e freddo come piace a te, che ce l'hai di marmo, credi di essere la Vergine Di Ghiaccio, ma sei solo una frustrata repressa di merda, credi di essere migliore di noi povere bestie umane e invece non vali niente, non sei niente, sei una donna fallita, potresti anche essere senza sesso, perché non ti ci infili dentro una bottiglia di soda caustica e chiudi la questione, tanto cosa credi, di poter generare figli? E chi cazzo li vorrebbe da te? Chi cazzo ci verrebbe con te? Chi cazzo se la sbatterebbe una troia come te?»

Le teneva le mani incrociate sopra la testa, il bacino schiacciato contro il pube, le parole sospirate, piene di furia, e disperazione, e amore, e odio, e pazzia. Giuditta non poteva farci niente, non cercava di fermarlo, in fondo non voleva. Alessandro era più forte, e Giuditta aveva sete, e aveva fame. Per quanto avrebbe resistito ancora? Durava da sette anni. Non era partita così, ma il crescendo era stato rapido, e ogni volta il delirio di Alessandro si accentuava e con esso la violenza. Non aveva mai alzato un dito su di lei, non con l'intento di picchiarla. Ma la torturava da sempre. Di colpo si sentì molto stanca.

«Senti, Alessandro, perché non mi ammazzi e la facciamo finita?»

La stretta sui polsi si allentò. Alessandro fece un passo indietro e si staccò dal suo corpo. Giuditta si lasciò sfuggire un gemito suo malgrado. Non riusciva a vedergli il viso al buio, ma capì che si stava placando.

«Sei ancora vergine?»

«Sì.»

La voce era tornata normale, amichevole, colloquiale.

«Dappertutto?»

«Sì.»

«Non provare a mentirmi, non ci metto niente a controllare.»

Una parte di lei lo supplicò mentalmente: "Sì, controlla, controlla, per carità, purché questa tortura finisca!".

«Fai pure.»

Alessandro restò in silenzio a lungo, come riflettendoci. Poi seguì il copione.

«Mi vuoi sposare?»

«No.»

«Mi ami?»

«No.»

Il petto gli si sollevò in un sospiro di rassegnazione. Lo stesso che avrebbe avuto un padre davanti a un bambino testardo.

«Pazienza. Aspetterò ancora.»

Le si avvicinò e Giuditta non si ritrasse. Sapeva che non aveva nulla da temere, paradossalmente. In fondo l'aveva sempre saputo. Alessandro le fece una carezza con il dorso di una mano.

«Giuro che se ti fai scopare da qualcuno ti ammazzo.»

Poi se ne andò.

* * *

Di fronte alle scale di casa si sfilò le scarpe. Sapeva di essere in disordine e di avere l'aspetto di una che ha fatto quello che lei non aveva fatto, né quella sera né mai. Non era nemmeno troppo tardi, ma come si dice? Il tempo vola quando ci si diverte. Ed evidentemente era vero anche il contrario. Quando sentì nell'aria i risolini soffocati, pensò solo di essere sotto shock, o impazzita, e che comunque non gliene fregava niente. Non gliene fregava più niente di niente. Dal nulla, qualche piano sopra il suo, la voce di Andrea bisbigliò:

«Buonanotte, dottoressa».

Senza neppure voltarsi rispose:

«Buonanotte, Andrea».

E chiuse la porta sulla miseria della sua vita.

capitolo sesto

Si era avvicinato al suo tavolo con decisa flemma. Lei stava esaminando le foto di un cranio di donna che aveva conficcata, esattamente nel mezzo, un'ascia. Si stava chiedendo come il marito, allora latitante, potesse essere stato così preciso nel pieno di un raptus di gelosia. Fu allora che le parlò.

«Questa sera usciamo a cena.»

Non era una domanda. Giuditta alzò gli occhi dalla foto per incontrare quelli dell'ispettore Alessandro Amadei, il leggendario ispettore Alessandro Amadei, di cui tutti dicevano di tutto, che era maledettamente bravo, che era un gran figlio di puttana, che era un asociale e non aveva mai offerto una birra a un collega, che si sapeva muovere con la leggerezza di un gatto e sparava come se avesse sempre tutto il tempo per prendere la mira, che preferiva lavorare da solo e che da solo aveva risolto più casi di tutti gli altri colleghi messi insieme. Si vociferava che fosse uscito con alcune donne del dipartimento, anche dei piani alti, ma i dettagli di quelle avventure latitavano, le dirette interessate erano restie a parlarne, come se ne avessero paura. Giuditta esitò. Non per pudore, pur giustificato, visto che lei e Amadei si erano rivolti un buongiorno o una buonasera al massimo tre volte nei due anni in cui lei aveva lavorato al dipartimento, e nemmeno per ripercorrere mentalmente quel bagaglio di pettegolezzi, ma per puro e semplice stupore. L'ispettore Amadei che le chiedeva di uscire. LUI a LEI. Un uomo duro e puro, di quelli di una volta, il poliziotto dal fiuto infallibile e dal grilletto facile, uno stereotipo ambulante, coi suoi ricci neri, le braccia muscolose e la barba non fatta. In qualsiasi telefilm lei non avrebbe figurato nemmeno da comparsa, figuriamoci poi se lui, il Protagonista, le avrebbe mai chiesto di uscire. A meno che non avesse un secondo o terzo scopo. Pensò a una scommessa. Pensò che volesse parlare di lavoro, magari chiederle la consulenza su un caso ostico. Scartò ogni ipotesi. Improbabile, ma evidentemente non impossibile.

«A che ora?» chiese.

* * *

Al primo appuntamento Alessandro imbastì una conversazione che aveva più buchi del Grand Canyon. Giuditta aveva chiacchierato di tutto, eccitata, nervosa, sentendosi assolutamente fuori posto, continuando a chiedersi il perché di quell'incontro. Alessandro non sembrava nemmeno ascoltarla. Si guardava intorno con aria vaga, si versava da bere (solo acqua) con la premura che anche lei avesse sempre il bicchiere pieno. Giuditta aveva accarezzato l'ipotesi che stesse pedinando qualcuno, che fosse un appostamento e lei gli servisse da copertura. Plausibile, eppure sapeva di sbagliarsi. La riaccompagnò a casa e le risparmiò ogni imbarazzo allungandosi e aprendole la portiera con un laconico: «Buonanotte».

Il giorno dopo se lo ritrovò di nuovo di fronte alla scrivania.

«Ti aspetto di sotto alle sei.»

«Alessandro, io non credo di avere ben capito...»

«Avvisami se ritardi.» E se ne andò.

Giuditta era attonita. Il secondo appuntamento scivolò via quasi peggio del primo. Quella sera l'adrenalina in lei era calata e al suo posto era aumentata la curiosità. Così anche lei aveva parlato poco, e davanti a casa si era aperta lo sportello da sola prima ancora che la macchina fosse ferma. Nel dargli la buonanotte si era accorta che qualcosa di assolutamente inatteso si era manifestato sul viso di Alessandro. Un sorriso. Vaghissimo, ma pur sempre un sorriso.

* * *

«Vuoi sposarmi?»

Giuditta aveva inghiottito il sorso d'acqua che aveva in bocca.

«Come dici, scusa?»

«Dico: vuoi sposarmi?»

Era il loro terzo appuntamento. Si era sforzata di ridere, in un disperato tentativo di autoconvincersi che fosse uno scherzo, mentre tutti gli allarmi possibili e immaginabili avevano cominciato a urlare nella sua testa.

«Non-ridere.»

Alessandro aveva scandito bene le parole.

«No, dico, ma sei matto? Non ci conosciamo nemmeno, siamo usciti tre volte...»

«Io ti conosco.»

La frase era rimasta sospesa tra loro.

«Ti ho osservata. Per due anni.»

Fu un duro colpo per Giuditta. Per il suo amor proprio e per tutti i principi su cui si reggeva la sua vita. Le era sembrato inaccettabile che qualcuno avesse fatto a lei quello che lei faceva al resto del mondo. Era lei che fotteva gli altri, non viceversa, NON VICEVERSA! Si era appigliata a una speranza: non poteva avere capito niente. Lei era impenetrabile, concedeva agli altri solo quanto voleva e il resto rimaneva nascosto, annidato sotto ogni gesto, atteggiamento, tono di voce. Non poteva avere capito. Ma quello era un terreno insidioso e, per quanto fosse dura ammetterlo, non ne aveva la certezza.

«Senti, due persone non si sposano così. Devono frequentarsi, capire come sono fatte...»

«Io lo so come sei fatta.»

«Va bene, ma io no! E poi... e poi è assurdo, non abbiamo nessuna confidenza, nessuna intimità...»

«Questo si risolve facilmente.»

«Non parlavo di QUELL'intimità. Parlavo di... di complicità, di fiducia, di... be', non ti pare che in un matrimonio ci dovrebbe quanto meno essere dell'amore?»

«Infatti. Io ti amo.»

Era serio. Serissimo.

«E tu mi ami?»

Giuditta non riusciva nemmeno a muovere un muscolo, figuriamoci a rispondere.

«Pazienza. Imparerai.»

* * *

Era cominciata così la loro relazione, durata tre anni. Giuditta si sforzava di darle questo nome, perché tutto sembrava, fuorché un rapporto amoroso. In una delle interminabili e vane discussioni per convincerlo di quanto folle fosse quella sua idea dell'amore, gli aveva anche confessato di essere ancora vergine. Pensava che l'avrebbe bersagliata di domande, che avrebbe voluto sapere i perché e i percome, se era stata molestata da bambina, se qualche bamboccio dal sorriso facile e dall'abitudine all'usa-e-getta le avesse spezzato il cuore, se c'entrava Dio o il demonio, credeva che sarebbe stata una gragnola, e invece Alessandro aveva risposto serafico e soprappensiero:

«Lo so».

Non l'aveva mai baciata. Non le aveva mai deliberatamente toccato il seno o il sesso. Passava minuti interi a qualche centimetro dal suo corpo, respirando a labbra schiuse, facendole fare altrettanto, immobili, intenti a eccitarsi e – almeno Giuditta – a trattenersi. Nell'arco di tre anni si erano ritrovati spesso nudi nella stessa stanza, ognuno a toccare il proprio corpo guardando quello dell'altro. Era il massimo che Alessandro le concedeva, aspettando sempre che fosse lei la prima a venire. Vivevano separati, ognuno a casa propria, almeno fino a quando, secondo le previsioni di Alessandro, Giuditta non avrebbe ceduto. Dopo un periodo di battutine più o meno salaci, in centrale tutti si erano rallegrati della nascita di quella improbabile coppia, all'oscuro del fatto che non lo erano più di quanto non lo fossero Stanlio e Ollio. Giuditta non aveva mai saputo spiegarsi perché avesse resistito così a lungo a quelle torture psicologiche e fisiche, anche se in negazione: non parlare, non toccare, non fare, non sentire. Non essere. Forse il primo motore era stato sempre lo stesso: la curiosità. Alessandro era psicotico, e a livelli che nessuno, dentro e fuori dal dipartimento, si era nemmeno avvicinato a ipotizzare. Mai, nemmeno per un istante, Giuditta aveva creduto che fosse recuperabile, e aveva sempre avuto la consapevolezza che prima o poi avrebbe ucciso deliberatamente qualcuno. Forse per questo aveva retto, per sapere come sarebbe andata a finire. O forse perché in fondo una parte di lei aveva preso in esame l'ipotesi che Alessandro avesse ragione su loro due. Le sue certezze incrollabili erano così solide e inattaccabili, contro ogni rigor di logica, da sembrarle ragionevoli, di tanto in tanto. C'erano i momenti belli, quelli in cui Alessandro raccontava di sé e del padre che faceva il cuoco in una trattoria, e ricordava stralci di una vita semplice ai margini della città. Allora passavano ore a chiacchierare, andavano al cinema, a teatro, a passeggio mano nella mano. Poi c'erano i momenti brutti, in cui lui non accettava la sua ostinazione nel non volerlo sposare e lei assisteva allo sfogo della sua collera, mentre sfasciava i mobili di casa, lanciava oggetti da una parte all'altra della stanza, la chiudeva dentro a chiave, tra le macerie, per ore. Lei non chiamava aiuto, aspettava paziente che lui tornasse quando la crisi gli fosse passata. Allora la guardava con un'espressione stupefatta chiedendole perché fosse ancora lì. «Potevi andartene, se volevi, visto che non mi ami. La porta era aperta.» Lei non tentava nemmeno di ribattere, si alzava e usciva. Poi c'erano le mattinate tremende in cui Giuditta trovava sulla scrivania un laconico biglietto che diceva: «Ci vediamo tra un po'», e capiva che Alessandro era stato mandato in missione da qualche parte. A volte passavano giorni, a volte settimane o mesi. Quando infine tornava, spesso si faceva cambiare la serratura della porta perché lei non potesse entrare, e il numero di telefono perché non potesse chiamarlo. Una volta si era perfino fatto trasferire. Giuditta accettava questi atteggiamenti come un lutto, si sentiva tranciata via come un ramo malato, quando sapeva che il ramo malato non era lei. Poi, dopo qualche tempo, come se niente fosse, Alessandro ricompariva davanti alla sua scrivania, le chiavi nuove in mano, il numero di telefono e una sequela di banali scuse, imbastite male e raccontate peggio, per giustificare la propria assenza. Giuditta fingeva di crederci. Per stanchezza, forse. Aveva retto, fino all'ultima sera.

* * *

Era avvenuto molto rapidamente, a casa di lui, in una serata uguale a mille altre. Del resto anche loro sembravano una coppia come mille altre. D'improvviso Alessandro le era piombato addosso, l'aveva buttata sul divano, le aveva divaricato le gambe a forza, l'aveva schiacciata sotto il suo peso. Giuditta era stata presa del tutto alla sprovvista, non sapeva come reagire, come muoversi, cosa fare. Il viso di Alessandro era così vicino, ma appena lei cercava di superare la distanza lui si allontanava. La regola era chiara: lui poteva toccare lei, lei non poteva toccare lui. Alessandro cominciò a muoversi, a premere contro il suo sesso, a farle sentire, immaginare tutto quello che avrebbe potuto essere. Le passava le labbra sul collo, sui seni, sfiorando, ansimando, promettendo senza mantenere. Se Giuditta cercava di fare qualcosa, qualsiasi cosa, lui le afferrava i polsi e la teneva ferma. Lei si dibatteva e non sapeva perché. Ribellione, accondiscendenza, desiderio, frustrazione. Voleva che quel gioco perverso finisse, non importava come, non importava a quale prezzo. Ma il prezzo c'era. Il prezzo era quello stabilito da Alessandro sin dall'inizio.

«Mi ami?»

E la parola fu lì, in gola, pronta a uscire. Forse era una bugia, forse era la verità, forse l'avrebbe detta solo per sfinimento, logorata, stremata nel corpo e nella mente, forse l'avrebbe detta perché il suo corpo non ce la faceva più e chiedeva pietà, requie, chiedeva quanto gli spettava. Il «sì» rimase arenato nel suo respiro. Se l'avesse detto sarebbe stata la fine, la gabbia si sarebbe chiusa e la chiave sarebbe andata distrutta. Dal momento in cui avesse pronunciato quella parola, lei sarebbe appartenuta ad Alessandro Amadei, per un sempre, lungo o breve che fosse, che sarebbe corrisposto all'inferno.

«Ti prego...» ansimò Giuditta.

Alessandro non accennò a fermarsi. Ma l'ascoltava.

«... ti prego...»

«Anche io ti ho pregata. Ti ho pregata a lungo.»

«Ma io... non posso.»

Il dondolio cessò. Non bruscamente, come esaurendosi.

«Anche io non posso. Non riesco a fare sesso senza amore.»

In un attimo Alessandro era in piedi, sgranchendosi la schiena, senza dare particolari segni di frustrazione. Le chiese se le andava di vedere un film della Disney. Giuditta si rimise seduta, le cosce vergognosamente bagnate, il sesso che urlava le sue pretese di essere soddisfatto.

«Devo andare in bagno un attimo...»

«No.»

Alessandro le voltava le spalle spulciando i dvd.

«Alessandro... ti prego... fammi andare in bagno...»

«Alla fine del film. Vuoi dei pop-corn? Ci metto dieci minuti a prepararli.»

«NO!» L'urlo le era venuto spontaneo. In primo luogo perché dieci minuti in più di attesa erano dieci minuti in più di attesa, e in secondo luogo perché la rabbia, la frustrazione, il senso dell'ingiustizia che stava subendo erano più forti della sua paura di Alessandro. Ma invece di voltarsi e dedicarle quello sguardo che era un pozzo nero in fondo al quale non c'era nulla, Alessandro le mostrò due copertine e magnanimo disse:

«Scegli».

* * *

Alla fine del film Giuditta non aveva più avuto bisogno di andare in bagno. Se l'era sorbito tutto senza vederlo, con il braccio di Alessandro intorno alle spalle, da bravi fidanzatini, aspettando che le contrazioni si riducessero a un sordo pulsare e poi a un formicolio sommesso, finché c'era stata la resa. Tutti gli ormoni erano rientrati all'ovile e lei si era sentita solo appiccicosa, sudata e maleodorante. Alessandro invece sembrava appena uscito da una beauty farm. Spenta la tv, senza dire una parola, Giuditta prese la borsetta e la porta. Alessandro non provò nemmeno a fermarla, non la salutò, quasi non si accorse che non c'era più. Aveva guidato, troppo stanca anche per piangere. A casa si sfilò i vestiti che indossava, biancheria intima compresa, e buttò tutto nell'immondizia. Si fece una doccia e andò a letto. Prese sonno oltre l'alba e si presentò in centrale solo nel primo pomeriggio. Era un suo privilegio. Sulla sua scrivania c'era un bicchier d'acqua con delle violette già parzialmente appassite e un biglietto: «Grazie per la splendida serata». Per qualche minuto Giuditta non fu capace di distinguere se stesse ridendo oppure piangendo. Però aveva finalmente capito che era venuto il momento di troncare.

capitolo settimo

Il telefono aveva squillato a lungo. Poi aveva smesso. E ora aveva ricominciato con insistenza. Giuditta socchiuse un occhio: la sveglia segnava le sei e dieci. Non era l'orario di Alessandro, lui aveva già chiamato alle quattro. Dopo il loro incontro aveva dormito quattro ore al massimo. Sollevò la cornetta.

«Licari.»

«Scusa, lo so.»

«Dimmi, Miglio.»

«Ne hanno trovato un altro. Non ne vogliono sapere di iniziare senza di te. Lamberti si è svegliato storto, lo avevano avvisato che se succedeva di nuovo sarebbe dovuto venire sul luogo il pm, quindi ci sarà la stampa e... insomma, in quanto ce la fai ad arrivare?»

«Non è stata una grande notte. Il kit per me l'hai preso tu?»

«Sì. È una faccenda da cuffie, sembra che ci siano resti ovunque.»

«Cuffie? Cos'è, hanno schizzato il soffitto?»

«Pare di sì.»

«Dammi un quarto d'ora, devo mandare giù almeno un caffè, altrimenti non mi sveglio.»

«Facciamo così: passo io a prenderti tra dieci minuti, tanto sono già per strada, e ti porto il caffè e una brioche. Così fai colazione in macchina!»

«Miglio, me lo spieghi come fai a essere tanto entusiasta alle sei del mattino con un cadavere squartato che ci aspetta?»

«Perché, a te non piace l'alba? Stamattina c'è una luce bellissima...»

* * *

«Eh sì, è una faccenda da cuffie.»

Ferma sull'uscio Giuditta guardò l'interno del loft. Perché un ambiente come quello non lo puoi liquidare come un banale «appartamento». Non c'era niente di personale, a meno che la vittima fosse stato il designer, questo avrebbe giustificato la scelta dei mobili e la loro totale asetticità. Ma la vittima non era un designer, era un manager, quindi il loft glielo aveva arredato un estraneo, e tale era rimasto: un posto estraneo e senza identità. O meglio: lo era stato fino al giorno prima. Ora di tracce d'identità ce n'erano ovunque: a terra, sui mobili, sulle pareti e perfino sul soffitto. Il corpo era adagiato in posizione supina su un tavolo di vetro, o plexiglas. Giuditta, sempre sulla porta, si chinò a guardare sotto. Vedeva bene le gocce in trasparenza, e non presentavano aloni. Vetro. Be', mobili di qualità.

«Allora, entriamo?»

Si voltò verso Miglio che respirava a fatica, il viso contratto circondato da un tripudio di codini.

«Miglio?»

«Quell'odore...» Si sforzò di sorriderle, la fronte imperlata di sudore, più livido del morto. «Se entro ora vomito, Giuditta.»

«La soda caustica?»

«Sì.»

«Va bene, vai a prenderti una mascherina e fatti dare del Vicks. Se necessario mettitelo anche DENTRO le narici. Brucerà, ma io ho bisogno delle foto.»

«Vado. Scusa.»

In effetti l'odore di interiora corrose dalla soda caustica non era buonissimo. Giuditta accese il registratore.

«I dati della vittima, parziali. Amos Terlenghi, ventotto anni, manager. Single, proprietario dell'appartamento.»

Girò intorno al corpo.

«Il cadavere si presenta supino, adagiato su un tavolo di vetro. La vittima è stata intubata... Vediamo... segno di iniezione sul collo. O c'è stata presedazione oppure l'assassino ha la mano molto ferma, l'ago si è infilato al primo tentativo senza lacerazioni. Se la vittima è stata legata non lo è stata a lungo e non ha cercato di liberarsi, polsi e caviglie non portano alcun segno di costrizione. Ovviamente ci vorrà un'analisi più approfondita.»

Fece una pausa.

«Verosimilmente l'assassino si è presentato alla vittima armato. Forse sono entrati insieme nell'appartamento, è da accertare l'ora in cui la vittima è rincasata. È probabile che l'iniezione sia stata effettuata sotto semplice minaccia... arma da fuoco più che da taglio, secondo me. Dunque... vittima sedata e intubata con...»

A quel punto si fermò. Avvicinò lo sguardo il più possibile al tubo arancione che usciva da quel che restava della bocca dell'uomo. Miglio la raggiunse stando bene attento a dove metteva i piedi. Aveva del tutto recuperato la calma.

«Scusa per prima, Giuditta.»

«Vieni qui. Ce la fai a fotografarmi quel tubo dalla mia posizione?»

«Cosa devo mettere a fuoco?»

«La marca. Io non la conosco. Tu?»

«Io non conosco nemmeno la marca dei miei jeans.»

Scattò le prime tre foto.

«Ma lo sai che ci stavo pensando?»

«A cosa?»

«A iscrivermi a medicina. Fare quello che fai tu.»

«Miglio, continua a fare quello che fai, già che lo sai far bene. Io questa marca non la conosco. Forse è stata immessa da poco nel mercato, o è un prodotto estero...»

«Dài, Giuditta, un tubo è un tubo.»

«Non dire cazzate!»

Aveva alzato la voce.

«Scusa» fece Miglio.

«Invece di scusarti pensa, impara a pensare! E vorresti fare medicina pensando che un tubo è un tubo?»

«Sì, sono un cretino.»

«Sì, sei un cretino.»

Riaccese il registratore.

«Ha intubato la vittima, che presumibilmente si trovava in stato d'incoscienza. Poi ha immesso nel tubo un cospicuo quantitativo di soda caustica. L'autopsia verificherà se ha corroso solo i polmoni, la faringe, la laringe, la trachea o se ha compromesso altri organi interni, lo sterno, la spina dorsale e le masse muscolari circostanti. La reazione dell'organismo deve essere stata quella di espellere subito il liquido, e nel farlo ha facilitato il suo passaggio nella laringe e la consecutiva corrosione delle corde vocali. Per questo la vittima non ha urlato. La morte deve essersi verificata entro...» controllò l'orologio, «una decina di secondi dall'immissione del liquido, nei quali il corpo è stato probabilmente colto da un singolo spasmo. Nel tentativo di espettorare la soda caustica, la vittima ha espulso frammenti di tessuti interni misti a sangue che si sono sparsi sul suo corpo, sulle pareti circostanti e in minima parte anche sul soffitto. Il torace presenta diverse abrasioni dovute al suddetto rigurgito. Lo stesso dicasi per la bocca. Inutile aggiungere che deve essere stata un'agonia breve ma molto dolorosa. La morte è verosimilmente avvenuta dopo uno spasmo bronchiale diffuso da ingestione di caustici per arresto cardiaco da shock vagale.»

Spense il registratore.

Lo riaccese.

«È un dettaglio, ma ha voluto che lo trovassimo intubato. La meccanica dell'omicidio sarebbe stata chiara anche senza questo reperto, quindi il tubo deve avere qualche significato. Non ha infierito sulla vittima. Non ci sono tracce di abrasioni provocate volontariamente al di là di quelle interne. Non gli importava che la vittima soffrisse, voleva che l'attenzione si spostasse su altro...»

Spense di nuovo il registratore.

«Su cosa?» chiese Miglio.

«Ancora non lo so. Qualcosa di cui gli importa.»

Estrasse la macchina portatile e scattò alcune foto, con la massima discrezione per non offendere l'amor proprio di Miglio. Poi si mosse verso la cucina, aprì l'immondizia e storse il naso. Andò in bagno e aprì il water. Tornò sorridendo con un sacchetto in mano che conteneva un mozzicone fradicio.

«Probabilmente era un fumatore, di quelli peggiori, quelli che non sopportano l'odore delle cicche spente e che le buttano nel water piuttosto che averle in giro per casa. Speriamo che l'ispettore Morabito e la sua calata degli unni trovino i pacchetti, mentre ribaltano la casa. E che magari ci sia un altro mozzicone asciutto, qui o nel suo ufficio, da confrontare con quello trovato in casa di Iannoni. Che lavoro faceva di preciso?»

«Era un esperto di computer, programmatore per la sua azienda e per altre come secondo lavoro.»

«A proposito, Miglio, sei ancora in contatto con l'hacker che ci ha dato una mano un annetto fa per la storia dei siti porno?»

«Sì, perché?»

«Ho un favore da chiedergli.»

«Legale?»

«Certo che no.»

«Personale?»

Levò lo sguardo su Miglio, che la osservava attraverso l'obiettivo.

«Non sono fatti tuoi, Michelangelo.»

«Sì. Certo. Scusa.»

Giuditta si voltò, sorridendo più dentro che fuori, e si sfilò un guanto, rivoltandolo, ma Miglio la bloccò.

«Io non lo farei se fossi in te.»

«Trovato qualcosa?»

Si infilò il guanto e la mano nella tasca, per prudenza. Miglio non le rispose, si limitò a puntare la macchina fotografica sui capelli dell'ex manager, ex programmatore di computer, definitivamente ex fumatore Amos Terlenghi. Giuditta la vide riflessa nella lente prima ancora che nel suo nido tra i capelli: una forcina. Il trailer.

* * *

«Scusa per prima. Sono un po' nervosa.»

«No, avevi ragione.»

La calata degli unni di Morabito aveva relegato Giuditta e Miglio nel corridoio tutto specchi e vetrate del palazzo. Avevano così avuto il tempo di togliersi i camici in cellulosa, le cuffie, gli occhiali, le mascherine, i guanti e le soprascarpe e riporli in un sacco da portare in centrale, casomai qualche traccia interessante fosse rimasta appiccicata.

«È che ho dormito male. A proposito, come mai l'hanno trovato all'alba?»

«Aveva una fidanzata in America.»

Giuditta attese il seguito con pazienza. Poi sbottò.

«Miglio, impara ad articolare le risposte. Aveva una fidanzata in America. E quindi?»

«Ah, quindi chattavano tutte le sere e tutte le mattine. Ieri sera non si era collegato, allora lei lo aveva chiamato a casa, sul cellulare, in ufficio, dove le hanno detto che non si era presentato e che era irreperibile. All'inizio era incazzosa, pensava chissà che, poi ha cominciato a preoccuparsi e ha chiamato il portiere. Visto che la macchina era in garage e che lui non era più uscito dal giorno prima...»

«Va bene, non volevo sapere la storia della sua vita. L'omicidio deve essere avvenuto nel pomeriggio. Chi abita negli altri appartamenti?»

«Be', lui stava tutto solo all'attico. Ci sono i due appartamenti sotto, ma uno è una seconda casa e nell'altro vive un tizio che ha anche lui orari balordi.»

«Insomma, si presume che durante il fatto non ci fosse nessuno nei dintorni.»

«Si presume, sì.»

«Il portiere?»
«Mah, sai, lo stanno interrogando, ma a me sembra uno di quelli che si fa i fatti suoi… e poi se si entra dal garage non si passa davanti alla portineria.»
Stettero in silenzio per un po'. Giuditta pensava alla soda caustica.
«Perché è sempre la prima cosa che pensate?» La domanda di Miglio la strappò dai suoi pensieri.
«Prego?»
«Cioè, la prima ipotesi è sempre quella.»
«Miglio, non ti seguo.»
«Che ce la stiamo facendo con un'altra, che vi stiamo tradendo. Perché è sempre il primo pensiero? È un problema che ho con Donatella, da un po'.»
Un vago calore si sparse nello stomaco di Giuditta. Non era innamorata di Miglio e non aveva intenzione di intrecciare nessuna relazione con lui, ma sentir parlare della fidanzata era sempre una sensazione spiacevole. Resse la parte, di malavoglia.
«Cioè?»
«Si è messa in testa che io scopi a destra e a manca. Accumula, accumula e poi di colpo sbotta, mi accusa di cose senza senso, e più io cerco di farglielo notare più lei urla, allora comincio a urlare anch'io e lei inizia a lanciarmi dietro di tutto, io prendo la porta e dico che me ne vado.»
«E te ne vai?»
«Be', faccio un giro di cinque minuti, sbollisco, torno a casa e la trovo sempre rannicchiata sul letto che dà le spalle alla porta e piange. Secondo me si mette così non appena sente che rientro. Allora la consolo, la coccolo un po' e le passa. Però che palle.»
«Miglio… Spesso tu finisci di lavorare fuori orario. Tieni spento il cellulare. Una volta a casa non le racconti cos'hai fatto lungo la giornata… Non ti sembra che i suoi dubbi possano essere quanto meno legittimi?»
«Ma no! Io non la tradisco. E glielo dico sempre, quindi… Del mio lavoro cosa vuoi che gliene freghi, è tutta

presa dalla sua tesi. È una ragazza fantastica, davvero fantastica, solo che non mi capisce.»

Giuditta decise che era una battaglia persa. Inutile consigliare a Miglio di guardarsi più spesso allo specchio e di provare a vedere la sua situazione dall'esterno. Forse sarebbe rimasto scioccato nello scoprire che ci potevano essere altri punti di vista oltre il suo.

«Tu invece sì.»

«Io sì cosa?»

«Tu mi capisci.»

Miglio aveva assunto la sfumatura porpora delle grandi occasioni. Mai più provvidenziale fu l'arrivo di Lamberti, furia cieca dovuta non tanto al dannatissimo quarto omicidio, quanto all'imminente arrivo sul luogo del delitto del pm Ambrosini e della stampa. Passò loro davanti grugnendo qualcosa, e subito Giuditta lo bloccò:

«C'è un bagno di servizio là in fondo, se ne avesse bisogno».

«Dopo trent'anni di servizio direi che sono abituato a vedere cadaveri, dottoressa Licari.»

«Faccia come crede.»

Lamberti entrò nel loft con l'intento di mettersi a sbraitare contro il primo malcapitato che avesse incrociato. Ne uscì pochi secondi dopo, il sangue completamente defluito dal viso e un pericoloso colore giallognolo. Miglio gli indicò con il dito la stanza in fondo al corridoio e Lamberti vi si diresse con andatura sbilenca.

«Coglione» fu il commento di Giuditta «mai che chieda come si presenti la scena del delitto. Uno di questi giorni non ce la farà e ci sarà una bella contaminazione da ispettore capo da conteggiare.»

Un brusio in zona ascensori annunciò l'arrivo del pubblico ministero. Loredana Ambrosini, tailleur d'ordinanza, muso duro da femmina con le palle d'ordinanza, trucco appena accennato da donna di legge d'ordinanza, si diresse con passo deciso verso il loft. Giuditta si irrigidì impercettibilmente. Scambiò uno sguardo veloce con Miglio: avrebbe dovuto allertarla, come Lamberti. Ma non lo fece. Lei e l'Ambrosini non si erano mai prese. Professionalmente si stimavano lo stretto necessario, ma umanamente c'era una diffidenza istintiva che si era presto trasformata in antipatia radicata. Giuditta non sopportava l'ostentazione di sicurezza della Ambrosini, e la Ambrosini non sopportava che la sicurezza di Giuditta non necessitasse di ostentazione.

«Dottoressa Ambrosini...»

«Dottoressa Licari...»

Il pm non degnò di uno sguardo Miglio e si diresse decisa verso l'abitazione del defunto Terlenghi. Pochi secondi e la scena del delitto fu contaminata.

* * *

L'uscita dal palazzo e relativo impatto con la stampa avvennero con qualche minuto di ritardo. Approfittando del tempo necessario perché i succhi gastrici del pm ritrovassero un minimo equilibrio, e che un tailleur pulito arrivasse d'urgenza direttamente dal suo guardaroba, Lamberti si affannava per dare una sistemata ai suoi uomini, che, seppur in secondo piano, sarebbero stati ripresi.

«Ci dobbiamo essere tutti... Agente Giglio! Si disfi quegli affari che ha in testa! E cos'è che ha addosso?!? Qualcuno ha qualcosa da prestare a Giglio? Va bene, stia in seconda fila e si abbassi!»

Morabito e i suoi unni indossavano le tute della scientifica, i piantoni erano in divisa, Giuditta era in borghese e come sempre si sarebbe defilata. Pallida, sotto una dose più generosa di trucco, la Ambrosini le passò accanto scoccandole un'occhiata che Giuditta decodificò immediatamente. Non le restava che attendere quale modo avrebbe scelto l'integerrima pm per fargliela pagare. Le prime dichiarazioni ai giornalisti furono brevi e indolori:

– sì, era avvenuto un omicidio nel palazzo, ma attualmente sui dettagli c'era stretto riserbo;

– sì, c'era una forte probabilità che ci fossero delle affinità con i delitti avvenuti nelle precedenti settimane, ma si sarebbero dovuti aspettare i risultati della scientifica;
– no, attualmente non c'era nessun nome iscritto nel registro degli indagati;
– sì, l'intero dipartimento stava lavorando a questo caso, confidando di chiuderlo al più presto.

L'Ambrosini era stata secca e castrante, come sempre. Ma contrariamente alle altre volte non accennava ad andarsene. Lamberti manifestò subito una certa agitazione. Le domande si accavallavano le une sulle altre, tutte uguali, generiche, morbose, ma l'Ambrosini seppe aspettare quella giusta.

«Signor pubblico ministero, è stato tracciato un profilo dell'assassino?»

«Ci sta lavorando uno dei nostri uomini migliori. Anzi, una delle nostre donne migliori. Dottoressa Licari, venga avanti.»

Come le acque si erano aperte davanti a Mosè, così tutti i rappresentanti della legge si fecero frettolosamente da parte, mettendo Giuditta a portata di obiettivi.

«A tutt'oggi non ci è stato consegnato un profilo integrale, data la complessità del caso, ma sono certa che la dottoressa Licari, la nostra psichiatra di riferimento, saprà individuare nel minor tempo possibile le caratteristiche principali, il movente e il modus operandi di questo serial killer, sempre ammesso che di serial killer si tratti.» Le posò una mano politicamente fiduciosa su una spalla e sorrise ai fotografi. Il tempo di una ventina di scatti e il pm, scorta al seguito, salì sull'auto di ordinanza. Non riuscì a chiudere la portiera perché Lamberti vi si incuneò rapidissimo, sedendo accanto a lei e ordinando all'autista: «Vai!». Poi si voltò a guardarla con uno sguardo che l'Ambrosini avrebbe trovato irrispettoso, se non le avesse fatto quasi paura.

«Si rende conto di quello che ha appena fatto?»

* * *

«Se si aspetta delle scuse si sbaglia di grosso.»

Loredana Ambrosini si accese una sigaretta, nervosa. La chiacchierata in auto con Lamberti l'aveva costretta a convocare Giuditta d'urgenza nel suo ufficio. Aveva fatto una stronzata e lo sapeva, ma detestava doverlo ammettere davanti a quella boriosa lesbica saccente che si credeva Dio!

«È stata lei a cominciare!» Si morse le labbra, aveva appena detto la seconda stronzata della giornata, una frase da bambina capricciosa. «Ha voluto umiliarmi davanti a tutti. Cosa le sarebbe costato avvisarmi che il cadavere era in quelle condizioni?»

«Tanto quanto sarebbe costato a lei chiedermelo.»

Giuditta non appariva nervosa, se ne stava seduta lì ad aspettare che l'Ambrosini si cucinasse da sola, visto che era tanto brava...

«È un fatto che lei non ci ha ancora fornito un profilo. E il dipartimento, o meglio lo Stato, la pagano per questo! Non per autocompiacersi e tenere tutto per sé facendo brancolare nel buio...»

«Lei lo sa cosa significa lanciare una sfida a un serial killer?» la interruppe Giuditta.

L'Ambrosini tirò una boccata per prendere tempo.

«Perché sì, si tratta di un serial killer» proseguì serafica Giuditta.

Il pm sbuffò il fumo.

«Conosce la differenza tra significante e significato, dottoressa Ambrosini? Immagino di no. Ogni segno grafico ha una forma e un suono. Questo è il significante. Lo stesso segno contiene un concetto. Questo è il significato.»

«Non l'ho convocata qui per sentire una lezione sulla...»

«Linguistica. O sul buon senso, se preferisce. Ma prima di continuare devo chiederle una cosa.»

«Dica.»

«Posso considerare questa nostra chiacchierata confidenziale?»

Un'altra boccata per prendere tempo. Se non avesse accettato avrebbe ammesso di avere paura di Giuditta. E ne aveva. Ma se avesse accettato sarebbe stata costretta a sentire tutto quello che usciva dalla sua bocca, ed era matematicamente certa che non le sarebbe piaciuto. L'orgoglio l'ebbe vinta.

«Come vuole. Resterà tutto tra noi.»

«Bene» e Giuditta si alzò.

«Dove va?» si allarmò subito l'Ambrosini.

«Il significante è questo: lei ha cercato di farmi passare per incapace davanti alla stampa, ha voluto far intendere che quella brutta cattiva della dottoressa Licari, che le ha fatto vomitare la colazione sul tailleur di fronte a tutti e che l'ha costretta a farsi mandare da casa abiti e biancheria puliti, visto che nemmeno la sua vescica ha retto la visione del povero signor Terlenghi, non sa fare il proprio lavoro, e che dopo quattro, e dico ben quattro omicidi efferati, ancora non sa tracciare un profilo dell'assassino.»

La cenere della sigaretta cadde sulla copertina dell'agenda in pelle. Come lo sapeva che se l'era fatta addosso?

«Questo è il significante, il segno che lei ha tracciato. È la forma del suo discorso, e secondo lei anche la sua sostanza. Ma lei non è l'assassino. E lo sa qual è il significato, ovvero ciò che recepirà l'assassino?»

Giuditta si avvicinò alla scrivania, si sporse fino a sfiorare la sigaretta.

«L'assassino recepirà questa faccia. La polizia, vede, non ha faccia, ci sono gli ispettori, gli agenti, i pubblici ministeri, siamo una massa, l'assassino se ne frega delle masse, ma si occupa delle persone, e se ne occupa fin troppo bene, mi pare. Quello che lei ha detto a lui, e solo a lui, è che il nemico vero sono io. Io quella che vuole ridurlo a uno schema, io quella che crede di poterne tracciare un profilo, io che sono certa di poter capire e interpretare, io che lo sminuisco, lo svilisco, lo derido e mi sento superiore a lui. Prima era solo con se stesso e i suoi compiacimenti, incurante di quanto facciamo noi per cercare di catturarlo, perché ci considerava solo una massa informe di fronte alla sua grandezza. Ora dalla massa è uscito qualcuno, qualcuno che dichiara per interposta persona di poterlo capire, di poter ridurre la sua personalità a una serie di dati. "Psichiatra", ha detto. Il che equivale a dargli del pazzo. Questo forse lo farà ridere. O forse lo farà incazzare. Fatto sta che è stato provocato. E reagirà.»

«Posso farla mettere sotto sorveglianza, darle una scorta...» tentò l'Ambrosini.

Il tono di Giuditta si abbassò quasi a un sussurro.

«No, brutta cretina, non capisci. Ora la sua logica si muoverà intorno a me. Ora quella che vorrà mettere in scacco sono io! Quindi cambierà modus operandi, agirà con maggiore cautela, costruirà i delitti con attenzione ancora più maniacale. Io gli servo viva per dimostrare che lui è più intelligente di me. Con quella sparata del cazzo hai solo complicato le cose. E probabilmente hai favorito la morte di qualche vittima in più, giusto per farla a me, a quella brutta cattiva della Licari. Un grappolo di vite umane per un tagliando della lavanderia.»

«L-lei non ha il diritto di parlarmi così.»

Giuditta ormai parlava in un soffio simile a una raffica di mitra.

«Donna di potere, piacente ma troppo vicina ai quaranta per essere sicura di sé come una volta; incapace di rinunciare a un colpo di teatro che la metta al centro dell'attenzione e di calcolarne le conseguenze; che crede di poter dimostrare con abiti e atteggiamento caratteristiche che non ha: autocontrollo e oggettiva valutazione delle priorità, per esempio; incapace di affrontare i propri limiti, scarsamente in grado di gestire i suoi rigurgiti, emotivi e non; ha puntato tutto su una carriera che non l'ha portata lontano quanto credeva, con troppo poco pelo sullo stomaco per buttarsi in politica ma abbastanza per allontanare un bravo collega solo perché l'attraeva, preferendo stroncare quello che stava nascendo tra loro piuttosto che ammettere il bisogno di un palliativo al suo matrimonio in crisi da sempre, immolato al dio lavoro, che resta in piedi solo di facciata, nell'attesa di giocarsi l'ultima carta del figlio, il rifugio antiatomico di tutti i fallimenti.»

Loredana Ambrosini aveva la nausea.

«Ecco, questo è un profilo oggettivo su qualcuno che si conosce. E che si osserva. Ma il nostro serial killer io non lo conosco. Non so chi è, so solo cosa fa. Adesso, certo, so una cosa in più: so che da ora in avanti lo farà per me.»

Tornò verso il suo posto, prese la borsetta e si diresse alla porta.

«Per finire, dottoressa Ambrosini, chiuderei questa parentesi informale. Le farò avere entro questa sera il profilo provvisorio della persona a cui diamo la caccia. Passibile, da oggi, di ogni tipo di variabile. Buona giornata.»

capitolo ottavo

«Tedesco!»

«Ah, ecco!»

L'anatomopatologo mostrò trionfante a Giuditta il tubo endotracheale arancione appena estratto dalla gola squagliata di Amos Terlenghi.

«E, se me lo concede, anche obsoleto. Ditta Krütsch. È un 10,5" di gomma dura, con un raccordo di discutibile efficacia.»

«Deve avere fatto fatica a infilarglielo in gola. Quelli ospedalieri, monouso, sono di silicone rigido trasparente e scivolano meglio.»

«Bah, tanto con tutto quel sedativo che aveva in corpo poteva infilargli in gola anche un sifone del lavandino. Guardi qui.»

Indicò a Giuditta il punto in cui era stata fatta l'iniezione.

«Da manuale. Gli ha iniettato almeno 600 milligrammi di Promazina HCL. Senza un graffio, un'incertezza, e sì che la siringa doveva essere bella grossa.»

«Promazina? E perché la Promazina? Non è un anestetico, fa effetto dopo diverso tempo, anche se un dosaggio simile...»

«Ah, lo chieda al suo assassino.»

«Nient'altro?»

«Non è stato legato né malmenato. La morte è sopraggiunta per arresto cardiaco da shock vagale, come aveva supposto lei.»

«Posso usare il telefono? Chiamo il laboratorio.»

«Faccia pure.»
Giuditta si abbassò la mascherina col polso e, usando i denti, sfilò il guanto destro appiccicaticcio di un misto di muco e sangue, lo rivoltò e mise in tasca. Compose il numero dell'interno, ebbe una breve conversazione e poi riappese con il solito, vago sorriso.
«Dottor Escagno?»
«Sì?»
«Sbaglio o ha definito "obsoleto" il tracheotubo?»
«Confermo.»
«E che fine fanno gli strumenti chirurgici quando diventano obsoleti?»
«Un'infinità, cara signorina. In Africa, spesso. Oppure in ospedali talmente poco attrezzati da trovarli modernissimi. In tutti gli ambienti delle branche minori della medicina...»
«La Promazina... è spesso destinata anch'essa a un mercato diverso da quello medico principale.»
«Be', è somministrata soprattutto dai...»
Entrambi tacquero. Dopo una pausa significativa Escagno si strinse nelle spalle.
«Potrebbe essere. Calzerebbe, insomma. Vuole il numero dell'interno?»

* * *

Giuditta uscì con una certa veemenza dalla sala settoria, sfilandosi il camice monouso, il guanto e la mascherina per gettarli nel bidone apposito.
«Miglio, hai la macchina qua fuori?»
«Sono in motorino.»
«Va bene, prenderemo la mia. La macchina fotografica?»
«Ce l'ho.»
«Ok, andiamo.»
«Avevi un guanto solo?»
Giuditta tornò sui suoi passi, mormorando un «porcaputtana» che fece sorridere Escagno e frugando nella tasca per prelevare il secondo guanto.

«Miglio, una curiosità.»
«Dimmi.»
«Ma tu mi esamini sempre?»
«Ti guardo, Giuditta. È diverso.»
Già, era diverso.

* * *

La Peugeot 306 verde bottiglia superava eroica il limite di velocità mentre Giuditta parlava con una certa concitazione.

«I risultati del laboratorio sono parziali, ma incoraggianti. Il mozzicone in casa di Iannoni era stato fumato da Terlenghi, c'erano vaghe tracce sia di saliva che ematiche, aveva un herpes sul labbro.»

«Ma che schifo!» se ne uscì Miglio.

«Giuro, non appena avrò un attimo di respiro devo tracciare il tuo profilo psicologico. Non è normale che con quello che vedi tutti i giorni ti faccia schifo un herpes! Poi magari lo mando alla Ambrosini come quello del serial killer!»

Miglio rise. Poi si fece serio.

«Ascolta, Giuditta... per... per quello che abbiamo detto prima...»

«Prima abbiamo detto un milione di cose, Miglio. "Prima" quando?»

«Mentre facevo le foto al cadavere... Insomma, l'hacker... se mi fai avere i dati io potrei... anche stasera...»

Giuditta gli concesse un sorriso pieno.

«Sei un tesoro.»

Poi, prima che Miglio riuscisse a grattare dal fondo il coraggio per lanciarsi in qualsiasi dichiarazione, lei riprese come se nulla fosse.

«Le tracce del mozzicone nel water sono ovviamente più labili, compromesse dalla permanenza in acqua, ma in ufficio ne abbiamo trovati altri due fumati da lui, e ringraziamo per questo la scarsa solerzia delle donne delle pulizie. Morabito e i suoi hanno trovato un pacchetto aperto nella giacca e diversi altri nel cassetto del comodino. Una stecca intera nell'armadio. Quindi era un fumatore, il trailer lasciato dall'assassino era chiaro, nessun messaggio recondito. Mentre questa volta non so...»

«La forcina? Se la vorrà prendere con una parrucchiera. O con una nonnina.»

«E perché non una modella? O il direttore di una ditta che fabbrica forcine? No, troppo vago, e poi adesso non me ne frega niente, penso ad altro.»

«Dove stiamo andando, a proposito?»

«All'unità cinofila.»

L'auto stava infatti attraversando l'estrema periferia della città, rivestendosi di anonimato.

«E come mai?»

«Per avere conferme dal veterinario. Il tracheotubo e la Promazina sono utilizzati nella medicina veterinaria. Voglio capire fino a che punto possono aver assunto un significato simbolico per il killer.»

Ma Miglio già non l'ascoltava più. La fronte appoggiata di sbieco al finestrino, gli occhi a correre di pianta in pianta. Agente Michelangelo Giglio, poliziotto di campagna, da qui l'inevitabile nomignolo. Così casuale eppure così azzeccato: poche cose assomigliavano a una fragile spiga come il ragazzo che sedeva accanto a Giuditta. Calò un silenzio che la imbarazzò, si sentiva sola in quell'auto, come se lui fosse andato via. Cercò di riprendere un dialogo.

«Casa tua è da queste parti?»

«Più o meno.»

«E il macello?»

Miglio non fece una piega, incantato da qualcosa oltre il finestrino che vedeva solo lui. E lo affascinava.

«Il macello cosa?»

«Com'era? Insomma, lavorarci, vedere quello che... be', che effetto ti faceva?»

«Ci si alzava sempre prestissimo» rispose Miglio con

aria svagata e in maniera assolutamente non pertinente «faceva un freddo...»

«Intendo dire: qualcosa ti avrà insegnato, no?»

«Be', ho imparato a non scivolare sul sangue.»

C'era qualcosa nella sua astrazione che irritava profondamente Giuditta. Non l'avrebbe ammesso nemmeno sotto tortura, ma probabilmente non essere al centro della sua attenzione era una cosa che le riusciva difficile tollerare. Alla fine sbottò:

«Si può sapere cosa guardi? Qui la campagna è tutta uguale».

«Hai ragione, è tutta uguale.»

Finalmente si voltò a guardarla con un sorriso raggiante.

«E non è mai la stessa.»

* * *

L'agente al cancello fece a malapena in tempo a controllare i loro documenti che Miglio si catapultò fuori dall'auto gridando:

«Guarda i cani!»

slanciandosi verso alcuni bestioni che prendevano il sole dentro un recinto aperto e coperto di segatura.

«È un appassionato» fu il laconico commento di Giuditta mentre stringeva la mano al dottor Giurioli, il responsabile veterinario dell'unità cinofila antidroga, che era venuto ad accoglierli e che osservava con un'ombra di scetticismo Miglio razzolare con i cani come se fosse stato un bambino di cinque anni.

«Non sono pericolosi, vero?» chiese poi Giuditta.

«Non si deve preoccupare, con le persone sono molto docili. Attaccano solo dietro ordine» concluse, decidendo che il collega era decisamente poco professionale e facendo entrare la dottoressa nello studio.

«Sono di razza, quelli nel recinto?» chiese Giuditta, tanto per introdurre il discorso.

«No, sono meticci. Li usiamo sempre. Abbiamo prevalentemente cani di grossa taglia, soprattutto pastori tedeschi, ma anche incroci presi dal canile. A volte sono più svegli e più rapidi nell'apprendere l'addestramento.»

«E ferocissimi, vedo» commentò Giuditta guardando fuori dalla finestra Miglio che si rotolava a terra, nel recinto pieno di trucioli e segatura, con una specie di incrocio tra un alano e un labrador pesante forse quanto lui. Miglio sembrava essersi completamente dimenticato di essere un poliziotto. Forse era stato un errore portarselo dietro. Il dottor Giurioli sembrava pensarla come lei quando, sorridendo sarcastico, affermò:

«Il suo collega sembra essere interessato più ai cani che a questo caso, mi pare».

Giuditta lo gelò con lo sguardo.

«E infatti è qui solo per accompagnare me. Ma non voglio farle perdere troppo tempo con le mie sciocche domande e il mio imbarazzante assistente.»

«Si figuri, dottoressa, se io...» tentò Giurioli, ma ormai se l'era giocata.

«Dunque sarò breve. Al telefono mi ha detto che qualsiasi veterinario usa i tracheotubi di gomma, quelli arancione, e non quelli di silicone» riprese Giuditta.

«La maggior parte sì. Poi ci sono le cliniche a cinque stelle...»

«E il sedativo che va per la maggiore è la Promazina HCL.»

«Direi di sì, soprattutto se precede un'intubazione.»

«Per quanto ne sa, è un processo che si pratica anche nella vivisezione?»

«Dottoressa Licari, lei fa un lavoro, io ne faccio un altro. Rispetto il suo, quindi lei rispetti il mio. Io non so niente della vivisezione. E non voglio saperne niente.»

Giuditta stese asciutta la mano.

«La ringrazio, dottore, mi è stato utilissimo.»

Fece per uscire, seguita dal medico che cercava di recuperare terreno, sapendo che finire sul libro nero di quella donna non era una bella esperienza, quando avvenne. Uno dei cani con cui Miglio stava giocando, un grosso bracco, inaspettatamente partì di corsa verso un cespuglio. Avvertendo il pericolo che si avvicinava, un passero che credeva di essere nascosto tra i rami, cercò di spiccare il volo. Fece qualche metro quasi rasoterra cercando di prendere quota, e quando ormai sembrava fuori portata, il bracco saltò. L'uccellino sparì nelle sue fauci. Giuditta non fu turbata dalla scena, si limitò a un vago fastidio, ma la sua preoccupazione corse subito a Miglio. Si voltò a guardarlo, in piedi sull'ingresso del recinto, un sorriso tenue, trucioli ovunque, gli occhi asciutti eppure così simili all'espressione del pianto.

«Miglio...»

«Stai tranquilla, è normale. I cani uccidono per istinto, non per cattiveria. È la natura.»

Allungò la mano per accarezzare la testa del bracco che tutto trionfante tornava al recinto con la sua preda morta in bocca, sbavando sangue e piume.

«È la natura» ripeté Miglio.

* * *

Sulla strada del ritorno Giuditta coinvolse a forza Miglio nella conversazione raccontandogli del colloquio avuto con Giurioli.

«Insomma, significa qualcosa?»

«Può essere. Forse la sua è una campagna.»

«A-ah.»

«Una battaglia personale che combatte in maniera poco ortodossa.»

«Mi devo essere perso un pezzo, Giuditta.»

Lei sospirò e ingranò la quarta. La Peugeot protestò.

«Allora: lui, soggetto, l'assassino. Ci sei? Ha ucciso quattro persone in quattro modi diversi, te li ricordi?»

«Una per asfissia, la seconda sparandole, il terzo... be', quello non è un omicidio, la morte è stata accidentale, a Iannoni è venuto un infarto.»

«L'avrebbe ucciso comunque, prima o dopo. E Terlenghi lo ha sedato e poi gli ha rovesciato dentro un bidone di soda caustica.»

«Sì.»

«Che cosa vuole? Farli soffrire? A guardare Iannoni e la Telli si direbbe di sì, ma a guardare la Astuni e anche Terlenghi...»

«Be', Terlenghi non si deve essere divertito.»

«Non è questo il punto, Miglio! Lo ha sedato e la morte è stata rapidissima, che gusto c'era? No, secondo me c'è dietro dell'altro, tipo una denuncia globale contro il mondo. Un tema per ogni morto. L'alcol è una brutta cosa e lui uccide la Telli, lo stupro è una brutta cosa e lui ammazza la Astuni, la discriminazione sessuale è un abominio e lui fa fuori Iannoni, il fumo uccide e lui spappola i polmoni di Terlenghi.»

«Se la prende con le vittime, però.»

«Sì, e anche questo è strano.»

«Cosa c'entrano i cani?»

Erano arrivati in centrale. Appollaiata sul motorino di Miglio, con l'aria di quella che aspetta da troppo tempo per i suoi gusti, c'era Donatella.

«Cazzo, dovevo andarla a prendere in università! Sai la scenata che mi fa adesso!»

«Vai, Miglio.»

La mano sulla portiera esitò. Poi Miglio tornò a guardarla, un po' buffo con tutti i trucioli di segatura residui impigliati nei capelli, a testimoniare i suoi corpo a corpo nel recinto dei cani. Il viso era serio.

«No, finisci l'analisi. Cosa c'entrano i cani?»

Giuditta, che il profilo di Miglio in realtà lo aveva tracciato da tempo, come quello di tutti i colleghi, sapeva che alla riga ventisette circa c'era scritto:

«... personalità ancora in via di formazione, con forme di assoluto assorbimento nei confronti di tutto ciò che riguarda la professione a discapito di un distacco disempatico verso la sfera affettiva personale e la sua esistenza al di fuori del dipartimento».

«Ammesso che la mia tesi sia esatta, la lezione in questo caso era su due fronti: contro il fumo e contro gli esperimenti sugli animali. Ha usato un tracheotubo di uso quasi esclusivo in medicina veterinaria e un sedativo usato con altrettanta frequenza. I suoi atti cominciano a essere più dimostrazioni terroristiche che omicidi puri e semplici. E se inizia a lanciare più di un messaggio per omicidio siamo a posto.»

«"Colpirne uno per educarne cento." Un predicatore, come in *Se7en*!»

Giuditta sorrise per l'accostamento delle due citazioni.

«Diciamo di sì. Però è solo un'ipotesi. Devo lavorarci su, lo farò stanotte dopo aver steso il profilo per l'Ambrosini. Ora vai o la tua ragazza ti fa la pelle.»

Miglio fece spallucce e scese dall'auto. Prima di chiudere la portiera le chiese:

«A proposito: lo sai che quando ha visto Terlenghi l'Ambrosini se l'è fatta sotto? Io ero a qualche metro dalla porta ma ho sentito perfettamente l'odore».

«Nonostante la soda caustica?»

«La soda caustica è una base, l'acido urico un acido. È facile distinguerli. Lo vedi che devo fare medicina?! Ma tu non l'hai sentito?»

«No, Miglio mi deve essere sfuggito...»

Lo vide correre verso il motorino, capelli biondi e truccioli al vento, un inno alla vita.

«... vive due vite parallele, quella lavorativa, piena, partecipe, guidata dalla sua convinzione ideale che il mondo possa essere salvato, cambiato o quanto meno migliorato, e una privata, dominata da una totale automisconoscenza personale, con un ego assopito che si limita a ubbidire a regole che non ha partecipato a stilare e che segue pedissequamente. L'agente Giglio ha un potenziale altissimo che non potrà in alcun modo venire sfruttato sino a che la sua evoluzione emotiva e caratteriale non sarà completa...»

"Svegliati, Miglio. Se vuoi vivere davvero svegliati." pensò Giuditta mentre Donatella le scoccava un'occhiata. Era sempre la stessa, mossa dal tarlo del dubbio che la rodeva. Era gelosa di Giuditta, gelosa del tempo che trascorreva col suo Michi, gelosa della passione per il lavoro che condividevano e della stima assoluta e indiscussa che lui aveva per lei. Una volta sola aveva provato a deriderla davanti a lui e quello che gli aveva visto negli occhi, la smorfia che gli aveva trasfigurato il viso, l'avevano spaventata a morte. Si era improvvisamente trovata di fronte a un estraneo che le aveva urlato di non osare mai, mai più di parlare di Giuditta Licari in quella maniera. E per quanto l'abitudine la spingesse al capriccio, a puntare i piedi e fare una scenata, quella volta era stata zitta. Perché aveva capito che in quel momento il rischio di perderlo era concreto. Ma poi questi accessi di gelosia si placavano, le bastava vederla. Una zitella sciatta, mascolina, che non sorrideva neanche per sbaglio. Come avrebbe potuto interessare al suo Michi? Dove sarebbero mai potuti andare lui e una donna simile dopo il lavoro? Per locali? A passeggiare? Dio, doveva avere una vita così piatta! Al massimo le concedeva la visita a una vecchia zia, ma molto più verosimilmente la vedeva chiusa tutte le sere in casa con il televisore acceso senza volume a lavorare, lavorare, lavorare. Mentre Michi, quando rientrava, aveva solo voglia di fare l'amore e di inventarsi mille giochi di specchi e nastri rossi e nuove posizioni. Lei aveva il meglio di Michi. Assolutamente il meglio.

* * *

«Non sei ancora andata a casa? Non hai visto il filmato al telegiornale?»

«No.»

«L'hanno trasmesso tutto il giorno, lo sai?»

«Lo immaginavo.»

«Me lo tieni? Sebastiano è di nuovo in zona fornelli.»

Clara le passò il bambino di sette mesi che aveva sfornato un anno dopo il primogenito. Si guardarono negli occhi. Riccardo cominciò a frignare.

«Ssst» fece distratta Giuditta.

«È che non è più abituato a vederti!» urlò Clara dalla cucina.

Giuditta sapeva che Miglio aveva ragione: l'uomo è un animale abitudinario, adattabile. Sulla carta lei e Clara non avrebbero dovuto più vedersi già da quando questa aveva abbandonato medicina al terzo anno per sposarsi. Avevano sempre avuto poco in comune, se non l'affetto maturato per abitudine, appunto, e per una casuale vicinanza di casa, negli anni di liceo. Invece le telefonate non si erano diradate, nemmeno con l'arrivo del primo e del secondo figlio. Clara aveva due anni meno di lei, era una donna serena che non si poneva grandi domande e aveva lasciato che la vita vivesse lei, piuttosto che essere lei a vivere la vita. Giuditta si era chiesta milioni di volte se forse non fosse stata la più furba delle due. Certamente era la più felice. Tornò dalla cucina con il primogenito recalcitrante che sistemò nella zona giocattoli, e riprese Riccardo.

«Non vieni mai a trovarci» la rimproverò.

«E da oggi ci verrò ancora meno.»

«Hai paura?»

«No, ma è più prudente.»

«Certo che quella poliziotta è proprio una stronza.»

«È un pubblico ministero. E non dire le parolacce, che poi i bambini le imparano.»

Clara sorrise.

«E tu come stai?»

«Così.»

«Alessandro?»

«Il solito.»

«Sai dove sta? Hai il suo indirizzo?»

«No.»

«Ti chiama ancora ogni notte?»

«Sì.»

«Non vuoi avvisare nessuno? I tuoi colleghi?»

«No.»

«Perché?»

Giuditta ci pensò su qualche secondo. Non perché non sapesse la risposta, ma per assaporarne la limpidezza, la consapevolezza ferrea che aveva assunto nella sua mente in tutti quegli anni.

«Di qualche cosa si deve morire. E se morire per mano di Alessandro lo farà stare meglio, anche solo per poco, a me sta bene.»

Clara la guardò con un misto di pena e rassegnazione. Giuditta accarezzò la testa del bambino. Avrebbe dovuto sentire una fitta dolorosa all'utero, un ferro da calza arroventato che la trapassava da parte a parte, la frustrazione di non essere madre, la certezza che non lo sarebbe stata mai. Ma non sentì niente. Nemmeno quella volta. Niente.

* * *

Cominciò già nell'androne del palazzo. Quattro coinquilini in croce fermi a parlare sulle scale le fecero un breve applauso, congratulandosi per quanto veniva bene in televisione, e quanto fossero orgogliosi per ciò che stava facendo contro «il Seviziatore» ("Il Seviziatore? IL SEVIZIATORE? Buon dio, ma chi è quell'idiota che gli ha appioppato un nome del genere?... Lamberti! Deve essere stato Lamberti, con la sua convinzione di essere un genio del battesimo! Come quel caso di gare notturne ai semafori, con quei ragazzotti idioti che partivano non appena scattava il rosso, rinominato 'Operazione Roulette Rossa', che ci ha fatto vergognare tutti come ladri per mesi!) per salvare i loro figli e la loro città e il loro Paese e il mondo intero! Persone che era riuscita con applicazione e abilità a evitare per tutti gli anni in cui aveva vissuto sola in quell'appartamento, uscirono richiamate dall'attrazione per il macabro e le si riversarono addosso in un tripudio di abbracci fraterni, pacche sulla spalla, commozioni e promesse di preghiere. Tra quelle masse indistinte di corpi da cui non tentò nemmeno di difendersi scivolò quello asciutto e flessuoso di Andrea. Le si appoggiò a un fianco, aderendo brevemente al suo seno destro. Il tempo di sussurrarle all'orecchio la frase:

«Lo schermo non le rende giustizia. Troppo piatto per una donna come lei» e poi venne risucchiato, inghiottito dal marasma del vicinato, o forse fece semplicemente un passo indietro. Giuditta riuscì a riguadagnare il suo appartamento giusto un attimo prima che il telefono squillasse.

«Amore mio, ma potevi avvertirmi, che io e il papà non stavamo quasi guardando quando alzo gli occhi e vedo la mia bambina, che però anche tu sei sempre così trascurata, che la ragazza di fianco a te invece sì che era bella a posto, potresti anche tu tenerti di più, che lo capisco che sei stanca, ma sai che non ci vuole niente, basta un filo di trucco e diventi uno splendore, comunque il papà è stato contentissimo, ma ha detto che dovevano far parlare anche te, io invece penso che hai dato una buona impressione, di essere riservata e molto professionista, brava, hai fatto bene, sono proprio contenta di essere riuscita a trovarti adesso, perché ora comincia il telefilm del cane e lo sai che io e il papà non ce lo vogliamo perdere, ah, il papà ti saluta che si sta lavando i denti, lo senti che ti saluta?, bene, tu stai bene vero?, noi bene, sì, sì, anche il gatto, ora scusa che devo scappare, è finita la pubblicità e comincia, comunque brava brava brava.»

«Mamma?»

«Sì, amore, ciao, ci sentiamo domani che mi racconti tutto, chissà come sei emozionata, ciaociaociao!»

«Mamma?»

Aveva riappeso. Giuditta fece altrettanto.

«Sai, mamma, a volte darei l'anima per provare qualcosa, qualsiasi cosa. Ci tenevo a dirtelo.»

* * *

Aries: «Hai visto il servizio sul Seviziatore?».

Giuditta, che era distratta per la stanchezza, alzò di scatto gli occhi sullo schermo. Ebbe la sensazione di una breccia che si apriva, di una spaccatura che faceva irrompere la realtà in quel bel mondo artificiale e riposante. Una realtà che era sua, non di Aries. Per lui era fiction, un servizio in tv, la colonna di un giornale. Poi pensò che la realtà era già irrotta nel momento in cui aveva allungato a Miglio il foglietto con i dati per il suo hacker. Ogni bel gioco deve durar poco. E tanto va la gatta al lardo che ci lascia lo zampino. La sua curiosità prima o poi l'avrebbe uccisa.

Nova: «Di sfuggita. Non mi piace il telegiornale».

Doveva mantenere la coerenza dell'oca ignorante.

Aries: «Secondo me il vero mostro è quella tizia che gli dà la caccia».

Le parole le caddero addosso come un macigno. Benedì il fatto che Aries non avesse mai cercato l'incontro o insistito per avere una foto. La breccia si spalancava sempre più. L'aveva vista, anche se non lo sapeva, e ora la derideva. Ci era abituata, forse. Ma in questo caso il colpo era inatteso, e non era una di quelle sorprese che le accendevano golosità mentali, ma era il preludio della chiusura di quel rapporto. Lo aveva sopravvalutato. In fondo Aries non era altro che un altro. Un altro e basta.

Nova: «Be', in effetti è bruttarella forte».

Ora avrebbe inventato una scusa per chiudere. Dopo di che avrebbe cancellato l'account, e avrebbe ricominciato da un'altra parte. Le era passata la voglia di sesso virtuale e quella sera non sarebbe riuscita a gioire delle futili stupidaggini che Aries le diceva per sedurla. Le era passata la voglia di molte cose, nel corso della giornata.

Aries: «No, per essere bella è bella, bionda artificiale, ben vestita, un po' troppo truccata, per i miei gusti... ma l'hai sentita parlare? Sembrava un pit-bull».

L'Ambrosini? Parlava dell'Ambrosini?

Nova: «Sì... Non l'ho sentita bene...».

Tentare?
Osare?
La curiosità, la spada...

Nova: «Io però parlavo dell'altra, l'esperta... Quella era veramente un cesso!».
Aries: «Scusami, ma non sono d'accordo».

Incredibile.

Aries: «Sei superficiale se giudichi la gente così, scusami se te lo dico. Va bene che sembrava imbalsamata, ma se non altro ha avuto l'intelligenza di tenere la bocca chiusa».

Giuditta cominciò a sorridere.

Aries: «No, dico, ti rendi conto che attraverso la tv quella giudice bionda si è rivolta direttamente al killer? Da come parlava sembrava che lo considerasse una merda, uno che non ci metteranno niente a prendere, e intanto ne ha già fatti fuori quattro».

"Pubblico ministero" corresse mentalmente Giuditta. Lo squarcio era sempre aperto, eppure... forse ora aveva anche voglia di guardarci attraverso. Magari non subito...

Nova: «Va bene, va bene, l'ho capito che quello intelligente sei tu».

Aries: «Ma no, tesoro, non prenderla così. Sei arrabbiata?».
Nova: «No, se ti fai perdonare».

* * *

Si levò a sedere improvvisamente sul letto, gli occhi sbarrati, il fiato corto. Il sonno le era scivolato via di dosso come una guaina. Fuori il buio cominciava a stemperarsi. Brancolando afferrò la sveglia, osservò le lancette fosforescenti. Un quarto alle sei. Sollevò il telefono, ascoltò con il respiro che si riduceva a un sibilo man mano che la gola si chiudeva. La linea era libera, regolare.

Non aveva chiamato.

Alessandro non aveva chiamato.

E sapeva cosa significava.

capitolo nono

Aveva chiesto un giorno di vacanza, e dopo quanto era avvenuto Lamberti era stato ben felice di concederglielo. Ufficialmente aveva bisogno di totale tranquillità per studiare il caso, mettere a fuoco la personalità del killer, le sue motivazioni, il modus operandi e tutte le altre puttanate dette dalla Ambrosini. In effetti avrebbe fatto qualcosa del genere, di analogo. Estrasse il faldone, identico a tutti gli altri, riposto in ordine sullo scaffale dei suoi studi post-universitari. Lei lo sapeva riconoscere alla prima occhiata, anche se nulla lo distingueva. Niente etichette, niente nomi, niente codici. A occhio si sarebbe potuto capire solo che era più voluminoso. C'erano sette anni di materiale raccolti lì dentro, talmente anonimi ed ermetici nella loro disposizione da risultare una lunga e barbosa variazione sul tema della psicosi maniaco-ossessiva. Era il dossier sull'ispettore Alessandro Amadei. Un dossier molto privato da cui era impossibile estrapolare alcun riferimento oggettivo o soggettivo. Ma Giuditta leggeva bene quanto aveva scritto tra le parole. Alessandro era stato il principale oggetto di studio della sua vita, eccezion fatta, forse, per se stessa. Aveva raccolto e catalogato tutte le manifestazioni di distorsione della personalità, tutte le alterazioni della percezione della realtà, e poi avvenimenti, dati, percentuali. E non ne era mai venuta a capo, o almeno non del tutto. La patologia di Alessandro era squisitamente unica, consistente in manifestazioni di «violenza intrinseca e violenza estrinseca». Finché aveva lavorato, la violenza di Alessandro aveva avuto una valvola di sfogo fisica, concreta: negli allenamenti, nel maniacale metodo di lavoro e spesso nei cosiddetti «teatri d'azione». Con il licenziamento questa valvola era venuta a mancare, e con essa ogni forma di concretezza, come se la sua persona si fosse astratta dalla realtà. Casa, auto, conto in banca, tutto era sparito. Per quanto ne sapeva Giuditta, poteva abitare in un motel e servirsi di mezzi pubblici, considerato che nessuna macchina era registrata a suo nome (i controlli non autorizzati che aveva fatto erano stati parecchi, negli ultimi mesi), ma questo strideva con i pedinamenti quotidiani di cui l'aveva resa oggetto. Era probabile che usasse documenti contraffatti, o che non ne usasse affatto e che semplicemente avesse pagato le persone giuste per chiudere tutti e due gli occhi. I soldi erano un altro interrogativo di Giuditta: quanti ne aveva? Per ogni missione pericolosa sapeva che veniva pagato molto bene, ma solo una minima parte finiva sul suo conto in banca, che un giorno era stato definitivamente chiuso. E da allora Alessandro era «evaporato», la violenza estrinseca aveva lasciato il posto a quella intrinseca. O almeno così sembrava. La sua furia non si era placata, non si era mutata in quiete, ma in calcolo indiscriminato. Alessandro riusciva a comprimerla, a contenerla, spesso molto a lungo; quella se ne stava buona, in attesa di cavalcare l'onda giusta. E qui si arrivava al cuore del dossier e a una piantina della città punteggiata da una miriade di segni, simboli, lettere e numeri. Indecifrabile per chiunque non fosse stato Giuditta. I segni che solo lei conosceva, in mezzo a quelli fittizi, aggiunti per depistare chiunque fosse venuto in possesso della cartina, creavano un disegno a spirale, leggermente decentrato rispetto alla forma della città. Partivano dalla più estrema periferia e man mano si avvicinavano, avvolgendosi su se stessi, a un centro calcolabile con una buona precisione. Che corrispondeva, è ovvio, all'abitazione di Giuditta. Li contò e li ricontò: sette segni, più due di cui non era del tutto certa. Valutò attentamente la zona, sapendo di non avere molto tempo. Tre giorni, a partire dal pomeriggio precedente. Tanto duravano le crisi di Alessandro.

* * *

Aveva assistito una sola volta a una di esse, ed era avvenuto quasi per sbaglio quattro anni prima, mentre ancora «stavano insieme». Capitava che lui le versasse dei soldi sul conto corrente senza che lei ne sapesse nulla. All'epoca non era ancora riuscita a rintracciare quello di Alessandro per restituirglieli, forse non aveva le conoscenze giuste, e una volta ricevuta l'ennesima notifica della banca era piombata in casa sua a ribadire che non si era ridotta a fare la mantenuta. Aveva trovato la porta aperta, era entrata, lo aveva visto seduto sul divano a fissare il televisore acceso senza volume. Non volendo perdere coraggio e slancio aveva detto tutto e subito, imbastendo una sceneggiata abbastanza credibile. Alessandro non aveva mosso un muscolo, né l'aveva guardata, probabilmente non l'aveva nemmeno sentita. Gingillava qualcosa che teneva penzoloni in mezzo alle gambe.

TRRRRRRR-TLACK-CLICK

TRRRRRRR-TLACK-CLICK

TRRRRRRR-TLACK-CLICK

Gli occhi fissi al televisore, oltre lo schermo, il muro, la città, lo spazio. Giuditta fece un passo e vide la pistola aperta, le dita lunghe e brune di Alessandro che facevano girare il tamburo, lo rimettevano a posto, premevano il grilletto. Poi ricominciava. Nell'estrarre ancora il tamburo Giuditta vide appena il baluginìo, il riflesso della luce azzurrina sul metallo chiaro dell'unica pallottola. La pistola puntava a sinistra, verso terra, a pochi centimetri dal polpaccio. Alessandro la teneva con la destra e faceva ruotare il tamburo con l'altra mano, indolente, come se facesse girare una trottola. TRRRRRRR. Poi lo rimetteva a posto. TLACK. Poi premeva il grilletto. CLICK. Poteva spararsi in una gamba da un momento all'altro, in quella curiosa roulette russa. Giuditta aprì la bocca, e quattordici anni di studi universitari e di specializzazione gliela richiusero immediatamente. Si concentrò, cercando di sprofondare in uno stato simile alla trance, la sola possibilità che aveva di distaccarsi dagli impulsi umani e usare soltanto la ragione. Si avvicinò, si chinò inginocchiandosi accanto ad Alessandro, prese la pistola prima che premesse il grilletto, gliela tolse di mano. Come si aspettava le mani di Alessandro non smisero un attimo di muoversi e ripetere i gesti meccanicamente. Non era catatonico, di questo era sicura. Così come era sicura che avesse caricato la pistola con un solo colpo molto prima che lei irrompesse nell'appartamento, forse ore. E cosa avesse intenzione di farne o cosa ne avesse fatto non lo sapeva. Aprì il tamburo, estrasse la pallottola e gli rimise la pistola in mano. Per lui fu come se non gliel'avesse mai tolta. Eppure ne era certa: era lì.

Sprofondato in se stesso, inghiottito dalla sua stessa paranoia, a sbattere come una pallina da flipper impazzita da un pensiero ossessivo all'altro. Non era depressione, no. Era quello che si definiva «picco negativo», o «attacco», o «crisi». Solo che l'esito di questa crisi poteva essere qualunque. Giuditta posò la pallottola sul tavolo. Inutile nasconderla, doveva avere la scorta per un intero esercito in casa. Per un istante si chiese cosa sarebbe successo se il giorno dopo le fosse arrivata la telefonata di Lamberti o di qualche altro collega. Immaginò il funerale. Immaginò la libertà. Per una frazione di secondo la fantasia si tramutò in speranza: libera! Ma concluse subito che anche se si fosse liberata di lui non sarebbe riuscita a liberarsi di se stessa. O che forse le due cose sarebbero coincise. Fece per uscire quando la raggiunse la voce di Alessandro, remota, lontanissima:

«Chiudi la porta. A chiave».

Ubbidì.

* * *

Cosa facesse durante quelle crisi, quando ancora lavorava, Giuditta non ebbe mai modo di scoprirlo con certezza. Conservava alcuni ritagli di giornale che parlavano di incidenti misteriosi avvenuti in fabbriche, cantieri, magazzini fuori della città. Corrispondevano sempre alle crisi di Alessandro, che si manifestavano ogni due o tre mesi, ma non avrebbe potuto mettere la mano sul fuoco riguardo a un suo coinvolgimento. Da quando era sparito, invece, aveva avuto modo di fare delle verifiche. La crisi si annunciava con l'interruzione delle telefonate. E di lì a tre giorni qualcosa succedeva. Succedeva sempre. Una mensa avvelenata, una fuga di gas in un hotel, lo scantinato di un grande magazzino allagato, cavi elettrici tagliati e abbandonati nell'acqua… Morivano due, tre, dieci persone, si parlava di «tragico incidente», si seguivano varie piste… E dopo il terzo giorno, a imitazione del Messia, arrivava la telefonata notturna che annunciava il superamento della crisi. Giuditta manteneva un atteggiamento imperturbabile, fingendo di archiviare mentalmente ogni «incidente» come caso a sé. Finché un giorno, su una centralina manomessa, erano state individuate delle impronte che non appartenevano a nessun addetto ai lavori. Vennero portate in centrale e scomparvero nel nulla entro un paio d'ore. Tornati sul posto, quelli della scientifica avevano scoperto che la centralina era stata minuziosamente pulita da ogni traccia. Era allora che Giuditta aveva saputo dell'esistenza di un inceneritore poco fuori città, sorvegliato da uno stolido guardiano che viveva appisolato e che, per quella volta, sul monitor non aveva visto la figura di donna passare per gettare un piccolo sacchetto contenente dei guanti da lavoro, una bottiglia vuota di alcol, uno straccio e una cartelletta con i rilievi delle impronte digitali di Alessandro, direttamente nella fornace. Per quella volta, sì. Perché tutte le altre, Giuditta, che aveva avuto modo di studiarsi il luogo, sarebbe entrata dal retro, con la chiave apposita, dove non c'erano telecamere.

* * *

Il percorso di avvicinamento vorticoso verso casa sua aveva un fondo di logica meticolosità, e anche qualcosa di poetico e di artistico, come se Alessandro le stesse disegnando una bella scia di morti da seguire, come i fiorellini che un'improvvida bambina aveva buttato nel laghetto in compagnia del mostro di Frankenstein. Giuditta si scosse, certi voli pindarici di fantasia non se li poteva permettere. Se Alessandro seguiva la traiettoria stabilita c'erano due obiettivi probabili: una caserma dei carabinieri e un ospedale, o meglio una clinica privata. Secondo i suoi studi, i luoghi prescelti dovevano avere un'alta densità di persone all'interno, verso cui sfogare le manie di persecuzione da parte di un mondo ostile che periodicamente coglievano l'ex ispettore. Ma non c'erano hotel di lusso, né multisale, né locali alla moda nella zona rossa di quella crisi, che era molto tranquilla, prevalentemente residenziale. Sì, gli obiettivi erano ridotti a due. Mise su l'acqua a bollire, si concentrò, cercò di astrarsi e di pensare come lui. Per quanto fosse paradossale, Alessandro si considerava ancora un uomo di legge. Un uomo giusto che faceva e meritava giustizia. Un uomo convinto che tutto il mondo si fosse accordato in un gigantesco complotto contro di lui, defraudandolo del suo ruolo. Non sembrava cogliere che se, come lui era convinto, l'intera umanità gli era contro, forse quello in torto poteva essere lui. Gli rimaneva un rigore morale del tutto personale su cui far leva per scegliere: carabinieri o malati? Carabinieri o medici? Carabinieri o infermiere? La forza armata rivale per antonomasia o una massa di persone indifese, moribonde, maleodoranti, sgarbate, che pretendevano aiuto in cambio di nulla, che urlavano «polizia» come a chiedere un dovuto intervento divino, che aspettavano solo di averti sotto i ferri per rinfacciarti in un velo di anestesia che senza la pistola sei come tutti gli altri, e potevi diventare un «eroe» o un «assassino» con la facilità con cui si cambia una carta a poker...

L'ebollitore fischiò. Giuditta uscì dalla mente di Alessandro che tanto bene aveva ricostruito nella sua. In fondo i carabinieri erano «colleghi», perseguitati come lui dalla gente comune. E la gente comune erano tutti gli altri. I malati immaginari. I medici che prendevano le mazzette. I parassiti. Sì, in questo momento doveva vederla così. Suonò il campanello. Giuditta si augurò che non fosse qualche altro vicino festante in lieve ritardo e assunse la sua migliore espressione da malata. Il pigiama e la vestaglia avrebbero fatto il resto. Aprì senza prima guardare dallo spioncino. Sulla soglia c'era Miglio che si rigirava una busta tra le mani. Sulla tempia sinistra aveva una vistosa ecchimosi. Giuditta lo guardò con le sopracciglia leggermente inarcate.

«No, niente. Ieri sera mi ha preso con il posacenere. Mi è toccato consolarla mentre mi medicava.»

Non osava alzare gli occhi, concentrato nella contemplazione forzata delle pantofole di Giuditta.

«Sei malata? Mi hanno detto che hai chiesto un giorno di permesso.»

«Vuoi entrare?»

Miglio entrò come se avesse le gambe di legno. Dietro la sua schiena comparve, seduto sulla balaustra mentre mangiava una mela, Andrea.

«Stai attento a non cadere» lo apostrofò Giuditta.

«Le piacerebbe?»

Si squadrarono.

«Le piace tanto il sangue, dottoressa...»

Chiuse la porta sulla sua risata. Miglio era ancora impalato in mezzo al corridoio. Giuditta si domandò perché l'avesse fatto entrare. Nessuno entrava in casa sua, era una delle regole che si erano imposte spontaneamente nella sua scala delle priorità. Non poteva evitare i genitori e Clara si faceva vedere raramente, comprensiva pur trovando incomprensibile quella presa di posizione. Perché aveva fatto entrare Miglio?

«Vuoi una tazza di tè? L'ho appena fatto.»

«Sì, grazie.»

Era sempre più sorpresa. Versò il liquido scuro nelle tazze, aggiunse il limone e quattro cucchiaini di zucchero, sapendo le esigenze assurde del palato di Miglio, assimilate in quegli anni di condivisione forzata degli spazi e dei tempi. Miglio osservava il faldone aperto e la cartina.

«Stai lavorando al caso?»

«Sì.»

Giuditta sedette pacifica, sapendo bene che tutte quelle pagine erano solo parole vuote per la mente assopita di Miglio.

«Cacchio, ne hai scritta di roba!»

«Avevo materiale su cui lavorare.»

Di nuovo calò il silenzio e sorbirono il tè. Miglio si guardava furtivamente intorno. Ogni tanto il suo sguardo si soffermava sull'assenza di dettagli e Giuditta provava un pallido rigurgito di orgoglio: era dannatamente tagliato per quel mestiere.

«Ho i risultati che mi avevi chiesto. Il mio amico ha fatto in fretta, dice che è stato un gioco da ragazzi.»

Miglio le allungò la busta cincischiata. Era aperta.

«Li hai letti?»

Miglio tornò a fissare torvo il fondo della tazza, incapace di mentire o di dire la verità. In quel momento Giuditta giudicò la cosa poco importante, ma d'improvviso non aveva più voglia di averlo in casa. Si alzò e meccanicamente Miglio fece altrettanto.

«Va bene. Grazie per aver fatto così presto.»

Gli aprì la porta.

«Miglio?»

«Sì?»

«La fedeltà quando è un sacrificio è peggiore di qualsiasi tradimento.»

«Cosa?»

«Tu non la tradisci, Donatella, giusto?»

«Sì.»

«Perché?»

«Be', perché... non sarebbe corretto... no?»
«Ma vorresti?»
Miglio la osservò con sguardo vitreo, da animale in trappola che non comprende il destino a cui va incontro. Giuditta vide le sue certezze vacillare pericolosamente. Sospirò. Odiava fare la madre.
«Se davvero non ti interessa stare con un'altra donna allora falle un bel discorso chiaro, alla tua Donatella, prima che mandi tutto a puttane e te al Pronto Soccorso. Ma non puoi stare con lei per principio, per "correttezza".»
«Perché no?»
Lei abbassò gli occhi, sorrise. Si vede che non era ancora tempo.
«Perché non è così che funziona, Miglio. Non così.»

* * *

La prima notte la trascorse in febbrile attesa. Di una cosa sola era certa: nei tre giorni di crisi Alessandro alienava momentaneamente la sua ossessione per lei, sperdendosi nelle profondità buie della propria paranoia. Sarebbe stato il momento perfetto per scappare, per quanto Giuditta fosse certa che l'avrebbe trovata comunque, ovunque. Invece di scappare lei ne approfittava per muoversi, sfruttava ogni minuto per esaminare la zona a rischio, si sforzava di ragionare come Alessandro, cercando di prevedere le sue mosse. Poteva essersi sbagliata, l'obiettivo poteva non essere la clinica, che si ergeva altera in mezzo a un enorme parco, ma non poteva disperdere energie, aveva bisogno di focalizzarsi su un solo punto, pregando di avere intuito bene. C'erano ovviamente una serie di dispositivi tecnologici per l'accesso, e l'interno era stato ristrutturato con tutti i comfort, ma in sostanza l'edificio aveva mantenuto lo stesso aspetto di quando era stato costruito qualche secolo prima. Un ottimo lavoro, non c'era che dire, ma i punti deboli abbondavano. Di giorno non aveva gironzolato nei dintorni, si era documentata prevalentemente attraverso internet – eclissandosi alla vista di Aries schermando la sua presenza – e su alcuni testi di architettura consultati in biblioteca. Aveva concluso che Alessandro poteva agire su tre fronti: la cucina, la caldaia centrale esterna e il pozzo d'acqua dolce autonomo. Le ore della notte erano passate con una lentezza esasperante, e Giuditta aveva aspettato sino alle nove del mattino prima di rientrare a casa. Per tutto il giorno attese una notizia del telegiornale o una segnalazione dalla centrale. Niente. Si fece vedere nel pomeriggio alla propria scrivania, giusto per dare una parvenza di normalità. Nessuno aveva approvato l'atteggiamento del pm, e le prime pagine dei giornali con la foto dell'Ambrosini che teneva la mano sulla spalla di Giuditta continuavano a circolare; ma del resto nessuno aveva mai provato una reale simpatia per la glaciale dottoressa Licari, e così, considerato che il giorno dopo il fattaccio non si era presentata in centrale, nessuno ritenne opportuno andare a dirle qualche parola di solidarietà a due giorni di distanza. Giuditta non se ne accorse, o non ci badò, come nessuno badò alle sue occhiaie, che erano in fondo di ordinaria amministrazione. Dalle sette di sera cominciò a girare intorno alla clinica. Non era una donna invisibile, ma aveva imparato a muoversi silenziosamente e con apparente lentezza, evitando i coni di luce e sfruttando ogni ansa, ogni automobile, ogni cassonetto per sparire nell'ombra. Sperava che nel suo stato di alterazione Alessandro, molto più bravo di lei in quel genere di cose, fosse distratto, disattento alla realtà esterna rispetto al tumultuoso desiderio di giustizia e alla missione che si preparava a compiere. Dovendo scegliere un'angolazione definitiva da cui guardare, Giuditta scelse l'ala est, che faceva angolo con la caldaia e si trovava a una trentina di metri dal pozzo. Attese le due, poi le tre. Mancavano una ventina di minuti alle quattro quando non sentì, non vide, solo percepì qualcosa. Come un animale che vola rasoterra, poco più di un battito d'ali. Veniva dalle parti del pozzo. Per quanto cercasse di guardare contemporaneamente in ogni direzione non lo vide mai. Ma sapeva che se n'era andato e che l'aveva fatto. Ancora una volta dovette scegliere tra istinto e ragione, e il primo le fece raggiungere il minuscolo cancello di servizio. C'erano solo due fotocellule e non ci mise molto a manometterle in modo che risultassero perfettamente funzionanti al computer centrale mentre in realtà erano spente. Ci mise un po' a forzare la serratura, non perché non fosse brava, ma perché la chiave doveva essere obsoleta, e i guanti le davano fastidio. Finalmente lo aprì e se lo accostò alle spalle. Posò accanto al tronco di un albero millenario il sacco di plastica morbida, che non produceva alcun rumore. Sopra i guanti monouso ne infilò un paio della sua misura, poi indossò la cuffia di plastica, le soprascarpe e, per prudenza, anche la mascherina. Raccolse il sacco e con estrema lentezza raggiunse il pozzo. Aveva meno di un'ora per fare quello che doveva fare.

* * *

Da un foro fuoriusciva un rivolo d'acqua. Giuditta valutò la situazione. La pompa che scendeva sino alla profondità del pozzo aveva una pressione pazzesca, sarebbe stato impossibile perforarla. La pompa di uscita che distribuiva l'acqua nelle tubature della clinica, invece, si era dimostrata abbordabile. Alessandro aveva praticato un foro grande come un chiodo e poi aveva immesso nell'acqua, con una grossa siringa, il contenuto di alcune taniche di insetticida per scopi agricoli. Giuditta valutò che forse quella volta non ci sarebbe scappato il morto, forse il veleno si sarebbe diluito abbastanza. Le taniche erano lì a terra. Giuditta strinse le labbra con stizza: possibile che un uomo così intelligente, seppur pazzo, fosse sempre così imprudente? O impudente, sfrontato, pronto a sfidare gli ex colleghi? O disperato al punto da voler essere fermato? Questo era un punto ancora da chiarire. Ne prese una e l'annusò. L'odore non era forte, probabilmente chi si fosse alzato di notte a bere un bicchier d'acqua l'avrebbe trovata vagamente acidula, e avrebbe maledetto le vecchie tubature eccetera eccetera. Le donne delle pulizie che avrebbero immerso le mani nell'acqua avrebbero avuto delle forti dermatiti. Quanto ai macchinari, be', si augurava che quelli avessero un filtro. Ma non ci doveva pensare adesso. Rimestò nel sacco ed estrasse una siringa di silicone. Non avrebbe tenuto a lungo, ma avrebbe tenuto quanto bastava. Lo premette forte contro il buco e lo coprì letteralmente. Il rivolo si ridusse a un gocciolio. Estrasse dal sacco una bottiglia di alcol, uno strofinaccio, e infilò dentro le due taniche vuote. Poi, immaginando tutti i passaggi a ritroso, cominciò a pulire la pompa d'uscita, poi quella d'entrata, la porta, entrambe le maniglie. Rifece il lavoro tre volte di seguito, versò un'ulteriore generosa dose di silicone sulla perdita, chiuse la porta con le chiavi che Alessandro aveva lasciato nella serratura e le buttò nel sacco. Si era mossa al buio e non aveva fatto alcun rumore. Tornò al tronco millenario, si sfilò le due paia di guanti, le soprascarpe, la cuffia, la mascherina. Buttò tutto nel sacco, uscì dal cancello, lo chiuse e in un eccesso di zelo diede una veloce ripassata anche a quella serratura e a quella maniglia. Non sapeva da dove Alessandro fosse entrato, ma nel caso... Raggiunse la macchina con il suo vago sorriso, soddisfatta per averci azzeccato anche questa volta. Ora non le restava che un breve viaggio verso l'inceneritore, poi una lunga doccia e infine il sonno. Forse non quello del giusto, ma pur sempre sonno.

* * *

«Rogne» fu il laconico esordio di Lamberti.

«Un altro corpo? Così presto?»

«No, no. Una specie di atto vandalico, attacco terroristico...»

«Se mi spiega magari ho modo di capire anche io, visto che mi ha appena svegliata e che non sto proprio benissimo.»

«Lo so, dottoressa Licari, e mi dispiace, però...»

"Ce la farebbe a fare una scappatina in centrale oggi pomeriggio?" pensò Giuditta.

«Ce la farebbe a fare una scappatina in centrale oggi pomeriggio?» disse Lamberti.

«Ci proverò, signore.» Sorrideva. «Allora, mi vuole accennare?»

«Mah, si tratta di un'intossicazione generale alla clinica "San Cristoforo"... ha presente? È stata immessa una dose di veleno nell'acqua potabile, non sappiamo esattamente di che genere... Quando se ne sono accorti la prima colazione era già stata distribuita.»

«Vittime?»

«Sinora una. Un bambino di otto anni. Deve aver bevuto l'acqua questa notte. Aveva problemi respiratori.»

«La modalità?»

«Manomissione della pompa. Un modus operandi insolito, affrettato e meticoloso insieme.»

«Va bene, lo vedrò oggi.»

Riagganciò. Alessandro aveva avuto il suo morto, alla fine. E probabilmente i degenti più anziani non ce l'avrebbero fatta nemmeno loro. Bella vendetta, bell'atto dimostrativo! Giuditta si compresse i pugni sugli occhi.

«Non ha senso pensare ai morti. I morti sono morti e basta. Alessandro è vivo, finché è libero è vivo, e quando sarà morto... sarà morto e basta... anche lui. Anche io. Tutti.»

Rimase a guardare la luce che filtrava dalle finestre. Le domande che le giravano nella testa, le domande del giorno dopo, erano sempre le stesse: perché lo faceva? Perché proteggeva Alessandro? Perché viveva quell'esistenza da segregata, sempre col terrore di vederlo comparire, subendo la sua assenza, la sua presenza, l'invasione che come una lama ogni notte le tagliava il sonno? Perché era capace di quei rischi indicibili solo per cancellare le tracce che lui aveva lasciato? Sapeva che era stato lui, sapeva cos'aveva fatto e sapeva che l'avrebbe fatto ancora. Lei era la legge, doveva aiutare i buoni a prendere i cattivi, e Alessandro era cattivo. Ma lo era davvero, pur così convinto di essere buono? E lei? Che cos'era lei? Sentiva di non avere la forza di scendere dal letto. Poi ricordò una cosa che la scosse dalla paralisi. In pigiama entrò in salotto, rimise a posto soprappensiero il faldone di Alessandro, e trovò quello che cercava: la busta che le aveva portato Miglio. Di colpo tutte le domande si appannarono di fronte al giocattolo nuovo. Aprì la busta con la voracità di un bambino e lesse avidamente la pagina. Iniziò a ridere di un'ilarità isterica che dava sfogo alle tensioni accumulate, un'ilarità che era anche un trionfante urlo di vittoria. Quel foglio conteneva la vera identità di Aries.

capitolo decimo

La visita in centrale era stata poco più che un proforma. Avevano individuato l'insetticida dopo una breve serie di analisi. Le avevano mostrato le foto della pompa, prima con il silicone e poi senza, le avevano dato le misure del buco, le avevano annunciato il decesso di altri due pazienti molto anziani e l'intossicazione di ulteriori quattro persone. Lamberti friggeva in attesa del responso. Giuditta posò le fotografie sulla scrivania.

«No.»

«No?»

«No, non è lui.»

«Ne è sicura?»

Un sopracciglio alzato fu più che sufficiente come risposta a Lamberti, ma a favore del pubblico, tra cui c'era qualche autorità (persino clericale), Giuditta spiegò.

«È un lavoro grossolano, raffazzonato alla bell'e meglio. L'operatore, chiamiamolo così, si è preoccupato più di ripulire tutte le tracce che di compiere per bene il suo atto criminoso. Per forare il tubo della pompa avrà usato un aggeggio manuale di precisione, non si è certo messo a prenderla a martellate; ma poi, invece di usare dello stagno, o comunque di cercare di contenere la perdita, ha fatto quel pasticcio con il silicone. No, il nostro uomo, il serial killer, è più meticoloso, ha un rapporto personale con le vittime, non casuale come è avvenuto nella clinica. Poteva morire chiunque o non morire nessuno. Mi orienterei su qualche paziente scontento, qualcuno che abbia della ruggine personale con uno dei medici, o addirittura un conto in sospeso legato alla proprietà dell'edificio... Che era privato una volta, prima di venire acquisito dalla Chiesa, giusto?»

Il prelato si irrigidì impercettibilmente.

«È un criminale occasionale. Va fermato in ogni caso, ma a me sembra un puro e semplice atto dimostrativo specifico contro la struttura. E ora, se volete scusarmi...»

Uscì dall'ufficio subissata da ringraziamenti ed elogi. Miglio la aspettava seduto alla sua scrivania.

«Rimani?»

«No, ho bisogno di staccare per chiarirmi le idee.»

Osservò il viso tirato di Miglio, le occhiaie profonde. Non ebbe bisogno di fare domande.

«Non ci ho dormito per quello che mi hai detto.»

«Mi dispiace.»

«Non lo so, a volte mi sembra tutto chiaro, semplice. Poi parlo con te e non sono più sicuro di niente.»

Giuditta aveva fretta, ma non se la sentiva di lasciare Miglio in quelle condizioni. Non era prudente, sembrava davvero scosso e avrebbe potuto farsi venire idee balzane. Come seguirla, per esempio. E quello sarebbe stato davvero uno spiacevole contrattempo. Si baloccò tra due o tre soluzioni e poi scelse la via più breve, anche se le avrebbe complicato un po' l'esistenza. Ma per rimediare a quello c'era tempo. Abbassò una mano e accarezzò Miglio sotto il mento, facendogli sollevare lo sguardo.

«Non devi decidere oggi.»

«Ah no?»

«No. Nessuno ti chiede di decidere oggi.»

Miglio aspettava a bocca aperta, un uccellino spiumato e cieco che vuole il suo verme.

«Se hai... in mente un'altra donna... e se quest'altra donna ha in mente te... aspetterà.»

«Aspetterà cosa? Quando? Quanto?»

La carezza sul mento si strinse.

«Smettila di correre, Miglio. Tu corri sempre, è una vita che corri, corri come un matto a occhi chiusi, corri e non guardi nemmeno dove vai. Magari stai correndo in tondo da anni e non lo sai. Quindi comincia a fermarti. E ad aprire gli occhi.»

«Mi sa che mi sono perso un pezzo, Giuditta.»

La stretta tornò a farsi carezza e le dita scivolarono via in un bisbiglio dal suo viso.

«Lo ritroverai. E poi ne riparleremo.»

Sperando di essere stata sufficientemente ambigua Giuditta superò la scrivania e si affrettò a uscire. Miglio rimase seduto a fissare il punto in cui era scomparsa e, senza neanche rendersene conto, fece qualcosa che non aveva mai fatto in vita sua: cominciò a porsi domande.

* * *

L'auto era parcheggiata al di là della strada, l'ingresso dell'edificio era bene in vista. La zona periferica, il caseggiato relativamente nuovo, l'indirizzo e il nome sul campanello corrispondevano. Giuditta buttò un occhio all'orologio e fece tre calcoli mentali: non doveva mancare molto. Per fortuna, nonostante l'ora, il cielo era ancora abbastanza chiaro per una visione d'insieme, magari non per i dettagli ma pazienza. L'autobus, moderno e molto basso, la superò e accostò al marciapiede una ventina di metri più in là. Preferì non voltarsi e limitarsi ad ascoltare, anche se non si aspettava rumori di ferraglia, che infatti non ci furono. Porte aperte, porte chiuse e l'autobus che ripartiva. Poi un sibilo... no, un fruscio, come il movimento di un serpente. Con aria vaga, appoggiandosi al sedile del passeggero come se fosse in attesa di un ritardatario, Giuditta ruotò la testa. Daniele Messori avanzava veloce verso l'ingresso del suo palazzo. Le braccia erano possenti, muscolose come quelle di un atleta di ginnastica artistica. Anche le spalle e i muscoli del torace erano ben sviluppati. Portava degli occhialetti tondi troppo stretti per il viso paffuto e un po' porcino, le stanghette gli affondavano letteralmente nella carne. Aveva occhi a mandorla, chiari, forse. I capelli erano radi, li aveva persi quasi tutti. Le gambe erano quelle di un bambino di cinque anni. In effetti era stato intorno a quell'età che lo aveva colpito la poliomielite, paralizzandolo in pratica dalla vita in giù. Ripassò mentalmente i dati forniti dall'hacker di Miglio: trentun anni, figlio unico, aveva preso il diploma di ragioniere da privatista tramite corsi serali (dopo diverse bocciature), registrati due tentativi di suicidio andati a vuoto, tracce un po' vaghe di un periodo trascorso in un centro di recupero per alcolisti, quindi morte di entrambi i genitori a breve distanza ma eredità modesta (probabilmente si erano mangiati tutti i risparmi per le varie cure del figlio), ora era operatore di un call center presso un ente pubblico, casa assegnata dallo stesso ente, aveva fatto parte di una squadra di pallacanestro per portatori di handicap sino a due anni prima, era titolare di una ventina di account, dieci per siti pornografici, tre iscrizioni a enti per disabili, sette per programmi di messaggeria. In uno di questi sette il suo nickname era, naturalmente, Aries. Lo osservò risalire la rampa con la carrozzina ultraleggera. Lei se ne intendeva un po', era un modello all'avanguardia, il che significava che di soldi Aries ne aveva. Forse non come un affermato architetto alto, biondo, con gli occhi azzurri, sempre in viaggio per lavoro e dalla vita privata maliziosamente oscura. Giuditta sorrise. Come l'aveva fregata bene. Come era stato bravo a costruirsi quella personalità fittizia, come era abile a recitare il melenso Aries, principe della frase fatta, perfetto gentleman, mai una sbavatura, mai un guizzo di fantasia se non in quell'ultimo contatto, quando avevano parlato del serial killer. Era rientrato subito nei binari, ma nemmeno lui sapeva chi ci fosse dall'altra parte. E non poteva capire fino a che punto fosse cascato male. Il portone si richiuse, pochi istanti dopo le luci delle finestre del pianoterra si accesero. Certo, non si vedeva nessuno muoversi dentro, erano troppo alte.

Giuditta pensò che per quel giorno aveva visto abbastanza, accese il motore e ripartì, il cuore che le batteva calmo, ritmicamente, nello stomaco, nel sesso, nella testa. Era iniziato un nuovo gioco, un nascondino all'incontrario, dove il cacciatore sa fin dall'inizio dove è nascosta la preda, ma la lascia illudere, attendere, sperare, fremere… finché non farà un passo falso. Alle 4:01 il telefono squillò. Giuditta sollevò la cornetta e si mise all'ascolto. Quella notte lei e Alessandro si ascoltarono tacere molto a lungo.

* * *

La settimana seguente fu caotica. A Giuditta sembrava di essere un giocatore di scacchi russo alle prese con venti partite alla volta. Le indagini proseguivano a casaccio, nessuno dei colleghi era riuscito a tirar fuori una pista che fosse una. La forcina non era servita a niente, non portava nessuna traccia e non era riconducibile né a una ditta produttrice né a una marca. Il profilo che aveva steso per l'Ambrosini era meticoloso, quasi maniacale. Maschio, non più di trentacinque-quaranta anni, acculturato, infarinatura di conoscenze mediche, forse un soccorritore o un infermiere, acuto osservatore, maniaco dei dettagli, si considera un artista, vuol dare dimostrazione di un'autostima che forse in realtà gli manca nella vita reale e bla bla bla. Giuditta sapeva di avere scritto otto pagine di stronzate. Ma non sarebbe riuscita a convincere nessuno che giudicare un serial killer solo in base alle sue vittime era come cercare di capire la personalità di Pollock vedendo i suoi quadri. Sapeva bene che tutta la centrale confidava in un errore o in un azzardo del Seviziatore (dio, il fastidio che le procurava quella parola!), e che anche quella era una strategia perdente. Lei faceva la sua parte e stava a vedere, tutto lì. L'interesse morboso di cui era stata oggetto dopo quel servizio in tv era lentamente scemato e i ritmi della sua vita erano rientrati in una normalità apparente. Qualcosa era cambiato, e non si trattava solo di Aries. Con grande calma si era inserita in tutte le chat room di cui faceva parte e l'aveva conosciuto come Nightdreamer, Dany73, Lunatico4U, LordBlond, Occhiblu3000, 6xMe, 01M2kX, 9273645gcx, hotbull436, wheelfucker (questo le era piaciuto), Fottitoro, O3x669d11, Fondista1973, useridentity76409, 000025356k, SuperSfond31. Avevano flirtato, parlato di musica, di sesso, di pissing, di famiglia e figli, dei mali del mondo, di sogni, di fistfucking, di filosofia, avevano preso accordi per un incontro fetish a quattro, per partecipare a un corteo per la pace, per incontrarsi in un locale sadomaso, per fare l'amore, si erano eccitati a vicenda, avevano goduto l'uno dell'altra in molti modi. Lei era stata dodici volte donna, tre uomo e due trans, oltre ovviamente a portare avanti anche il baraccone di Nova e Aries. Lui non l'aveva mai riconosciuta. Aveva steso un profilo sommario del funambolico carattere di Daniele Messori: intolleranza verso ogni forma di commiserazione, omofobia latente, disprezzo del denaro, sopravvalutazione delle proprie capacità verbali e affabulatorie, manie di superiorità, commiste a un vittimismo rabbioso, legate all'handicap e, sempre legato all'handicap, rancore retrospettivo verso i genitori per un ripudio ancora non superato dell'essere al mondo, maniaco del sesso in ogni sua forma, suddivideva in classi e categorie le persone che frequentava, adeguandosi a quanto loro si aspettavano da lui. Un camaleonte artificiale, maestro della mistificazione con il solo scopo di avere sempre e comunque le carte migliori in mano. Non aveva mai avuto le palle di confrontarsi direttamente con qualcuno che considerasse «alla sua altezza». Non avrebbe saputo perdere. Aveva ragione, sarebbe stato spiacevole. Ormai i piani su cui Giuditta si muoveva erano davvero molti e presto avrebbero cominciato a incrociarsi. Ogni cosa a suo tempo, in fondo non era altro che un diversivo per arrivare all'ora di dormire scaricando ogni stress. Ciò che le stava realmente complicando l'esistenza, in maniera inaspettata, era altro: Miglio.

* * *

I primi giorni l'aveva quasi evitata, e questo era stato un bene. La osservava da lontano, come sempre, eppure c'era qualcosa di diverso nei suoi occhi. Giuditta sospettava che avesse a che fare con quel famoso discorso, con la sua reazione eccessiva, ma non era tutto. Aveva l'impressione che fosse cominciato prima, quando le aveva portato la busta contenente i dati su Aries. L'aveva letta e su questo non c'erano dubbi, ma cosa aveva significato per lui? Gli aveva dato fastidio? Ne era stato geloso? O peggio? Le pareva che ora Miglio covasse del rancore per lei, standosene a margine delle indagini, collaborando solo se chiamato, non più solerte come una volta. Lo si vedeva spesso vagare per i corridoi mentre parlava al cellulare. Lo teneva acceso, ora, cosa che non faceva mai in centrale. Squillava ogni dieci minuti, che fosse una chiamata o un messaggio, e allora lui prendeva e usciva, parlava e qualche volta alzava la voce. Giuditta fingeva di non accorgersene, ma i colleghi avevano cominciato a fare congetture sulla sua prossima rottura con l'estenuante Donatella. Eppure non era nemmeno questo. Giuditta ne ebbe la prova il giorno in cui il profilo del serial killer venne ufficialmente presentato in ogni dettaglio alla squadra speciale, in presenza del pm, giusto per occupare qualche ora del pomeriggio e fare tutti bella figura. Si era dilungata sulle abilità manuali, la precisione, i dettagli tecnici e medici, il sospetto che ogni vittima fosse suo malgrado portatrice di un messaggio, ma alla frase: «Ad accomunare le vittime ci sono solo l'indizio per il prossimo delitto, o "trailer", e il fatto di essere state scelte, non si sa su che base, dal killer...» era stata interrotta.

«Dottoressa?»

Tutti si voltarono. Nessuno interrompeva la Licari in un'esposizione, se non voleva rogne. Miglio se ne stava seduto a braccia conserte sulla sua seggiola, gli occhi puntati su Giuditta. Fosse stato un altro gli avrebbe soavemente suggerito di attendere il termine del suo discorso, ma vedere Miglio in quel buffo atteggiamento di sfida la fece sorridere. E incuriosire. Un po'.

«Dica, Giglio.»

«Io non credo che queste siano le sole cose che accomunano le vittime.»

«Vediamo... ceti sociali diversi... tendenze sessuali diverse... età varie... abitazione, lavoro, gruppi sanguigni... no, direi che per ora...»

«E invece secondo me c'è un altro elemento.»

Il sarcasmo di Giuditta si spense sul nascere. Miglio era serio.

«E quale sarebbe?»

«Be', io sono solo un tecnico, mi aspettavo che fosse uno degli investigatori a...»

«Andiamo, Giglio!» intervenne bonario Lamberti come se parlasse a un povero bambino lobotomizzato. «Fa parte della squadra come tutti! Ora faccia finire la dottoressa Licari e dopo...»

«NO!»

Il tono di Giuditta si era fatto perentorio. Lamberti rimase un po' confuso. Ma l'agente Giglio non era il protetto della dottoressa? Da dove veniva, di colpo, tutto quell'astio?

«Avanti, Giglio.»

«Forse è meglio che faccia come ha detto l'ispettore Lamberti...»

«Ora tu dici quello che hai da dire, prima che mi incazzi!»

I colleghi erano congelati.

«Dottoressa, la prego di moderare il linguaggio...» azzardò l'Ambrosini. Giuditta la ignorò totalmente.

«Allora?»

«Precedenti.»

«Cosa? Di chi?»

«Tutti hanno dei precedenti. Sei stata tu, cioè, è stata lei a farmelo notare, che la Astuni aveva denunciato il suo capo per tentato stupro e che Iannoni aveva subito degli atti vandalici per il fatto che era omosessuale. Poca roba, aveva detto, e infatti c'è solo una denuncia contro ignoti, archiviata.»

Ora gli occhi di tutti erano puntati su Miglio. Quelli di Miglio in quelli di Giuditta. E viceversa.

«Così, visto che avevo pochi impegni in questo periodo, mi sono messo a fare una piccola ricerca personale, giusto per vedere se le vittime erano schedate. Ovviamente non "schedate" come colpevoli o indiziati, ma anche come querelanti, parti lese, se si erano mai costituiti come parte civile in un processo...»

«E li hai trovati. Tutti.»

«Già. L'ultimo, Terlenghi, era stato tirato dentro in un imbroglio fiscale dove però non c'entrava, e risulta sia rimasto in stato di fermo per un giorno. La prima, la Telli, ha passato una notte in prigione per guida in stato di ebbrezza.»

Silenzio.

«Non è granché, lo so che una marea di gente ha precedenti penali, giudiziari, che è stata vittima...»

«Vuoi seguirmi, per favore?»

Prima che qualcuno se ne fosse accorto, Giuditta era scesa dalla scrivania e ora si dirigeva verso la porta trascinandovi con gli occhi anche Miglio.

«Ma... dottoressa Licari...» azzardò Lamberti. Giuditta si voltò con un sorriso elettorale.

«Oh, continuerà la dottoressa Ambrosini. Con un linguaggio più consono del mio.»

* * *

«Questa me la spieghi.»

Erano nell'androne delle scale, le loro voci rimbombavano. Giuditta chiuse la porta, tanto tutti usavano gli ascensori.

«Spiegare cosa? Ti sembra impossibile che io abbia potuto avere un'idea?» chiese sarcastico Miglio.

«Che tu possa avere un'idea me l'aspetto anche, ma dopo mi aspetto che tu venga a DIRMELA!»

«Te l'ho detta, no?»

«NO! Hai aspettato che ci fosse tutto il circo riunito per fare una bella sparata pubblica. Cos'è, prendi lezioni dall'Ambrosini?»

«Be', da qualcuno dovrò pur prenderle, visto che nessun altro me le dà.»

Giuditta frenò su questa risposta.

«Cosa intendi?»

«Ah no, è vero, tu ora dai solo lezioni di vita. Giusto?»

«Miglio, stai travalicando.»

«Può darsi. Non so cosa significa ma può darsi. Ormai mi sono abituato al fatto che usi paroloni difficili per farmi sentire più scemo di quanto sono.»

Giuditta era allibita. Non era possibile che quella conversazione stesse avendo luogo.

«Senti, se hai dei problemi...»

«No, sei TU che hai dei problemi!»

Una vena attraversava la fronte di Miglio, pulsante, in pieno rilievo. E i suoi occhi erano umidi. Stava per scoppiare, qualunque cosa avesse, stava per scoppiare. E se fosse scoppiato le avrebbe fatto una scenata. E se avesse fatto una scenata ci sarebbe andata di mezzo lei. E lei non aveva bisogno di niente del genere, in quel periodo. Quindi giocò sporco. Abbassò gli occhi e disse in tono neutro.

«Pensavo che noi fossimo una squadra.»

La sterzata improvvisa del discorso disorientò Miglio, come lei si era aspettata. Approfittò di quell'attimo di smarrimento.

«Ma hai ragione, ognuno ha bisogno del suo momento di gloria, non si può vivere sempre nell'ombra, giusto?»

«Giuditta...»

«E del resto io non me ne ero accorta, lo ammetto, e nessuno degli altri, là dentro, aveva valutato questa ipotesi. Se le tue ricerche sono esatte allora potremmo cominciare a restringere il campo, a cercare tra gli avvocati, i giudici, vedere se qualcuno si è occupato di più di un caso, e chi ha pagato, se c'era da pagare.»

«Giuditta, io...»

«Vanno poi verificate le fonti, bisogna scoprire se i precedenti sono finiti sui giornali o se sono rimasti semplicemente nei nostri archivi, in questo caso potrebbe trattarsi di un hacker, qualcuno che ha accesso ai nostri computer o addirittura di una talpa che lavora all'interno della centrale. Così almeno capiremmo con che metodo li sceglie.»

Miglio le afferrò le mani.

«Io non volevo... non volevo scavalcarti...»

«Ma l'hai fatto, ed è giusto così. Ognuno ha la sua strada, ed è evidente che non posso più farti da nave-scuola.» E ora l'affondo. «Hai ragione tu. È meglio così.»

Districò le mani dal rovo delle sue dita e fece un passo indietro. La rabbia era del tutto sparita dagli occhi di Miglio, ma non le lacrime. Ne scese una sola. Giuditta pensò che in quell'istante Miglio era come quella lacrima: solo, a consumarsi brevemente lungo un percorso incerto.

E lo lasciò così. Solo.

* * *

Il lattice era dannatamente caro e dannatamente scomodo. Giuditta aveva seguito alla lettera tutte le istruzioni, dalla depilazione totale all'uso di creme, ma per quanto trattenesse il respiro non riusciva a scivolare in quello scafandro nero e lucido che ne avrebbe fatto, se non un'icona fetish, una cliente abbordabile nell'Hot Shot, il locale ricavato da uno scantinato dove si sarebbe incontrata quella sera con Aries. Non che avessero un appuntamento, ma, nei panni di Manola_xxx, si era fatta suggerire un «posticino» dove fare incontri «interessanti», e hotbull436 aveva caldeggiato quel posto, soprattutto il venerdì sera. Aveva fatto qualche verifica incrociata e gli aveva teso diversi trabocchetti. Non era caduto in tutti, ma le aveva dato abbastanza conferme per avere una ragionevole certezza che l'avrebbe trovato là quel venerdì. Aveva acquistato il «vestito» in un sexy shop della città più vicina, giusto per sicurezza, anche se aveva perso mezza giornata. La faceva ancora sorridere la cuffia con cerniera sulla bocca, l'aveva trovata troppo divertente (oltre che una sicurezza per l'anonimato) e ora si divertiva a pitturarsi le labbra di un vergognoso rosso semaforo. Cercava di non pensare a come ci sarebbe arrivata. Se Alessandro era là fuori, se Alessandro l'avesse seguita, questa volta l'avrebbe ammazzata. Si guardò di sfuggita allo specchio, il trucco pesante, da battona, il seno compresso fino a tendere le cuciture, quella ridicola cuffia da portare nascosta nella borsetta... Lasciò le luci accese, con una fitta nel fianco al pensiero di suo padre, e in bilico su due stivali che sembravano trampoli infilò lo spolverino, uscì dalla porta e la chiuse. Doveva essere l'una. Fece un passo verso il gradino e lo scricchiolio del lattice le fece digrignare i denti. Probabilmente lo sentiva così forte solo lei, ma aveva l'impressione che se avesse sceso tutta la rampa avrebbe finito con lo svegliare l'intero palazzo. Un secondo passo.

«Talco» sussurrò una voce.

Giuditta si immobilizzò.

«Metta del talco in mezzo alle cosce e dietro le ginocchia, tanto poi va via.»

Alzò gli occhi verso la rampa che saliva. Sdraiato sul pianerottolo c'era Andrea. Perfetto. Lei non osava muoversi, si sentiva così ridicola e goffa e patetica e brutta e inguardabile che sarebbe voluta scomparire, inghiottita dalle ombre. Sentì che cominciava a mancarle il respiro. Udì un lieve trotterellare giù per le scale, poi la mano di Andrea che frugava l'interno della sua.

«Mi dia la chiave» sussurrò.

Giuditta aprì le dita e lasciò scivolare il mazzo in quelle di Tadzio.

«Dove lo tiene?»

«Cosa?» Era frastornata, le ronzava la testa. Andrea rise silenzioso, a bocca larga, come i bambini davanti a uno spettacolo esilarante.

«IL TALCO! Dov'è che lo tiene? In bagno?» le urlò in un soffio.

«Sì.»

Sentì che faceva girare la chiave di casa sua, che entrava, che frugava tra le sue cose, le spostava, le toccava, e lei non sapeva fare altro che restarsene imbambolata contro lo stipite. Poi si sentì tirare dentro.

«Venga, che sennò lo rovescio tutto sul pianerottolo, e non mi pare il caso.»

Ubbidì come un automa. Era una scena paradossale: Andrea, sedici anni compiuti da poco, stava passando le mani piene di borotalco addosso a lei, la dottoressa Giuditta Licari, psichiatra dell'Unità Speciale Investigativa, in ogni anfratto possibile e con la massima disinvoltura.

«È la prima volta che lo mette, vero? Dopo stasera farà meno rumore» alzò lo sguardo malizioso su di lei. «Basta che si agiti un po'.»

Vergogna. Ma anche brama. Piacere. Perversione. E responsabilità. E autocontrollo. E istinto di sopravvivenza. Minorenne o no, Andrea faceva la parte del lupo e lei quella dell'agnello, e non c'erano seconde pelli che tenessero. Lui sapeva qualcosa di cui nessun altro era a conoscenza e da questo Giuditta non avrebbe più potuto prescindere. Anzi, stava già pensando di lasciar perdere tutto quando, rialzandosi e sbattendo bene le mani per togliersi il talco, Andrea se ne venne fuori con una domanda totalmente inaspettata:

«Vuole uscire senza farsi vedere dal suo amichetto qua fuori?».

Tutto il sangue defluì dal viso di Giuditta. Alessandro. Tadzio conosceva Alessandro. Quante altre cose sapeva? Si limitò a un cenno d'assenso.

«Dove deve andare?»

«All'Hot Shot.»

«Ah, sì, lo conosco. Vuole che ce la porti io?»

Giuditta socchiuse gli occhi.
«E con cosa?»
Tadzio si strinse nelle spalle.
«Con l'auto di mia madre.»
«Ma tu non hai la patente.»
«Oh, ecco la psicopoliziotta!» ridacchiò. «Be', se vuole guidare lei, anche combinata così, credo che il suo amico non ci metterà più di tre secondi per riconoscerla. E per seguirla… come fa sempre. No?»
Mandò giù anche questo. Del resto era vero.
«Tua madre lo sa che guidi? È d'accordo?»
Andrea la guardò come lei guardava Miglio. E rispose con santa pazienza.
«Certo che no. Per questo le verso dieci gocce di valium nell'acqua ogni sera.»
Silenzio.
«Lei è più riposata e io ho meno problemi.»
Silenzio.
«Allora, dottoressa, andiamo?»

capitolo undicesimo

La guida di Andrea era sicura e disinvolta, ringraziando i videogames o quel diavolo che si vuole. Giuditta, sdraiata sul sedile posteriore, cominciava a rilassarsi.

«Dovrai togliere le tracce di talco quando sarò scesa.»

«Non è un problema. Ho pulito di peggio.»

«Tipo?»

«Lei non faccia domande e non avrà risposte.»

Si voltò e le sorrise.

«In cambio io farò altrettanto.»

Giuditta si accomodò meglio. Ripiegò sulla conversazione.

«Cosa pensi di fare dopo il liceo?»

«O-oh, ripieghiamo sulla conversazione.»

Forse era meglio tacere.

«Vediamo. Prevedo di diplomarmi con il massimo dei voti, poi passerò l'esame per il numero chiuso del corso di odontoiatria, mi laureerò negli anni stabiliti e comincerò a esercitare da un cugino di mio padre. Dopo un paio d'anni avrò uno studio tutto mio.»

«Dentista?!»

«Dentista.»

Giuditta era allibita.

«Con le tue potenzialità tu vuoi fare il dentista?»

«Il massimo del guadagno col minimo della fatica. E un sacco di tempo libero per dedicarmi a cose più interessanti.»

«Andrea, ma tu hai sedici anni.»

«Sì, ne prendo atto.»
«E ragioni così?»
«Cosa pretende? Sogni? Progetti? Si possono anche avere, si possono persino comprare, basta avere i soldi. Ed è a quelli che punto, non c'è niente che ti dia garanzie più di una carie. Del resto parla proprio lei che con "le sue potenzialità" è finita a scavare dentro i morti.»
Giuditta tacque. Rifletté sul fatto che in effetti si sentiva più a suo agio scrutando in un pancreas aperto da una fucilata che con quel ragazzo che poteva essere suo figlio. Se li avessero fermati di certo la peggio l'avrebbe avuta lui, a lei sarebbe bastato sfoderare nome, cognome e tesserino, comunque fosse vestita. Nessun agente avrebbe avuto il coraggio di ridere. In effetti era un numero limitatissimo di cose quello che i suoi «colleghi» si permettevano di fare davanti a lei. Giuditta si raccontava che non le importava, ma anche se fosse stato, quella era la naturale conseguenza di come aveva condotto la propria vita. Se vieni alienata dai tuoi simili fin da principio e poi passi metà dell'esistenza a bazzicare i morti, finisci con l'avere un rapporto elitario con questi rispetto ai vivi. Mentre l'auto rallentava si soffermò su questo pensiero: le persone che più amava erano sempre molto vicine alla morte. Erano vicine alla morte e questo le rendeva vicine a lei. Come se lei e la morte fossero sullo stesso piano, come se lei in realtà fosse morta e vivesse la vita come una fastidiosa malattia. Un velo in gola si ispessì un attimo di troppo. "Che razza di persona sono? Che cosa sono diventata? Che razza di vita faccio?"
«Dottoressa, siamo arrivati.»
Voltò gli occhi verso Andrea. Sapeva che espressione dovesse avere, e Miglio la conosceva forse meglio: quella di un animale che, già dentro il mattatoio, capisce. Il viso di Andrea chino su di lei era un buco nero. Si sporse un po' oltre e appoggiò le labbra alle sue. Parlò così, respiro in respiro, come se fosse stato lui quello grande e lei la bambina.

«Qual è il suo sogno? Che cosa vorrebbe più di ogni altra cosa?»

Una lacrima debordò dalle ciglia di Giuditta.

«Io sogno che qualcuno mi prenda in braccio, su una poltrona, mi stringa forte, mi culli dondolando avanti e indietro e continui a ripetermi: "Va tutto bene, non è successo niente, è tutto a posto, non fa male, penso a tutto io".»

«E lei lo sa qual è il mio sogno?»

«Quale?»

«Sedermi su quella poltrona.»

Si sorrisero.

* * *

Andrea si era offerto di aspettarla, oppure di prenotare un taxi che si facesse trovare fuori dal locale a un'ora prestabilita, ma Giuditta aveva declinato entrambi gli inviti. Quando l'auto scomparve dietro la curva qualcosa dentro il suo stomaco venne trascinato via con essa. Giuditta era di nuovo padrona di Giuditta. Infilò la cuffia, nascose bene i capelli e aprì la cerniera sulla bocca, poi scese la scala ripida con il corrimano in ferro battuto e la fioca insegna rossa in fondo. Un nerboruto buttafuori le aprì meccanicamente la porta con un sorriso invitante. Giuditta lo sapeva che spesso in locali del genere le donne entravano gratis. Erano materia prima, e che diamine! C'era molto fumo, musica pesante ma a un volume accettabile, un palco da lap dance e un paio di ragazze ai pali. A quanto pare il palco faceva anche da bancone del bar. Alcuni tendoni rossi in fondo al locale portavano, probabilmente, alle salette o alle dark room. Magari c'era qualcosa di più sofisticato di sopra, camere a tema... Ma non le sembrava un locale abbastanza raffinato.

«Dominante?» chiese una voce nasale alla sua sinistra.

Una splendida cassiera masticava una gomma in un abitino di strass rosso con due buchi da cui fuoriuscivano le tette.

«È una domanda?» rispose Giuditta, e con un sospiro la ragazza preparò un biglietto e le elencò i costi di questo e quello. Giuditta la calcolò un attimo. La differenza di colore tra il mento e il seno metteva una seria ipoteca sul suo aspetto e sulla sua età. Nel sollevare lo sguardo una delle due lenti azzurre ritardò a riposizionarsi. Probabilmente se la guardava per altri due minuti si sarebbe sentita la Venere di Milo in confronto a lei, quindi Giuditta distolse lo sguardo e avanzò nel locale. La fecero sorridere tutte quelle scatolette di kleenex accanto ai divanetti e la sorprese non sentirsi a disagio. Non aveva mentito ad Alessandro, quella volta: per lei un posto valeva l'altro. Cercò istintivamente di individuarlo attraverso la lieve cortina di fumo, pur con la cauta certezza di essere riuscita a seminarlo, quella sera. E cercando Alessandro, trovò Aries. Era attaccato al bancone e sventolava una banconota verso la ballerina più vicina sporgendosi al massimo dalla carrozzella. Quando riuscì a infilargliela nel tanga ci fu un boato e una serie di pacche sulle spalle. Dunque era venuto con amici. Il che complicava le cose, ma non troppo. Lei si mise alle sue spalle. Emanava un sudore acre nel quale la parte medica della mente di Giuditta individuò qualche problema al fegato. Era sudato, la camicia azzurra a scacchi mostrava aloni sotto le ascelle e la nuca grassoccia era imperlata di sudore. Come poteva QUEST'UOMO diventare così tanti uomini diversi? Come riusciva a essere credibile? Giuditta si chinò sino all'altezza del suo orecchio.

«Ciao.»

«Non ho soldi!» rispose Aries senza guardarla e afferrando una manciata di noccioline.

«Io sì.»

«E allora?»

«E allora se ti pago ci vieni con me?»

«Senti, ma vaffanculo!»

Si voltò rabbioso e la vide. Vide gli occhi, e forse la bocca. Non perse il tono della voce, ma qualcosa nello sguardo sì.

«Che cazzo vuoi?»
«Secondo te che cazzo voglio?»
La tranquillità con cui gli aveva risposto, la prontezza del doppio senso, lo mandarono ancora di più in confusione, insieme alle quattro birre già bevute.
«No, dico, ma mi vedi?»
«Io sì. E tu vedi me?»
Daniele Messori archiviò un attimo le birre. Lui era un animale selvatico, aveva imparato a non fidarsi di chi non era certo di poter dominare. Ne aveva di armi. La sua carrozzina era un'arma. Le sue braccia, che se volevano ti spezzavano il collo, erano un'arma. La sua parlantina era un'arma. Ma ora era incerto. Chi era quella tizia? Un po' tracagnotta e truccata da schifo, ma carne ce n'era.
«Cosa vuoi?» le chiese. Ormai gli amici erano del tutto dimentichi della lap dance e osservavano la scena. Di solito funzionava in maniera opposta, era Daniele che elemosinava. O che pagava.
«Sapere perché non giochi più a basket.»
La risposta lo lasciò stordito. Il tono con cui aveva detto quella frase, il sorriso dolce, l'odore che gli arrivava alle narici, di trucco, di profumo, ma anche qualcosa di più delicato, talco forse...
«Ci conosciamo?»
«Chissà... Posso?»
Sul momento Daniele non capì. Poi vide una delle due gambe della donna scavalcarlo e il grembo incunearsi a contatto col suo, le ginocchia a toccare le ruote. Di solito le puttane, quando gli si sedevano in braccio, lo facevano di fianco, mentre lei gli era montata letteralmente sopra. Non pesava molto, ma intercettando il suo pensiero chiese:
«Peso troppo? Creo problemi con la carrozzina?».
«N-no, credo di no...»
«Allora, me lo dici?»
«C-cosa?»
«Perché non giochi più a basket.»

«Se io te lo dico tu mi spieghi come mi conosci?»
«Può darsi.»
La mano di Daniele risalì sino al seno sinistro di Giuditta. Lei lasciò fare.
«Chinati» rantolò lui «te lo dico in un orecchio.»

* * *

Gli occhi gli si adattavano a fatica al fumo. Aveva sempre odiato il fumo e i fumatori. Così come detestava quei locali in generale, lerci e pieni di gente lercia.
«Dominante o dominato?» chiese una voce nasale accanto a lui.
«Fai tu.»
«Ma come sei scorbutico...»
Voltò gli occhi con forzata cortesia sulla cassiera. Lenti a contatto blu, tette mosce strizzate tra paillettes rosse, se non aveva già compiuto i quaranta quella... Pagò senza guardarla oltre, sentendosi snocciolare la tiritera dei vari «servizi».
«Cerchi qualcosa di particolare?»
«Più o meno.»
«Uomo? Donna?»
Sorrise.
«Tutti e due.»
«Be'» la cassiera si sporse confidenziale, «per la donna potremmo metterci subito d'accordo.»
Stava cercando una risposta passabilmente gentile, nel caso quella megera gli fosse venuta utile in seguito, poi vide. Fece un vago cenno di diniego.
«No, grazie. Credo di aver già trovato quello che cerco.»

* * *

La lingua di Daniele era completamente infilata nel suo orecchio sinistro e, per ingannare l'attesa, Giuditta guardava le altre coppie usare e abusare dei kleenex, entrare e uscire dalle tende pesanti. Una, parzialmente scostata, indicava che lì c'era il bagno, mentre quella più in fondo era presidiata da un buttafuori. Si stava sostanzialmente annoiando, in fondo era una situazione come altre mille, solo con un filo di ipocrisia in meno. Cominciò a darsi da fare allungando la mano verso la lampo dei pantaloni di Aries, che immediatamente la bloccò.

«Che fai?»

«Cerco.»

«Mi prendi per il culo?»

«No.»

Era serissima.

«È quello che faccio nella vita. Cerco.»

«Ma guarda che io...»

«E allora?»

Fu quello l'asso vincente. Daniele Messori, alias Aries, alias molti altri nomi, scoppiò in una risata spontanea, liberatoria. E Giuditta rise con lui. E ridendo alzò la testa. E ridendo lo vide.

* * *

Bene, dunque era quello il famoso Aries. Davvero interessante. Corrispondeva perfettamente all'idea che si era fatto di lui. Una specie di pervertito che si divertiva a cercare prede facili in rete, donne sole, infelici, magari anche ragazzine o peggio. E come volevasi dimostrare eccolo lì che si strusciava con una puttana infilata in una di quelle ridicole tute di lattice. Avrebbe dovuto aspettare... no, ecco, la puttana si alzava, probabilmente aveva qualche cliente in attesa. Ma come poteva un essere così disgustoso avere solleticato la fantasia di una donna come Giuditta? Lo avrebbe scoperto. Ci avrebbe parlato. E se non ne avesse cavato nulla di buono lo avrebbe perseguitato sino alla fine dei suoi giorni.

* * *

«Per favore, io devo uscire.»

«Prima deve passare alla cassa, signora.»

«No, non posso! Ascolti, dentro c'è una persona che mi sta cercando, e se mi trova… se mi trova io sono nella merda. Mi capisce?»

Il buttafuori sospirò.

«Sì, signora, io la capisco, ne vediamo dozzine di scene come questa ogni settimana, ma anche se credo che lei sia sincera, deve per forza passare alla cassa.»

«Ma non ho consumato niente e… porca puttana, ho lasciato l'impermeabile e la borsa con i soldi al guardaroba!»

Il buttafuori sospirò di nuovo.

«Allora potete nascondermi! C'è un posto in questo locale dove non corra il rischio di venire stuprata, sodomizzata e quant'altro prima dell'orario di chiusura? Mi basta potermi nascondere.»

L'auricolare del buttafuori fece un debole BIP. L'omone ascoltò. Poi biascicò un «Ok» e rivolse nuovamente lo sguardo verso Giuditta.

«La prego di seguirmi, signora.»

"Sono fottuta, fottuta, fottuta! Questa è la volta della spada, perdio!"

Seguì il buttafuori in un breve corridoio buio. Poi sentì l'inconfondibile CLACK di una maniglia antipanico. La porta si affacciava su un vicolo. In attesa, col motore acceso, c'era un taxi. Sul sedile posteriore lo spolverino e la borsetta di Giuditta. Lei osservava la scena incredula.

«Il suo conto è stato saldato e il taxi la condurrà ovunque lo desideri, anche il tassista è già stato pagato.»

«Ma… ma chi…»

«Fossi in lei non perderei altro tempo» ammiccò il buttafuori.

Giuditta annuì, salì e chiuse la portiera. Cercò di dare l'indirizzo all'autista ma si accorse di non farcela a respirare. Solo allora ricordò la cuffia. La sfilò strattonandola e strappandosi ciocche di capelli, respirando l'odore acre e sgradevole del taxi, poi disse la via e il numero civico. Il tassista non fece una piega e partì.

* * *

Daniele Messori non era riuscito a seguire l'esatto evolversi degli eventi. Questa sconosciuta che evidentemente lo conosceva si era avvicinata, gli aveva parlato, gli si era seduta in braccio, si era fatta palpeggiare e gli aveva aperto la patta dei pantaloni per poi alzarsi di scatto e scomparire in mezzo alla folla senza dire una parola di più. Gli amici si erano piegati in due dalle risate, mentre Daniele cercava di risistemarsi in qualche modo.

«Branco di stronzi!»

Era ancora frastornato da tutte quelle sensazioni che lo avevano assalito da più parti. Soprattutto il senso di familiarità con quella donna misteriosa. Una donna che non vedeva il suo handicap come tale ma come… che cosa assurda: come qualcosa di eccitante!

«Tutte puttane le donne» disse una voce alla sua destra mentre una bella mano maschile gli allungava una birra. Daniele la prese senza nemmeno pensarci su.

«Già, puoi dirlo.»

«Loro si divertono, questa è la verità. Ti tirano scemo, sembra che ti promettano mari e monti e poi all'ultimo secondo… Neanche ce l'avessero d'oro.»

«Io non capisco, stasera ne avevo trovata una che sembrava volesse tirarmela dietro e poi invece di colpo se l'è filata senza una parola. Cioè, non mi sono nemmeno reso conto di quando è successo!»

«Ah, be', questo succede sempre anche a me…»

Daniele squadrò il nuovo venuto, che scoppiò a ridere.

«È inutile che mi guardi così. Credimi che avere la mia faccia o le tue gambe non fa differenza. Sono loro che decidono. Noi siamo un optional.»

«Be', io le mie gambe le baratterei con la tua faccia!»
Il giovane di fianco a lui rise di nuovo scuotendo una cascatella di capelli sfrangiati, biondi come il grano, che andavano appena a sfiorare gli occhi blu, luminosi come il sorriso ampio, amichevole, da bravissimo ragazzo. Gli porse la bottiglia di birra per un brindisi.
«Io sono Michelangelo.»

* * *

Cosa diavolo ci faceva Miglio in quel locale? Una coincidenza? Ma non diciamo cazzate! Una coincidenza che ci fossero andati la stessa sera, questo sì. Non cercava lei, di questo era certa. Non poteva cercare lei, ne aveva troppo rispetto. Cercava Aries. E l'aveva anche trovato. Cosa sapeva, Miglio, l'innocuo Miglio, il sottovalutato Miglio? Possibile che il suo profilo si fosse mutato in realtà? Possibile che qualcosa in lui fosse scattato e che si fosse improvvisamente svegliato? Ripensò al suo comportamento nelle ultime settimane, ripensò alla superficialità con cui lei aveva trattato il problema. Ma intanto il taxi era arrivato a casa. Anche quel taxi. Non si era aspettata che Andrea mantenesse la promessa. Rientrò appena in tempo per sentire lo squillo del telefono. Rispose:
«Ales...».
Ma la linea era di nuovo muta. Guardò l'ora: le tre e mezza. Forse non era Alessandro. Forse era qualcun altro. Andrea? Aries? Miglio? Oppure?...

* * *

Il mattino dopo si svegliò un'ora prima per lavarsi accuratamente in modo da togliersi di dosso quanto possibile della notte precedente. Continuava a sentir aleggiare nell'aria l'odore putrido del taxi che era stato anche la sua salvezza, ma le sembrava sempre più spesso una salvezza mandata dall'inferno. Ecco, ora non le restava che cominciare a pensare come in un romanzo d'appendice ed era a posto. Mise biancheria e abiti puliti, indossò lo spolverino (quello sì che puzzava come il taxi, ma non ne aveva un altro) e uscì di casa. Nel brulicare di condòmini diretti al lavoro distinse solo l'usuale:

«Ciao, mami!» di Andrea che, inforcata la bici, correva a scuola, mentre la madre saliva nella sua pulitissima automobile senza tracce di talco e si recava in fabbrica benedicendo di avere un santo come figlio, un santo!

Arrivò in centrale in anticipo sugli altri. Sopra la scrivania trovò gli appunti della ricerca di Miglio in merito alle vittime e gli diede una scorsa superficiale. Miglio si presentò in ritardo, con due occhiaie nere che dicevano molto sulle poche ore di sonno. Giuditta decise di prendere il toro per le corna.

«Miglio?»

«Sì?»

«Dormito male?»

«Sì.»

«Donatella?»

Miglio sollevò le spalle.

«Senti, ti va di pranzare insieme? Non mi piace quest'atmosfera tra noi due, dài... Ci chiariamo, parliamo un po', che dici?»

Miglio fissava un punto nel vuoto, tentennante. Giuditta gli prese la mano.

«Mi farebbe stare meglio.»

La mano di Miglio si strinse. I suoi occhi si sollevarono, di nuovo limpidi. Stava per nascere un sorriso quando un tuono lacerò la centrale.

«PORCAPUTTANAEVAFFANCULO!»

Lo sbattere di un telefono.

La porta di Lamberti spalancata, il vetro superiore in pezzi per il contraccolpo.

«Abbiamo la quinta.»

Nessuno osava chiedere.

«ABBIAMO LA QUINTA VITTIMA, PER LA MISERIA!»

capitolo dodicesimo

«Per la miseria.»
«Mai visto niente di simile.»
«Quanto può averci messo?»
Giuditta trattenne a malapena un sospiro.
«Miglio?»
«Sì?»
«Mentre finisco di infilare il kit puoi ragguagliarmi? E già che ci sei puoi lanciare a Morabito e al suo branco alcune delle tue famose occhiate che significano che la Licari oggi ha le palle girate e che è meglio se i loro commenti li vanno a fare davanti alla macchinetta del caffè?»
«Non so se c'è una macchinetta del caffè.»
«E allora vai a fabbricarne una!»
La stilettata fece battere in ritirata quelli della scientifica borbottando stralci di frasi come «... carattere di merda...», «... si crede chissà chi...» e dipinse un sorriso adorante sul viso di Miglio.
«Scusami, sai, ma tu ci avresti messo troppo. Oggi sono un po' irascibile.»
«L'avevo capito.»
«Allora, il ragguaglio?»
Miglio aveva ripreso l'espressione abituale, il sorriso ampio e pieno, leggeva con enfasi gli appunti trascritti su un foglietto, come se nemmeno cogliesse l'odore nauseabondo che usciva dall'appartamento. "Tanto poco ci era voluto?" si chiese Giuditta. "Due parole gentili, il vecchio gioco di squadra ed eccoci tornati ai tempi d'oro?" Non

ci avrebbe creduto nemmeno sotto tortura. “Ti ho sottovalutato, Miglio. E sono stata una testa di cazzo a farlo.” Per un brevissimo istante provò a immaginare come sarebbero stati lei e Miglio come coppia. Non arrivava alle scene apocalittiche che si figurava Donatella, ma c’era quasi. Erano come il diavolo e l’acquasanta. Lei così disincantata, lui così candido... Non era peccato rovinare una cosa bella?

«La vittima si chiamava Irene Disio, sessant’anni portati molto bene, da giovane faceva l’indossatrice ed era ancora bella, nonostante si fosse lasciata andare. Non si è mai sposata, ma è sempre stata mantenuta da uomini facoltosi – questi sono pettegolezzi di palazzo. Da qualche anno, dopo la morte della sorella, viveva da sola, con la pensione e qualche elargizione una tantum di una vecchia fiamma – vale anche qui la fonte incerta. L’opinione generale è che fosse andata via di testa già da un paio d’anni. A volte la si vedeva uscire di casa parata a festa come Moira Orfei, altre in vestaglia e ciabatte a girare per la città.»

«Miglio, per caso vuoi anche mostrarmi la sua tessera sanitaria o i suoi denti da latte?»

«Sì, scusa. Volevo dire no. C’è un pettegolezzo interessante. Si era fissata con le piante, lo vedrai nell’appartamento. Passava la vita a dedicarsi alle piante. Sembra sia stata protagonista di atti vandalici ai danni delle piante altrui.»

«Del tipo?»

«Del tipo candeggina nei vasi.»

«Carina. Questo ci porta alla tua ricerca sui precedenti.»

Miglio arrossì fino alla cima dei codini.

«Non aveva amici, non che risulti. Non era molto amata. Spesso non usciva per giorni o per settimane. Per questo nessuno ha dato l’allarme.»

«Finché non hanno sentito l’odore.»

«Già.»

«Va bene, entriamo. Tu comincia a fotografare da fuori, poi segui piano me.»

Giuditta entrò nel soggiorno muovendosi con grande cautela, tallonata da Miglio.

«Cristo, quel che si dice un lago di sangue.»

«Lascia perdere Cristo e concentrati.»

Giuditta accese il registratore.

«Il corpo giace completamente nudo in posizione seduta, legato alla sedia. Avvicinarvisi sarà un'azione complessa, considerato che la moquette, sia sotto la sedia che nelle zone intorno alla vittima, è imbevuta di sangue. La sola possibilità di avere una buona visuale è quella di utilizzare i mobili circostanti.»

Spense il registratore.

«Miglio, fotografa il divano, poi ci montiamo sopra e ci sporgiamo dalla spalliera.» Miglio ubbidì e Giuditta, sporgendosi e facendo ogni sforzo per respirare il meno possibile, riaccese il registratore.

«È stato un lavoro meticoloso, lento, fatto con la dovuta calma e cura. La vittima è stata legata in ogni singola parte con un filo di nylon, presumibilmente da pesca...» fece una pausa. «Il mio parere personale è che la vittima fosse ancora viva quando questo è avvenuto, e che il sangue fosse ancora in circolazione.»

Spense.

«Perché dici così?»

«Aspetta.» Riaccese.

«Ha legato ogni singolo arto bloccando la circolazione. Man mano che la zona si gonfiava tirava ulteriormente il filo, finché questo non ha tagliato la carne dando il via a un lento dissanguamento. Lo stesso metodo è stato utilizzato per le braccia, la zona dell'addome e il collo, sul quale però ha evitato la facile mossa dello strangolamento e ha preferito quella dell'incaprettamento. Questo lascia presumere che la vittima si muovesse ancora. I tagli non sono profondissimi. Ma sono molti. Le ha bloccato la circolazione e poi ha stretto il filo sino a segare la carne per fare uscire un bel po' di sangue.» Spense.

«E se era ancora viva com'è che non ha gridato?»

«Chiedilo a lei, Miglio. L'avrà drogata, lo sapremo con le analisi. Avvicinati al gomito... bravo. Scatta più foto possibili.»

Tirò fuori la sua portatile e scattò un paio di foto a polsi, caviglie e mammelle.

«Mah.»

«Mah cosa?»

«Non mi convince. Drogata, stordita, quello che vuoi, ma almeno di riflesso il corpo dovrebbe essere meno "composto", insomma dovrebbero esserci punti più "scavati" di altri, non so se mi capisci...»

Miglio puntava.

«Cosa c'è?»

«Io quello lo conosco. Lo usano quei figli di puttana!»

«Di cosa parli?»

Giuditta benedì il suo intuito e trascinò giù dal divano Miglio prima che scavalcasse lo schienale e finisse nel mezzo della pozza di sangue.

«Vuoi controllarti, perdio? Dove vuoi andare?»

«È sul tavolo!»

«E allora fai il giro. Miglio!»

Lo prese per le spalle, lo scosse. Gli occhi azzurri erano velati.

"Non è qui" pensò Giuditta. "Non so dov'è ma non è qui."

Gli assestò un manrovescio. Miglio si scosse subito.

«Perché mi picchi?»

«Perché fai il matto! Mi stavi per contaminare la scena del delitto!»

Miglio si guardava intorno. Calcolò il giro da fare, scese dal divano e cominciò a muoversi circospetto rasente la pozza di sangue. Giuditta voltò gli occhi verso la porta. Uno dei due scagnozzi di Morabito, attirato dalle voci, si era affacciato alla porta.

«Fuori dai piedi!» intimò.

Intanto Miglio aveva raggiunto il tavolo e fissava nuovamente ipnotizzato qualcosa di azzurro che vi era posato sopra. Sembrava un martello.

«Cos'è?»

Miglio lo prese in mano, lo soppesò.

«Miglio, cos'è?»

«Uno storditore. Ad alto voltaggio. Per questo non reagiva, le ha fritto il cervello.»

«Aspetta, aspetta, storditore di cosa?»

«Nell'azienda di mio padre ce ne sono anche di più grossi. Sai, quando le mucche entrano nel macello e cominciano a capire, allora bisogna...»

«Va bene, mi basta.»

Miglio scese dal soppalco della cucina e si mosse verso la vittima. Giuditta lo seguiva passo passo. Le sembrava abbastanza circospetto. Giunto alle spalle della vittima allungò il manico dello storditore e le sollevò una ciocca di capelli biondo-grigiastri, già crespi di loro. Sotto, la cute era nera.

«Morte cerebrale» dichiarò. Semplicemente.

Giuditta accese il registratore.

«Secondo i rilevamenti dell'agente Michelangelo Giglio pare che la vittima sia stata più volte sottoposta nella zona occipitale alla scossa di uno storditore per animali. L'assassino è stato quindi libero di comporre la scena e di avviare il lungo processo di dissanguamento che deve essere durato diverse ore. Resta la causa principale della morte.»

Spense il registratore. Miglio puntava ancora. Ma stavolta puntava in maniera diversa. Guardava oltre il cadavere, qualcosa che sino a quel momento non aveva visto. Accanto al divano c'era un filodendro, alto, maestoso. Con aria pensosa Miglio lasciò cadere a terra lo storditore, si sfilò un guanto e si avvicinò alla pianta. Giuditta non ci provò nemmeno a fermarlo, ormai era inevitabile. Miglio passò due volte sul sangue.

«Cazzo fa?» Era la voce di Morabito da fuori la porta.

La mano di Miglio si allungò verso una foglia e la accarezzò.

«Lo sai che ho letto che le piante vedono tutto e sentono tutto? Percepiscono i nostri sentimenti, capiscono quando le amiamo, capiscono quando soffriamo...»

«Miglio...»

«Ho letto di una pianta che ha testimoniato in un processo in America, non è buffo? Le hanno applicato dei sensori e quando è entrato l'assassino la pianta è svenuta.»

Morabito sulla porta restava ad ascoltare a bocca aperta gli sproloqui di Miglio.

«Hai visto tutto, povera piccola. Sei stata qui a guardare mentre trucidavano la tua padrona» accarezzava la foglia e parlava alla pianta, gli occhi umidi di fronte a un dolore troppo grande per essere compreso.

Giuditta gli guardava i piedi. Se stava fermo aveva fatto solo un mezzo danno. Si avvicinò silenziosa lungo il divano. Allungò la mano guantata e sfiorò la sua.

«Miglio.»

Nessuna reazione

«Miglio, tesoro?»

La testa gli girò di scatto per la sorpresa.

«Ascolta... stai... stai inquinando la scena del delitto...»

Miglio si guardò le mani e le impronte dei piedi, rientrando lentamente in sé, prendendo coscienza, avvampando. Le mani cominciarono a tremargli.

«Non importa, non importa» si affrettò a dire Giuditta.

«Cazzo se importa! Aspetti che lo venga a sapere Lamberti!» se la rise Morabito.

«I-io... scusa... non so cosa...» farfugliò Miglio.

«Niente, non è successo niente di grave. Stai fermo, ti aiuto io.»

Si voltò verso la porta.

«Morabito, invece di dare aria alla bocca mi tiri un kit al volo! Non sul cadavere, se possibile!»

Raggiunse Miglio con due soprascarpe.
«Appoggiati a me.»
Gli sfilò quelle insanguinate lasciandole esattamente dov'erano e gli mise quelle nuove. Poi gli alzò le mani e gliele fece girare più volte.
«Va bene, queste tienile alzate e aspettami fuori, quando ho finito ti faccio i prelievi.»
«Giuditta, non volevo fare una cazzata.»
«Ma non è una cazzata, ti sei distratto, ecco tutto. Ora esci tenendo le mani alzate e girando intorno al divano... bravo... niente impronte, vai tranquillo... ora siedi in corridoio e aspettami.»
C'è una foto che gira in internet. Si intitola *Mani in alto* e si vede un micino in piedi con le zampine tese tese in alto. Ora quel micino usciva lentamente dalla stanza seguito dagli sguardi compassionevoli dei colleghi e da quello allertato di Giuditta.

* * *

«Come sarebbe sospenderlo? Mica ha ammazzato qualcuno! Ha solo toccato una pianta! Allora andiamo a fare i raid negli orti botanici!»
«Dottoressa, lo sa bene anche lei che...»
«C'era un mare di sangue, un MARE! È già tanto che nessuno sia scivolato facendoci un bel tuffo e lei mi parla di contaminazione per tre impronte in croce?»
«Dottoressa Licari, mi lascia parlare?»
«Non chiedo di meglio.»
Lamberti sedeva sul bordo della sedia, il compromesso massimo tra equilibrio, baricentro e forza di gravità. Sapeva benissimo di avere ragione, e anche la Licari lo sapeva, ma una volta tanto alla pragmatica freddezza della dottoressa era subentrato un sano istinto di protezione da chioccia.
«Potremmo sorvolare sulla contaminazione.»
«E vorrei ben vedere. Si ricordi che è ancora in sospeso quella dell'Ambrosini!»

«Dottoressa...»
«Parli, parli.»
Lamberti sospirò: «Il punto è che l'agente Giglio non sta bene. E lei non può fingere di non essersene accorta».
Giuditta fissava ostinata la finestra.
«Arriva tardi, dimentica di portare a termine le pratiche, è sempre al telefono...»
«Come il 99 per cento dei colleghi, se mi consente.»
«E infatti è proprio questo il punto!»
Giuditta si voltò a guardarlo riluttante. Detestava arrendersi alla logica.
«In tutti questi anni... ecco, guardi: mai un ritardo, anzi, un sacco di ore di straordinario nemmeno conteggiate. Era sempre il primo ad arrivare sul luogo del delitto, l'ultimo ad andare via. E poi così meticoloso, scrupoloso, sempre attento, sempre disponibile, sorridente... Si è accorta che non sorride più?»
«Non so che dirle.»
«Dottoressa Licari, lei e l'agente Giglio avete quasi sempre condotto le indagini insieme...»
Giuditta scattò prima di riuscire a trattenersi.
«E con questo? Cosa sta insinuando?»
«NON quello che crede lei. Ma ammetterà che tra di voi l'atmosfera è cambiata.»
«L'agente Giglio ha dei problemi personali.»
«Sì, con quella rompiballe della fidanzata, lo so. Ma questo non giustifica un cambiamento così radicale. Io propongo un periodo di sospensione. Non punitiva, solo per allentare la tensione...»
«No.»
«Non è in condizioni di lavorare in maniera lucida.»
«Ho detto no. Se lo sospendete ora finirà come...»
Si morse le labbra. Lamberti si alzò di scatto, il viso color del gesso. Non era il caso di citarlo, l'ispettore Amadei era perfettamente presente a entrambi. Un silenzio di piombo calò nella stanza. Nessuno dei due si mosse. Alla fine Lamberti mandò un sospiro.

«E va bene. Ma è sotto la sua responsabilità. Lei deve seguirlo. Ci parli, cerchi di capire cosa c'è, in che modo possiamo aiutarlo. Se non vedo miglioramenti o comunque qualcosa di costruttivo entro una settimana io lo sospendo.»

Giuditta si alzò. Sulla porta, senza voltarsi, mormorò:

«Dopo di che sarà sotto la SUA responsabilità».

Chiuse la porta e Lamberti sedette. Aveva perfettamente sentito.

* * *

«Allora?»

«Ti ho evitato la corte marziale.»

«Davvero?»

«Cazzo, Miglio, no! Guarda che tra un po' ti riformano per insufficienza mentale!»

«Allora resto in servizio?»

«Sì. Sotto la MIA responsabilità.»

«Fantastico.»

«No, invece. Perché Lamberti ha ragione. Sei strano, stressato, nervoso. Ce l'hai con me, Miglio? Ti hanno dato fastidio le cose che ti ho detto? Io non volevo ferirti, ti ho parlato come un'amica.»

«TU NON SEI MIA AMICA!»

Ecco, la bomba era esplosa.

«E cos'altro posso essere, Michelangelo? Cerca di essere obiettivo. Guardami. E poi guardati. Se vuoi avercela con me perché non ti distruggo la vita...»

«Io non ce l'ho con te. Ce l'ho con me.»

Stettero zitti per un po'.

«Non abbiamo cercato il trailer» mormorò Miglio.

«Il trailer, il trailer, ma se ne avevamo dieci metri di trailer! Il filo da pesca! Svegliati, Miglio!»

Giuditta si rese conto di essere quasi isterica. Forse strillare contro Miglio era la sola cosa che potesse fare. Forse la sola che si consentisse di fare. Lui finse di non essersi nemmeno accorto che lei avesse alzato la voce.

«Dici?»

«Questa qua, la Disio, si raccoglieva sempre i capelli con quelle forcine. E il prossimo sarà un pescatore, o un rivenditore, o sa dio cosa.»

«Sei molto stanca?»

«Devo ancora assistere all'autopsia di Escagno e poi vado a casa.»

«Vuoi che ti aspetti?»

«Meglio di no.»

«Ok.»

«Tu vai da Donatella?»

«Sì, credo di sì.»

«Senti... prima di prendere qualsiasi decisione vedi se è possibile aggiustare le cose con lei.»

«Ok.»

«E se poi non funziona magari ne riparliamo.»

«Ok.»

Fecero per separarsi nel corridoio.

«Giuditta?»

«Dimmi.»

«Prima mi hai chiamato "tesoro". Te ne sei accorta?»

Gli sorrise.

«Riparleremo anche di questo.»

* * *

Giuditta scese ai laboratori, indossò l'ennesimo camice, gli ennesimi guanti, vide aprire l'ennesimo addome, estrarre gli ennesimi organi. Una macchina da morte. Poteva farsi riservare una cella frigorifera, ci si sarebbe trovata benissimo.

* * *

Arrivò a casa che erano già le nove. Sua madre non la chiamò, quella sera c'era la puntata dei poliziotti e non se la sarebbe certo persa solo perché al notiziario avevano annunciato un altro morto. Giuditta entrò in anticamera, accese la luce, tolse lo spolverino, spense la luce e passò in soggiorno. Non riusciva a togliersi dalle narici l'odore di sangue rappreso e in parte già marcito. Accese il computer, si collegò al programma di messaggeria. Per quanto la stanchezza le consentisse un margine veramente basso di sorpresa, scoprire che Aries aveva cancellato il proprio account la lasciò di sasso. Controllò se c'era un messaggio nella posta.

«Piccola mia, credo che il nostro rapporto sia arrivato al capolinea. Credo che ci siamo dati reciprocamente quanto potevamo darci. Incontrarsi adesso sciuperebbe tutto, meglio mantenere un alone di mistero sulle nostre vite. Se mai mi ritroverò in un grande magazzino e incontrerò gli occhi smeraldo di una giovane commessa addetta alla profumeria, sappi che ti guarderò da lontano amandoti come nessun uomo saprà mai.»

«Bene. Avremo altre occasioni, vero, Daniele?»

Spense il tutto, fece per spogliarsi. Continuava a sentire quell'odore. Subconscio e balle varie. Si annusò i polsini e il colletto della camicia. Niente. Il bordo dei pantaloni, le scarpe… forse un po' le scarpe, sì. Si mosse verso la cucina per prepararsi qualcosa di caldo e l'odore la colpì come un cazzotto. Una zaffata forte. Proveniva dall'ingresso. Non si diede pena di accendere la luce, nell'ingresso non c'erano molte cose. Prese lo spolverino e lo portò in cucina. Odiava mettere cose nelle tasche, ma frugò per scrupolo prima nella sinistra – niente – e poi nella destra. La consistenza molliccia le era familiare. Estrasse la mano. Pulita. Introdusse due dita, pizzicò la plastica, sfilò il contenuto dalla tasca, lo appoggiò sul tavolo. Era un guanto monouso in lattice, di quelli in dotazione alla centrale. Era rivoltato. Al suo interno era raggrumato un quantitativo di sangue ormai nero che aveva riempito diverse dita e che ora incollava i due lati tra loro. Non ebbe bisogno di guardarlo più di un secondo per averne la certezza: quel guanto era stato usato per l'omicidio Disio!

capitolo tredicesimo

La Peugeot viaggiava a ritmo costante, senza uno strappo, un sobbalzo. Le mani di Giuditta, avvolte nei guanti di lattice, mantenevano salda la presa sul volante. Aveva tentennato prima di infilare le soprascarpe, ma poi si era detta che un eccesso di zelo non fa mai male. Il guanto, racchiuso in un sacchetto di plastica, viaggiava sul sedile del passeggero. Era rimasta a osservarlo qualche minuto prima di aprire l'armadietto e infilarsi i guanti. Poi aveva composto il numero. Alla segreteria telefonica aveva lasciato un messaggio didascalico:

«Miglio. In centrale. Subito».

Aveva infilato il guanto nella busta di plastica, aveva indossato lo spolverino e sopra di esso un leggerissimo impermeabile di plastica monouso. Poi era scesa alla macchina. Ora guidava senza pensieri, l'imperativo che si era imposta era «non pensare». Entrò in centrale e invece di parcheggiare l'auto al suo posto andò difilato nella zona riservata, facendosi aprire da un guardiano sonnolento. Aveva lasciato l'auto lì, un po' come se l'abbandonasse. Poi, rivolta al guardiano, aveva semplicemente detto:

«Faccia chiamare la squadra».

Al primo accenno di obiezione aveva ringhiato:

«Subito!».

L'attesa era stata snervante. Quando finalmente i primi uomini arrivarono brontolando non aveva perso tempo.

«Scandagliate tutto. Interno, esterno, tappetini. Se occorre chiamate Morabito. Non mi interessa se me la sventrate, devo sapere esattamente tutto quello che contiene, capelli, sangue, frammenti di pelle, mozziconi di sigarette, gomme masticate, tutto! Usate ogni tipo di solvente, e se occorre smontatemela. Tanto penso che non ci salirò mai più.»

Poi si era voltata e, mentre gli uomini avevano cominciato il lavoro, aveva salito le scale che dal garage portavano al piano interrato. Le soprascarpe facevano un rumore curioso, CIK-CIAK, come curiosa doveva essere lei, coperta di plastica, con la borsetta stretta sottobraccio e un sacchetto tenuto delicatamente tra il pollice e l'indice della mano. Entrò nei laboratori vuoti, si diresse in sala autopsie e compose un numero.

«Escagno? Sono Licari. Scusi l'ora, vorrebbe venire in centrale, cortesemente? Sì, è successo qualcosa.»

Riappese e compose un altro numero interno.

«Broglia, sei di guardia tu? Mi mandi quelli della scientifica? No, non Morabito, gli altri. Ho una serie di prelievi e riscontri urgentissimi. No, qui giù al laboratorio. Sì, il corpo è già qui. Già che ci sei avvisa Lamberti» fece una pausa. «E l'Ambrosini.» Riappese. Pochi minuti dopo sentì dei passi arrivare di corsa, lo stridore delle scarpe da tennis sul linoleum. Più che entrare, Miglio sfondò la porta.

«Giuditta! Ma cos'è successo?»

Lo bloccò al primo passo.

«Non avvicinarti. Non mi toccare. La macchina?»

Per un attimo le sembrò ovvio che nel panico l'avesse dimenticata. Ma Miglio si rigirò la tracolla mostrando la Nikon.

«Bene. Fotografami.»

«In che senso?»

«In tutti i sensi. Figura intera, mezzobusto, davanti, dietro, i piedi, le mani, tutto quello che riesci a fotografare prima che arrivino gli esperti della scientifica.»

Miglio lasciò che il poliziotto avesse il sopravvento sull'uomo e cominciò a scattare una foto dietro l'altra.

«C'è una luce del cazzo. Ma quando li cambiano, 'sti neon?»
Fotografava, fotografava. Giuditta lo fermò quando arrivò alle mani.
«Mettiti dei guanti e sfila quelli che ho. Poi mettili in un sacchetto. Lo stesso vale per le soprascarpe.»
Miglio ubbidì, poi riprese la macchina e ricominciò a fotografare. Dal corridoio giunsero altri passi. Entrarono due analiste, che alla vista di Giuditta sbiancarono.
«Dottoressa...»
«Quanti colleghi mancano?»
«Tre. Quattro con il dottor Escagno.»
«Bene. Aspettiamo.»
Ci vollero altri cinque minuti. Quando furono tutti presenti, sorprendentemente Giuditta si rivolse a Miglio con una dolcezza che nessuno le conosceva.
«Sto per chiederti di fare un grande sforzo. Potrebbe rimettere in pari quello che è successo oggi, quindi sforzati, Michelangelo. Resta fino alla fine e fotografa. Va bene?»
«Va bene.»
Giuditta prese fiato un paio di volte. Non pensare, non pensare, non pensare. Le stava accadendo qualcosa che mai avrebbe preventivato, pur con la vita che faceva. Stava andando incontro all'umiliazione.
«Signorina Aldrighi, ha un registratore? ("Oltre che una bocca che funziona come un frullatore" aggiunse la sua mente, ma riuscì a scacciare il pensiero)»
«Sì, dottoressa.»
«Bene. Quella videocamera funziona?»
Escagno le rispose esitante: «Funzionare funziona, ma non so quanto nastro e quante batterie...».
«Va bene, ce le faremo bastare. Accendete tutto, signori, e quando qualche aggeggio smetterà di funzionare ci sarà la vostra testimonianza a sopperire. Posso procedere?»
Tutti fecero cenno di sì.

«Definiamo reperto zero i guanti, l'impermeabile e le soprascarpe. Analisi di routine, sono gli ultimi arrivati.»

Giuditta indicò il sacchetto contenente il guanto zuppo di sangue.

«Reperto numero uno. Un guanto in lattice di polietilene monouso probabilmente della stessa marca in dotazione qui in centrale. Contiene un discreto quantitativo di sangue raggrumato che suggerisce di poter risalire al delitto Disio.»

Non volò una mosca.

«Richiedo immediato esame PCR-DNA e confronto con quello della vittima, compresa la compatibilità con l'ambiente, le diverse fasi di deterioramento eccetera.»

Miglio scattò delle foto.

«Reperto numero due. Il mio impermeabile all'interno della cui tasca destra è stato rinvenuto il guanto dalla sottoscritta.»

Escagno si appoggiò con una mano al bancone.

«Reperto numero tre. Gli abiti da me indossati quest'oggi nella complessa operazione del rinvenimento, analisi e autopsia della vittima. È di vitale, ripeto, vitale importanza rintracciare tutti i supporti che indossavo nelle varie fasi: guanti, soprascarpe, protezioni, tutto.»

Lentamente Giuditta appoggiò la borsetta, si sfilò il maglione, i pantaloni a spina di pesce, i mocassini, i collant, la canottiera, il reggiseno e gli slip. Li ripose piegandoli con cura, come se nemmeno si accorgesse di essere osservata da un gruppo di colleghi, per lo più estranei, e di venire ripresa e fotografata in ogni istante da Miglio.

«Va analizzata ogni fibra, ogni macchia, se viene rilevata qualsiasi traccia inerente il delitto Disio va immediatamente datata, se appartenente a due giorni fa, data presunta della morte, o a oggi pomeriggio, e se in fase di indagine o autoptica.»

Si rivolse ai colleghi, nuda com'era, e con un velo di soddisfazione vide che la sua nudità non toglieva nulla al carisma e al timor reverenziale che avevano verso di lei.

«Bene, signori, ora tocca a voi. Prelevamento cutaneo dalle mani, dai piedi e da qualsiasi zona che possa essere stata esposta a contaminazioni con il corpo della signora Disio. Raschiamento sotto le unghie di mani e piedi. Prelievo del sangue, nuova analisi PCR-DNA per un eventuale confronto con tracce rilevate sul corpo della vittima. Prelievo delle impronte digitali e di campioni di capelli e peli, giusto per non lasciar nulla di intentato. Per il resto lascio alla vostra iniziativa.»

Si sdraiò sul tavolo autoptico e non lo trovò così freddo come credeva. Miglio le fece un'ultima foto e poi abbassò la macchina. La guardava. Aveva immaginato mille volte di vederla nuda, ma così bianca e fredda sdraiata su un tavolo operatorio non gli pareva nemmeno che lo fosse. Le si avvicinò.

«Non toccarmi, Miglio.»

«Lo so. Non volevo toccarti» sorrise. «Non così, almeno.»

Giuditta sorrise di rimando.

«Volevo dirti che sei molto coraggiosa. E che il mondo avrebbe molto meno senso se tu non ci fossi.»

«Adesso vai, Miglio. Non mi va che tu veda il resto.»

Le parole di Miglio gli restarono in gola, ma ormai sapeva che prima o poi sarebbero uscite. Prese il corridoio, lo percorse fino in fondo e si chiuse nella camera oscura.

* * *

Quando Lamberti se la vide entrare in ufficio capì. Mai nella vita l'avrebbe sfiorato l'idea di poter vedere Giuditta Licari stretta in un accappatoio bianco più grande di due misure. Era successo qualcosa di grave. Quando la telefonata lo aveva raggiunto alle dieci di sera si era incazzato finché non aveva compreso che a dare l'ordine di farlo correre in centrale con urgenza assoluta era stata lei. Da allora aveva avuto paura. Non che ci fosse stato un altro morto, ma che non fosse un morto generico. La testa era corsa verso Alessandro Amadei. Gli era rimasto sulla coscienza, si era sempre domandato – ma non troppo – se avrebbe potuto evitare che venisse cacciato, se c'era qualcosa che avrebbe potuto fare per lui. Aiutarlo. Forse questa era la volta che Amadei aveva fatto ritorno in centrale con i piedi in avanti. Aveva allontanato il pensiero superando la sua ex scrivania e si era rinchiuso in ufficio ad aspettare. Ed eccola, pallida, ancora più minuta in quell'accappatoio troppo grande, il viso tirato. No, forse Amadei non c'entrava. Forse c'era di peggio.

«Dottoressa Licari.»

«Mi scusi per l'ora.»

Nessuno dei due si mosse. Le labbra di Giuditta erano bianche, tese, le mani strette intorno al nodo dell'accappatoio. Allora Lamberti fece una cosa del tutto inattesa, si alzò, girò intorno alla scrivania, accompagnò Giuditta a sedere su una sedia e si mise su quella accanto.

«Cos'è successo?»

«Vengo dal laboratorio. Ho consegnato gli indumenti che indossavo, scarpe comprese: verranno sottoposti a tutti gli accertamenti del caso. Mi sono fatta prelevare il sangue, vari campioni di tessuto, capelli e peli. Mi sono fatta raschiare sotto le unghie e prendere le impronte digitali.»

Lamberti abbassò lo sguardo sulle mani che stringevano il nodo: l'ombra nera dell'inchiostro era ancora perfettamente visibile su ogni polpastrello.

«Mi scusi se mi sono permessa di dare l'ordine senza la sua autorizzazionc, ma ho avviato due esami del DNA e quello delle impronte digitali, con relativi confronti.»

«Cos'è successo?» ripeté Lamberti.

Giuditta respirava a fondo per restare calma. Le narici le si dilatavano ritmicamente come se volessero immettere più aria possibile. Poi prese fiato e disse, tutto in una volta:

«Sono tornata a casa dal laboratorio dopo l'autopsia, pensavo di farmi una doccia e di andare a letto. Continuavo a sentire l'odore della scena del delitto, sa, quello del sangue rappreso, ma mi era successo altre volte, credevo fosse un'impressione. Poi mi sono accorta che veniva da una stanza ben precisa della casa, l'ingresso, e avvicinandomi ho capito che era l'impermeabile ad avere quell'odore. Ho frugato nelle tasche, io non metto mai niente nelle tasche, è una specie di abitudine. Nella destra ho trovato un guanto rivoltato pieno di sangue rappreso. In un primo momento ho pensato a una distrazione, in fondo c'è una prima volta per tutto, invece di buttarlo come al solito nel bidone, dopo l'autopsia, l'avevo rivoltato e poi soprappensiero me l'ero infilato in tasca. Ma poi ho capito che non poteva essere così, perché i guanti che ho usato oggi erano sporchi, sì, ma non così tanto, e il sangue era più liquido, e poi che senso avrebbe avuto uscire dalla sala delle autopsie, togliere il guanto, indossare l'impermeabile e infilarmelo in una tasca? Quindi il guanto non poteva essere di oggi. E nemmeno dei giorno scorsi, perché, tra l'altro, non avevo maneggiato reperti ematici, e non sapevamo nemmeno dell'omicidio. Se il guanto fosse stato più vecchio, ne avrei avvertito l'odore giorni fa... Quindi...».

Lamberti capì che stava arrivando la parte peggiore.

«Quindi non è suo.»

«Ma certo che è mio!» reagì Giuditta in un moto di stizza.

«Dottoressa Licari, abbia pazienza...»

«Il guanto è mio. Ne sono sicura al 99 per cento. E sono sicura al cento per cento che è stato usato per il delitto Disio.»

«Va bene, allora cerchi di spiegarmi.»

Giuditta riprese a respirare. Quando le sembrò di essere abbastanza calma proseguì sottovoce in una specie di borbottio, come se stesse parlando tra sé e non con un'altra persona.

«Se il guanto fosse solo del killer, se l'avesse usato solo lui per il delitto, all'interno ci sarebbero le sue impronte digitali, almeno parziali, sia che abbia utilizzato il talco sia che non l'abbia fatto. E lui lo sa, non abbiamo a che fare con un imbecille.»

«Ma lei sostiene che il sangue di cui è sporco appartiene alla signora Disio. E anche che il guanto sia suo.»

«Sì. Le mie impronte saranno nitidissime, io non uso mai il talco, ho le mani piccole.»

Visto che Lamberti aveva lo sguardo vitreo di chi aspetta ulteriori spiegazioni proseguì.

«È UNO dei guanti usati per il delitto. Ne ha indossati due, uno sopra l'altro.»

Fece una pausa. Detestava sottolineare l'ovvio.

«I guanti di lattice sono di taglia unica. Me l'avevate proposto di farli arrivare più piccoli apposta per me, ma in fondo senza usare il talco aderiscono lo stesso e li posso usare. Lui se n'è messo un altro sotto per non lasciare le sue, di impronte, e poi si è infilato il mio per fare il suo "lavoro".»

Fu la volta di Lamberti di respirare a fondo.

«Dice che l'assassino è penetrato in centrale e che ha recuperato uno o più guanti usati da lei?»

«Sì.»

«E che dopo il delitto, ha aperto il suo armadietto e ha reinfilato il guanto usato nella sua tasca?»

«Sì.»

«Perché?»

Giuditta lo guardò come si guarda un emerito idiota.

«Lo chieda alla dottoressa Ambrosini. Lo chieda alla stampa! Il pm chiama e il killer risponde! Ha voluto comunicarci che SA! Che ci conosce tutti, e conosce ME, quella che ha tracciato il suo profilo. Vuole farci sapere che sa cosa pensiamo di lui, in che modo indaghiamo e che conclusioni traiamo. Di conseguenza pretende che ammettiamo la nostra inettitudine di fronte alla sua superiorità. E come fa? Vuole che prendiamo atto del fatto che entra in centrale, magari come uomo delle pulizie, magari come poliziotto, che sa come muoversi, sa dove sono i laboratori, conosce il mio armadietto... Vuol farci capire quanto è GRANDE e quanto siamo piccoli noi che non siamo capaci di fermarlo mentre lui ci sta a meno di un metro!»

Stettero zitti per un po'.

«Si mette male» se ne uscì Lamberti.

«Oh, la pianti, una buona volta!»

«Dovrò farla mettere sotto sorveglianza.»

«Ma non dica idiozie! Sarebbe uno spreco di uomini. Con questa bella trovata vuole solo dimostrare che è più intelligente di me. E lo è, a quanto pare.»

«Cosa suggerisce di fare?»

«Aspettiamo i risultati. Se, come mi sembra evidente, il sangue appartiene alla vittima e le impronte digitali all'interno del guanto a me allora divento una potenziale indiziata...»

«Dottoressa Licari...»

«Conosco la procedura bene quanto lei! Adesso non so fare mente locale sul mio alibi, dov'ero, dove non ero, non riesco a pensarci. Comunque credo che verrò iscritta d'ufficio nel registro degli indagati ma che il pm Ambrosini non mi solleverà dall'incarico, non conviene a nessuno, men che meno a lei, con quello che è successo, le pare? Sarebbe come ammettere di avere commesso uno sbaglio, mentre cercherà di rigirarla come un "averlo costretto a venire allo scoperto", ne sono sicura. E va bene così. In fondo sono stata prescelta dall'assassino per "prendere contatto", no? Può essere che lo faccia ancora. Forse come pubblico non si basta più. Non lo so, sono confusa...»

Lamberti si alzò con la sua miglior postura da «capo» e sentenziò che aveva dato la sua massima collaborazione, quindi ora l'avrebbe fatta riaccompagnare a casa, dopo averle fornito degli indumenti e fatto firmare qualche carta. Inoltre che il suo telefono sarebbe stato messo sotto sorveglianza e la sua persona sotto scorta. Giuditta annuì distratta. Aveva altro in testa.

* * *

Uscì dall'ufficio di Lamberti. Fuori, ad aspettarla, c'erano Miglio, il dottor Escagno, un paio di assistenti e persino Morabito e Broglia. In fondo quella che le avevano fatto era una carognata bella e buona, che la Licari fosse antipatica oppure no. Con un tempismo perfetto sentirono in lontananza i tacchi del pm Ambrosini che si avvicinavano. Rimasero ad aspettare che si avvicinasse sempre di più, mentre la vedevano assumere in sua difesa quell'aria sfacciata da donna di potere, che vacillò un attimo non appena i suoi occhi si posarono sul biancore accecante dell'accappatoio di Giuditta e l'ancor più accecante pallore del suo viso. A meno di cinque metri partì l'applauso. Era stato Morabito il primo a batterle le mani, e tutti gli altri dietro, compreso Escagno, eccetto Giuditta. A Giuditta bastava guardarla, l'Ambrosini. Giusto per essere certa che quello sguardo non se lo sarebbe dimenticato finché campava. Il pm si rifugiò senza una parola nell'ufficio di Lamberti. Finendo direttamente in bocca al lupo.

* * *

La tuta che indossava era troppo grande, ma almeno era calda. Miglio frenò la Golf davanti a casa sua. Era passata da poco la mezzanotte.

«Sicura che non vuoi che salga?»

«Non gliene frega niente di ammazzarmi, Miglio, quante volte te lo devo ripetere? Ah, eccoli là.»

Indicò col mento una macchina parcheggiata a pochi metri dove due uomini si guardavano intorno con aria vaga.

«Tempo due giorni e lo saprà tutto il quartiere, che sono sotto scorta. Ma dico, ai corsi di addestramento non vi insegnano a nascondervi in maniera più decente?»

«Giuditta, io sono preoccupato.»

Giuditta fece una pausa.

«Miglio, vuoi sapere se ho paura? Ce l'ho. Non ho mai avuto tanta paura in vita mia. Ma non ho molta scelta, ti pare?»

Si guardarono.

«Se ti succede qualcosa io cosa faccio?»

«Sopravvivi, Miglio. Come tutti, sopravvivi.»

Lui fece per parlare ancora ma Giuditta lo zittì.

«Miglio, non ce la faccio ad allattare anche stasera. Davvero, non ne posso più. Qualsiasi cosa può essere rimandata a domani. Ok? Lo fai per me? Eviti di dirmi quello che mi stavi dicendo fino a domani?»

Lui le sorrise e fece cenno di sì. In fondo domani era vicino.

Non sapeva quanto domani fosse lontanissimo.

* * *

Giuditta rientrò. Accese e spense la luce dell'ingresso, accese quella del soggiorno. Appoggiò entrambe le mani al tavolo, le nocche contro il piano, e sollevò lo sguardo sullo specchio appeso di fronte. Di solito i suoi sguardi allo specchio erano fuggevoli, ma non quello. Le dita delle mani erano tese (nello sforzo di non stringerle a pugno, si sarebbe conficcata le unghie nei palmi) come lo sguardo che si lanciò attraverso la stanza. Schiuse appena le labbra e sibilò:

«Brutta stronza!».

capitolo quattordicesimo

Calma.
Calma.
Calmati, perdio!
Quando è successo?
Quando?
Calma e respira, porca troia!
Ragiona ragiona ragiona!
È stata la vena!
Quella porca vena varicosa sotto il ginocchio!

Riflessi di merda, un passo indietro, questo dovevo fare, un passo indietro, il polpaccio era gonfio fino all'inverosimile, la pelle non era ancora spaccata e io mi ero già levata tutto tranne la cuffia, i guanti e le soprascarpe, che cazzo me ne fotteva se le esplodeva una gamba, eh, perdio?, che me ne fotteva, ma Miglio, oh, Miglio sì che ha capito gli esseri umani, Miglio lo sa che siamo bestie abitudinarie, che il nostro corpo reagisce automaticamente PRIMA che la ragione possa intervenire, Miglio lo sapeva, Miglio si sarebbe fermato, Miglio lo avrebbe fatto quel passo indietro, e invece io ho visto il filo tagliare la pelle, la varice spaccarsi subito sotto, c'era rimasto un velo di carne, poi lo spruzzo sarebbe arrivato fino a me, fino ai vestiti, non avevo più le protezioni, ero sicura, lavoretto finito, povera stronza, e bastava solo fare un passo indietro, un porco passo indietro, ma invece l'istinto bestia, l'istinto, che mi ha fatto perdere la calma, ho perso la calma, ecco, ho perso la calma, per questo mi sono allungata, per questo ho allungato la mano, per questo l'ho appoggiata sulla gamba, a premere inutilmente, a tamponare lo spruzzo e solo dopo mi sono accorta della cazzata, e che ora non potevo arretrare, con quel guanto premuto sulla ferita che sbrodolava sangue, sangue che doveva essere lì, tutto lì, tutto intorno al cadavere, se l'avessi fatto grondare dal guanto facendoli DOPO quei due passi indietro si sarebbe capito che l'assassino si era fermato a guardare il suo operato, e questo non era in programma, fuori logica, fuori profilo, ma quel guanto gocciolava in maniera fottuta e avevo i pantaloni così vicini, e il polsino della camicia, e le soprascarpe, ma basta un dettaglio, non potevo prevedere in che direzione sarebbe andato lo spruzzo quando avessi tolto la mano ed è ALLORA! ALLORA, quando l'ho levata, è solo ALLORA che sono arretrata mentre lo schizzo andava verso il basso, ALLORA che ho badato solo ai miei piedi, a dove li appoggiavo, se c'erano tracce, ALLORA che ho sfilato e rivoltato il guanto in fretta, così fottutamente concentrata sulle impronte che ho agito come faccio sempre, ho lasciato che il mio corpo andasse in automatico, i gesti abituali, i vecchi rassicuranti gesti meccanici che me l'hanno messo in culo facendomelo mettere in tasca, nello spolverino, un guanto zuppo di sangue di quella vecchia cretina della Disio, che non ha avuto nemmeno un'esitazione ad aprirmi la porta, è bastato dire che era stato fatto un esposto dai suoi vicini per atti vandalici e che volevo un suo parere informale, mi avrebbe steso i tappeti rossi, e ha cominciato a parlare, poco per fortuna, alla sgradevolezza della sua voce chioccia era infinitamente preferibile l'odore dei capelli bruciati dallo storditore, tutta quella stoppa e la tintura, poi ho avuto il tempo di vestirmi con calma, annodare, tirare, aspettare, tirare di nuovo, farle gonfiare gambe e braccia come salami, ridurle a rigonfiamenti blu e rossi, mi è bastato il calcolo approssimativo della morte e poi me ne sarei andata se quella varice di merda non avesse ceduto in anticipo, e sì che gliele avevo viste, le gambe, con quelle ripugnanti ragnatele blu e avrei dovuto PREVEDERLO, e come ho potuto dimenticarmene, come ho potuto dimenticarmelo in tasca, mi sono spaventata, ecco, mi sono spaventata, l'imprevisto mi ha distratta, ho perso la visione globale, il controllo, il sacco era accanto alla porta, ho buttato le soprascarpe, l'altro guanto e la cuffia, ho controllato se tutto era in ordine, sono uscita in fretta, volevo correre all'inceneritore e dopo avevo la serata all'Hot Shot, ero distratta e deconcentrata e quel guanto fottuto è rimasto nella tasca a marcire per due giorni, e adesso

e adesso

e adesso.

Devo ripensare agli altri morti.

Se ho commesso altri errori.

La Telli no, la Telli ne sono sicura.

L'ho individuata, ma poteva essere lei come una delle sue amiche non cambiava niente, in quel locale non potevano non attirare la mia attenzione da turista dell'umano, volgarotte, vagamente troie, a gara su chi era più stronza ed esibizionista, ma non era certo lei, con quella faccia butterata da assatanata di cazzo a rimorchiarsi qualcuno, no, lei tornava sempre a casa da sola, non che l'abbia saputo la prima sera, per quanto io sappia sempre tutto la prima sera, no, non allora, dovevo essere compresa nel mio ruolo di quarantenne triste e abbandonata che cerca pateticamente compagnia in un pub e si sbronza guardando le altre sfigate ballare ed esibirsi, ma sono bastate poche settimane perché sapessi tutto di lei, per pianificare, per far arrivare al loro tavolo a nome di un ammiratore segreto abbastanza tequila bum bum da ridurla a malapena deambulante, per seguirla fuori dal locale, vedere che si separava dall'amica del cuore, sbatterle addosso e farle credere che fosse stata lei a sbandare, chiederle se stava bene, se sua madre sapeva che era fuori a quell'ora, ed ero così materna e innocua ai suoi occhi, perfino appetibile, non giurerei che avesse escluso un'avventura lesbica a quel punto, ho frugato nella borsa e le ho allungato il primo dei sacchetti inventando che avevo un cane e tenevo sempre una sportina per i bisognini, glielo davo nel caso avesse vomitato mentre la riaccompagnavo a casa, che non avrei mai lasciato andarsene in giro da sola una ragazza nel cuore della notte, poi subito dentro ha acceso la radio, come sempre, i vicini erano abituati, il volume appena più moderato, e beccarla prima che arrivasse al divano, giù col primo sacchetto, stretto alla gola quanto bastava, non mi fregava di strangolarla, era il suo stomaco che mi interessava, quello da svuotare in un centesimo del tempo necessario per riempirlo, e quando la plastica è stata così zuppa che non le si vedeva più la faccia e rischiava di grondare è toccato a quello «del cane», e sentirla grugnire e gorgogliare e tentare di urlare solo per vomitare sangue era segno che ci voleva qualche colpo di tacco in più sullo stomaco, scarpe naturalmente fuori misura, scarpe con le soprascarpe, come quelle che indosso sempre, da uomo e oltre la mia misura, piene di ovatta, pochi euro al mercato, per fare il lavoro e per salutare l'inceneritore, e ho continuato anche un pezzo dopo che era morta, giusto per sicurezza, immaginando le sue narici, la sua gola, il suo esofago pieni di sangue e bava e vomito e morte.

Era la prima volta che uccidevo qualcuno.

Strano.

Non ho provato niente.

È come se l'avessi fatto da sempre.

Ma QUELLO.

Quello era un delitto.

Quello era qualcosa su cui indagare.

Dopo anni di corpi sempre uguali, sventrati, sparati, sgozzati, soffocati, spiaccicati al suolo, dopo delitti con contorni di acido e veleni vari, e questioni di cuore e di sesso e di droga e di soldi e di giochetti andati troppo in là, dopo anni in cui i corpi avevano perso forma e consistenza ed erano diventati pezzi, e quella volta che nemmeno Morabito era riuscito a raccogliere la testa di un neonato e metterla in un sacchetto, ed era toccato a me, disincrostarla dal pavimento e osservare quegli occhietti vacui, pieni di sangue, uno quasi completamente rientrato, dopo anni in cui il termine «efferato» aveva perso ogni significato, ora che il mio nutrimento, la mia materia prima cominciava a scarseggiare, e la mia curiosità continuava a esigere pasti più consistenti, quando tutti i morti avevano cominciato a essere uguali, e tutti i delitti a essere uguali, e tutti i killer a essere uguali, quando la noia aveva cominciato a stringermi il cappio, quando anche Alessandro mi aveva abbandonata...

... sì, quando anche Alessandro mi aveva abbandonata...

... allora ero stata costretta...

... per pura sopravvivenza...

A inventare.

Inventarmi dei casi da risolvere. Inventare un serial killer a cui dare la caccia. Imparare a creare delitti perfetti e poi vedere se riuscissi a venirne a capo. In fondo la morte è un grande mito. Prenderla, darla, che differenza fa? Era la curiosità di misurarmi con me stessa in un gioco a scacchi. Nessuna distrazione è ammessa, nessun calo di concentrazione. Quando uccido uccido. Quando indago indago.

È sempre stato così, ha sempre funzionato tutto come un orologio, tutto come previsto, perché io non sbaglio, io non sbaglio mai... ma poi...

Poi mi sono sbagliata.

Quante volte, figliola?

Non la Telli. Non la Astuni. Il palazzo l'ho tenuto d'occhio a lungo. Lei ho visto che viveva da sola e mi è bastato un controllo sui permessi per i lavori per ritrovare la sua patetica storia di quasi-stuprata. I cavalletti erano dietro la porta. Non ricordo con che scusa mi sono presentata. Commissione edilizia? Ha aperto e le ho sparato. Poi ho portato dentro il materiale, un po' alla volta. C'era un fottio di polvere, ho dovuto bruciare i vestiti, dopo. È stato faticoso ma dannatamente divertente. Tutti quei giochetti coi pezzi del corpo, a creare significati inesistenti. E poi c'era stato il capolavoro del dente di Iannoni. E dire che Iannoni l'ho trovato sull'autobus. Mi ha sempre dato fastidio il ronzio di quelle macchinette, l'ho seguito per curiosità, ho colto un paio di commenti, poi ho aspettato. Non pensavo ai denti, ma un giorno l'ho visto uscire di casa con una guancia così, l'ho seguito e ho atteso fino alla chiusura dello studio, poi mi è mi è bastato rovistare nella spazzatura del dentista per ritrovare quel dente putrido, marcio e maleodorante, l'ideale da lasciare in casa della Astuni, come la segatura in quella della Telli. Come ti aprono in fretta la porta i vecchi. Ha visto la pistola e si è pisciato sotto. Ha confessato anche qualcosa, ma grazie a dio avevo tolto di mezzo quella dannata macchina. Mi è morto in sole tre ore. Ma neanche per dolore, per paura. Terlenghi lo avevo individuato da un po', lui e la sua macchina di merda sempre in doppia fila. Ho fatto un lavoro sopraffino con Terlenghi, anche se mi è venuta presto a noia l'idea del killer ambientalista. Miglio aveva ragione, la puzza a caldo della soda caustica era infernale. Il tavolo ha retto bene, un paio di sobbalzi pensavo l'avrebbero incrinato. E infine la Disio. Donna ripugnante. Lei e le sue adorate begonie. Le avrei annaffiate volentieri con il metodo di Alessandro, ma Miglio ne avrebbe sofferto troppo.

Miglio.

Miglio che guarda sempre un centimetro più lontano di quanto non si creda.

Miglio che ha trovato un filo che unisce tutte le vittime e che a me non era nemmeno passato per l'anticamera del cervello.

Miglio, mio piccolo inventore di killer.

Ha paura per me, paura che il Killer mi trovi. In fondo l'Ambrosini mi ha fatto un grande favore con la sua sparata, ora sono una vittima sacrificale, sempre se non ho commesso altri errori, la cretina che credeva di essere infallibile, e se invece la Telli o le sue amiche mi avessero riconosciuta in quel bar, se il dentista avesse scoperto la sparizione del dente di Iannoni, se la Astuni si fosse accorta dei cavalletti e ne avesse parlato, se qualcuno alla fine avesse voluto fare visita a Terlenghi nel suo loft o se la Disio fosse stata meno detestata o troppo detestata dai vicini al punto da spiarla e che qualcuno avesse visto una figura di donna entrare in casa sua.

Se.

Se.

Se.

E ora?

Ora il gioco è finito.

Il mio hobby finisce in soffitta, e con esso gli unici istanti che mi rendevano la vita sopportabile.

Non avevo scelta.

Il guanto è rimasto in tasca due giorni.

Troppi, un'eternità.

Il sangue rappreso non ha odore, non subito. Ma poi comincia a marcire.

Quando ho sentito per la prima volta l'odore, QUELL'ODORE?

In taxi?

Nel taxi che mi portava a casa dall'Hot Shot?

E l'autista? L'ha sentito, lui, quell'odore? Posso escluderlo? Potevo escluderlo?

No.

Due giorni… in due giorni potrebbe essere successo di tutto.

Il mio armadietto, per esempio, dove appendo sempre la mia roba. Quanti ci mettono le mani in realtà? Con quanta gente sono stata a contatto con indosso il mio spolverino? Quante dita si possono essere infilate in quella tasca, nel frattempo? Quanta gente potrebbe aver saputo? Quanta gente SA?

Nessuno?

Tutti?

E poi è arrivato l'odore.

Quindi non ho avuto scelta, se mai ce l'ho avuta.
Chi sbaglia paga.
Non avrei più potuto bruciarlo, qualcuno poteva averlo visto, poteva averne sentito l'odore o addirittura aver prelevato un campione di quel sangue marcio, tanto per fare un dispetto alla Licari. O uno scherzo. Uno scherzo davvero divertente...
E poi avrebbe potuto chiedermene conto.
Ci sono state mille occasioni.
Nell'armadietto, in centrale, in casa, all'Hot Shot, nel taxi...
Tadzio... Miglio... Alessandro...
Chiunque potrebbe avere infilato una mano in quella tasca. Chiunque avrebbe potuto cercare l'origine di quell'odore nauseabondo. Chiunque potrebbe averlo già scoperto.
Avermi già scoperta.
Chiunque.
Non potevo escluderlo.
Non potevo rischiare.
Dovevo disfarmene.
E ho dovuto scegliere.
Giocare l'errore come una carta, rigirarlo in mio favore.
E diventare anche io una vittima.
Ora inizia la vera caccia al killer.
Mi metteranno sotto scorta, l'hanno già fatto.
Mi metteranno sotto controllo il telefono, probabilmente hanno già fatto anche questo.
Miglio non mi si scollerà di dosso.
Ma soprattutto indagheranno. Chi mi conosce? Chi mi frequenta? Verrà fuori Aries e forse anche l'Hot Shot. Pazienza. Cercheranno in famiglia, tra gli amici e i colleghi.
E poi trarranno la loro conclusione di merda.
L'unica conclusione plausibile.
L'unica conclusione possibile.
Alessandro.

Daranno la caccia ad Alessandro.
Tutto ma non questo!
Non lui, non lui, non lui!
Mi costituirò. Confesserò tutto. E se non mi crederanno taglierò la gola a qualcuno in diretta, e poi... poi anche a me, tanto ormai della vita non me ne fotte un cazzo.
Ma Alessandro no, lui deve vivere.
Deve vivere.
Alessandro deve vivere.

* * *

Quella notte Giuditta la trascorse accanto al telefono. Passarono le quattro. Si fece giorno. Non squillò mai.

* * *

Erano le dieci e venti quando uscì ciabattando dalla stanza da letto. Non aveva voglia di bere un caffè, non aveva voglia di svegliarsi, non aveva voglia di pensare e di ricordare. Aprì il frigo, lo chiuse. Seduto a capotavola, come se fosse arrivato da pochi minuti, impeccabile nella sua camicia stirata di fresco, c'era Alessandro. Lo guardò, si guardarono. Giuditta non perse tempo con domande inutili. Avrebbe avuto tutte le risposte non appena lui avesse aperto bocca. E lo fece, accompagnando le parole con lo sguardo di mortificata indulgenza che un padre rivolge a un figlio dal mediocre andamento scolastico.
«Hai sbagliato.»
Poi, quasi a smorzare il rimprovero.
«Non è da te.»

capitolo quindicesimo

Saliva.
Scendeva.
Saliva.
Scendeva.

La mano guantata di Alessandro percorreva dall'alto in basso una scatoletta molto colorata, di un formato strano, più grande di una confezione di fiammiferi ma più piccola di una saponetta, ancora avvolta nel cellophane. Arrivato al fondo la ribaltava e riprendeva ad accarezzarla. C'era qualcosa di erotico in quel gesto. E qualcosa di indefinibile in lui, nella sua figura ordinata. Giuditta assurdamente la riconduceva col pensiero al «punto d'innesto» che le avevano insegnato alla scuola guida. Quel delicatissimo punto in cui frizione e acceleratore tengono la macchina sull'orlo della partenza senza che in realtà si muova di un millimetro. Alessandro era il punto d'innesto della vita di Giuditta. In un altro momento si sarebbe sentita miserabile, conciata com'era di fronte alla perfezione di lui, ma come sempre la sola presenza di Alessandro la faceva sentire molto, molto stanca per simili speculazioni. Naturalmente lui colse.

«Bella *mise.*»

Giuditta taceva.

«Mai pensato che c'è dell'altro al mondo oltre ai pigiami di flanella?»

Giuditta fece per spostare la sedia.

«No! Resta in piedi. Ti aiuterà a rimanere più concentrata.»

Giuditta ubbidì. Il punto d'innesto, l'equilibrio su un filo, un passo interrotto sull'orlo del baratro. Era in bilico. Alessandro poteva spingerla oppure afferrarla.

«Vediamo dove eravamo rimasti.»

Sembrò riflettere, ma era una scena. Alessandro raramente aveva bisogno di pensare.

«Il prossimo sarebbe stato quel ragazzo, quell'universitario molto miope che vuole dedicarsi alla ricerca genetica, che non si fidanza per amore degli studi e per una vaga omosessualità latente, che come unico hobby ha la pesca, che pratica nel laghetto del parco la domenica, esattamente dove lo hai osservato per qualche ora diciotto giorni fa dal recinto di sabbia dei bambini, e hai deciso quando gli sono caduti gli occhiali e lo hai visto abbassarsi in avanti ad annaspare sotto la panchina...»

«Tu come fai...»

«Non essere sgarbata, Giuditta, non si interrompe le gente. Poi lo avevi seguito fino alla stanza che divide con un amico solo fino al venerdì, e per questo hanno avuto anche una piccola discussione in merito all'affitto, ma è roba passata, comunque quest'altro torna a casa ogni venerdì dalla fidanzata, e allora per tre giorni Fabrizio, giusto?, Fabrizio Alessi resta solo nell'appartamento della casa dello studente, praticamente vuota, e tu avresti agito direi proprio di sabato sera, quando era rintanato come un topo ad ascoltare musica jazz nelle cuffie preparando specchietti per la settimana seguente, non avresti nemmeno avuto bisogno di bussare, lì la gente entra ed esce dalle stanze degli altri come se niente fosse, e se non ho intuito male questa era la volta del bisturi e poi lo avresti scuoiato, giusto?, scalpo completo come qualche tribù indiana protetta o puttanate simili. Quanto ci sono andato vicino?»

Giuditta aveva le labbra completamente bianche.

«Bene. La domanda ora è "quando"? Quando avevi intenzione di sollazzarti con questo tuo giochino?»

Si chinò oltre la scatoletta, guardandola da sotto in su con un sorriso sarcastico.

«Perché tu lo sai che è un giochino, vero, Giuditta? Non crederai certo che sia un'opera magna, giusto?»
Giuditta inghiottì.
«Due settimane, forse dieci giorni.»
«A-ah. E invece è avvenuto questo piccolo "intoppo". La concentrazione, Giuditta, te l'ho detto tante volte, il tuo punto debole è la concentrazione. Ti lasci distrarre e questo è proprio un brutto difetto che devi imparare a levarti.»
Si risollevò con la schiena stiracchiandosi leggermente, come se stessero parlando del tempo.
«Dunque ti hanno messo sotto scorta. Vizzi e Lo Monaco, deve esserci davvero penuria di personale, comunque non sono un grosso problema.»
«Alessandro...»
«Vuoi avere la cortesia di non interrompermi mentre sto parlando, Giuditta? Sai che è una cosa che mi fa incazzare.»
Ammettendo infine di essere umana come tutti, e che era stremata, Giuditta lasciò che alla prima lacrima ne seguissero altre. Si accartocciò per terra e pianse, pianse fuori tutta la paura e la tensione e la delusione che aveva procurato a se stessa e ad Alessandro. Lui non si mosse. Il suo tono di voce non cambiò.
«Non è successo niente di irrimediabile. Sei stata molto brava ieri sera, hai reagito bene quando hai trovato il guanto. Sei in una posizione di vantaggio. Minimo, ma pur sempre un vantaggio. Bisogna incrementarlo. E c'è un solo modo per farlo. Lo sai? Rispondimi.»
Tra un singulto e l'altro Giuditta rispose:
«Io... non... ucci-derò... più...».
La risata di Alessandro fu simile a un'esplosione, così inattesa che Giuditta smise di colpo di piangere per guardare se stesse recitando. E invece Alessandro se la rideva di gusto.
«Oh, dio, tesoro, se non ti amassi già tanto mi innamorerei di te solo per questa tua ingenuità.»

Tornò serio, ma col sorriso negli occhi.

«Ma CERTO che continuerai a uccidere, sciocca. Ma come? Il killer ti contatta, tu ti fai scandagliare come una cavia e poi di colpo non ci sono più morti? Ma perché non firmi addirittura una confessione?» Fece una pausa. «O vuoi che la firmi io?»

«NO!» gridò Giuditta.

«Non ci sei mai arrivata.» Alessandro sorrideva meditabondo. «Non hai mai pensato al pericolo a cui mi esponevi. Ti sei inventata il tuo giochetto, la tua piccola masturbazione mentale e non hai mai considerato che avevi cominciato a uccidere poco dopo che io ero stato cacciato. Ti sei mai accorta che mi hanno braccato per mesi?»

«Nessuno me lo ha...»

«... detto. Ovviamente. O eri mia complice e mi proteggevi oppure eri una potenziale vittima. Non sei simpatica a nessuno in centrale, ma sei utile, bambina mia, dannatamente utile.»

«Io ti ho reso la vita un inferno?» L'assurdità del concetto, nella sua semplicità, non riusciva a entrare nella mente di Giuditta.

«Non più del resto del mondo. Io ho cercato di distrarti, di inventarti giochi alternativi... ho sopportato tutti i tuoi capricci infantili, le tue puntatine a frugare nelle paranoie altrui, ti ho creato tanti piccoli casi su cui indagare, ma tu sei così presuntuosa, tu volevi il mostro da romanzone giallo o niente, e poi mi scivoli su un dettaglio macroscopico. Mi aspettavo di meglio da una così brava a pulire dove altri hanno sporcato...»

Il sorriso di Alessandro era più eloquente di mille parole. Giuditta alzò gli occhi verso il faldone che conteneva il suo profilo e pensò che la sua prossima destinazione sarebbe stato un bel falò. In fondo, in quell'inceneritore ne era già finita, di roba intima.

«E allora?»

«E allora, visto che tu hai fatto tante volte le pulizie per me, questa volta sarò io a farle per te.»

Giuditta si sentiva piccola piccola. Mormorò un: «Va bene» che intenerì Alessandro.
«Puoi sederti. Ora ti spiego.»

* * *

«Ti hanno messo sotto scorta. L'ha deciso Lamberti ieri sera, è esatto?»
«Sì.»
«Tu hai protestato?»
«Ho detto qualcosa a Miglio quando ho riconosciuto la macchina qui davanti.»
«Miglio. Nessun altro?»
«No.»
«Bene. Ora ti fai una doccia, ti vesti e vai in centrale.»
«Ma Lamberti mi ha ordinato di prendermi qualche giorno...»
«Sì, amore caro, ma tu oggi ti sei svegliata completamente isterica. Sai, lo shock di ieri sera ti è venuto fuori solo ora, improvvisamente hai realizzato quanto ti è stato vicino il killer e roba del genere, queste stronzate sono il tuo pane. E col carattere di merda che hai nessuno si stupirà se piomberai in centrale fuori di te sbraitando ordini a destra e a manca. Di colpo ti senti sfidata anche tu, ma sei spaventata e dotata di utero. Fai ritirare la scorta. Dì che farti scortare è come metterti un bersaglio in mezzo alla fronte. Non lo faranno subito, tu sgamali due o tre giorni finché non rinunceranno. E insisti sul fatto che il killer non vuole uccidere te, ma dimostrarti che è più intelligente di te e che quindi gli servi viva. Parla, Giuditta, è una di quelle cose che sai fare tanto bene. Se non cedono fai un casino d'inferno, dì che il killer se ne accorgerà, minaccia di parlare coi giornali. Lascia invece che ti controllino il telefono, questo ci servirà più avanti. Tutto chiaro?»
«Sì. La Licari Palle d'Acciaio si fa togliere la scorta a ogni costo ma accetta di tenere controllata la linea.»

«Perfetto. Hai già trovato il trailer?»
«Ufficialmente?»
«Stiamo forse facendo amabile conversazione?»
«L'ho detto solo a Miglio. Comunque sì, è il filo con cui l'ha... l'ho legata. Per agganciarmi al pescatore...»
«E invece ti sei sbagliata, è una falsa pista. Il trailer ce l'ha Morabito.»
«Morabito?»
«Ha prelevato tutto stanotte, ma naturalmente esamineranno ogni dettaglio entro la mattinata.»
«E cosa troveranno?»
«Questa.»
Le mostrò la scatolina colorata. Giuditta la osservò senza fare commenti, non le diceva niente. Nemmeno il suo contenuto le dava indicazioni, anche se si sentì attraversare da un brivido.
«Ovviamente non proprio questa. Una uguale, vuota, accartocciata in mezzo all'immondizia.»
«C'era ieri sera, quando hanno ispezionato la spazzatura?»
«Naturalmente no. Ma questa mattina invece c'è. Sai quanto sanno essere superficiali nelle loro classificazioni. È il reperto P14, se ti interessa trovarlo in fretta.»
Giuditta allungò una mano.
«Tu-non-devi-toccarla.»
Giuditta ritirò la mano. Alessandro estrasse dalla tasca un sacchetto e vi ripose la scatolina.
«Non toccarla mai a mani nude, mettiti i guanti. E portala con te in centrale in questo sacchetto sterile. Sopra ci sono le impronte del proprietario del negozio e quelle della futura vittima.»
«Che sarebbe?»
«Un'amabile anziana signora, pensionata di un ente pubblico, che abita in uno dei palazzi che il suddetto ente destinava ai suoi dipendenti dopo anni di servizio, oppure a quelli meno fortunati...»
«Daniele...» sfuggì a Giuditta.

«Il dirimpettaio» rispose Alessandro, senza fare una piega. «Tu stamattina, in un attacco di isteria e di meticolosità maniacale pretenderai di vedere tutti i reperti schedati da Morabito. Te lo lasceranno fare, poverina, dopo lo shock subito ieri sera... e perché romperai sufficientemente le palle. E dal nulla, dai reperti dell'immondizia... hop, salterà fuori la scatoletta usata.»

«E dopo?»

«Dopo rimarrai folgorata. Metterai in dubbio la tua infallibilità, nonché le conclusioni di ieri sera. Convocherai Michelangelo Giglio. Gli mostrerai il reperto di Morabito e gli chiederai di andare a cercare un negozio specializzato e acquistare una confezione identica. Che sia come questa, sigillata nel cellophane, ok?»

«Ok.»

Alessandro si accomodò meglio, compiacendosi di quanto stava per dire.

«Ora stai attenta: qui inizia la parte difficile.»

* * *

Alessandro aveva finito di parlare. La scatoletta stava tra loro sul tavolo, non più grande di una confezione di mentine. Enorme, per il significato che aveva. Come una condanna a morte. E lo era.

Giuditta alzò gli occhi su Alessandro, fermo sulla porta.

«Non ci sono alternative?»

«Preferisci me? O te?»

Giuditta tacque. Poi trovò la forza di dirlo.

«Non sei tenuto a farlo, è stata tutta colpa mia, non...»

«Troverai modo di sdebitarti. Del resto mi devi già una corsa in taxi.»

Giuditta alzò la testa di scatto.

«Il lattice ti sta meglio della flanella, ma io punterei su qualcosa di più discreto.»

Lo guardò e lui si lasciò guardare. Davvero si era illusa di poter scappare?

«Non guida male quel ragazzino, per avere quindici anni» buttò lì Alessandro in tono vago.
«Sedici» corresse meccanicamente Giuditta.
Di colpo si rese conto dell'errore e di avere i suoi occhi addosso, che si soffermarono a lungo. Qualcosa in fondo a essi si mosse. Ma poi passò. E Alessandro ripeté, semplicemente:
«Sedici».
Mise la mano sulla maniglia.
«Lui non c'entra, è un ragazzino, non sa niente, non fargli male.»
«Gli do due anni, Giuditta. Se non me ne darà ragione non gli farò del male.»
Fece per uscire e Giuditta non riuscì a trattenere un ultimo gesto infantile, afferrandogli il braccio.
«Alessandro, che cosa devo fare?»
«Fai quello che ti ho detto, non commettere errori e tutto andrà bene.»
Lei non mollava la stretta.
«Quando ci rivedremo? Mi chiamerai? Come ci terremo in contatto?»
Alessandro sorrise.
«Giuditta, tu mi ami?»
«...»
«Mi vuoi sposare?»
«...»
«E allora dovrai aspettare.»

* * *

Con indosso il tailleur grigio di quando voleva sembrare impeccabilmente professionale, i capelli ancora umidi pettinati con la riga in parte, da kapò, Giuditta fece il suo ingresso in centrale. Non ci fu testa che non si voltò al suo passaggio, ma i bisbigli erano ridotti al minimo: lo sguardo della Licari non prometteva niente di buono. Prima che arrivasse alla propria scrivania Lamberti le fu addosso.

«Dottoressa, ma non le avevo detto...»

«Perché non mi mette un lampeggiante sopra la testa, ispettore Lamberti, la macchina dei suoi uomini si nota ancora troppo poco! Posso suggerire di farmi seguire anche da un paio di uomini sandwich che mi illuminino con delle frecce rosse con la scritta "donna in grave pericolo di vita"?»

Lamberti era totalmente impreparato sia alla discussione sia al tono della psichiatra, di diversi decibel più alto del normale.

«Mi ascolti, questa mattina avevamo poco personale...»

«Non li voglio.»

«Cerchi di ragionare...»

«NON LI VOGLIO! Avete pochi uomini? E allora perché li sprecate per far seguire ME? E che uomini, poi: ieri sera Torti e Sonda, stamattina Vizzi e Lo Monaco! A quando Gianni e Pinotto?»

«Sto cercando di spiegarglielo.»

Giuditta afferrò la giacca di Lamberti. In condizioni normali non l'avrebbe mai fatto. Nemmeno in quel momento l'avrebbe fatto, ma quelle dovevano sembrare condizioni eccezionali e lei doveva concentrarsi su tutte le anomalie che avrebbe dovuto manifestare.

«NON-STA-CERCANDO-ME! Se lo vuole cacciare in testa? È una sfida tra noi due adesso, grazie a quella puttana tinta dell'Ambrosini, è me che vuole sfottere, è me che vuole umiliare, è me che vuole vincere, o battere, o schiacciare, me lo vuole spiegare a che cazzo gli serve avermi morta? Mi levi la scorta o pianto un casino d'inferno!»

«Dottoressa...» Lamberti era sconvolto. La Licari che diceva «cazzo». Roba da parlarne per anni.

«La stampa è stata già avvisata?»

«Come?»

«La stampa! I giornali! I media! È uscita la notizia?»

«No, abbiamo mantenuto il massimo riserbo.»

«Bene, allora forse riusciamo a guadagnare tempo fino

a stasera prima che io finisca di nuovo teneramente abbracciata all'Ambrosini su tutti gli schermi.»

«Ma di che parla?»

«Delle talpe. Ma Lamberti, è stordito?»

«Dottoressa, è lei che mi sembra un po' troppo agitata!»

«Oh, mi perdoni, ispettore capo, c'è solo un serial killer che giocherella con i miei vestiti, che apre il mio armadietto e mi infila nelle tasche guanti zuppi di sangue. Sia indulgente se la mia sensibilità ne viene toccata.»

«D'accordo.»

«Sono arrivati i risultati che avevo chiesto al laboratorio?»

«Non ancora, però...»

«Certo, tanto chi se ne frega, sono morte solo cinque persone! Morabito e i suoi unni hanno catalogato i reperti?»

«Credo di sì, forse non tutti, ma...»

«NON TUTTI? Ma sono l'unica ad avere capito che c'è un pazzo assassino che si aggira nella nostra centrale?»

«È che non ho avuto ancora modo di verificare...»

«Voglio vederli.»

«Dottoressa, Morabito non è ancora arrivato.»

«Non stavo chiedendo il permesso di Morabito. E nemmeno il suo, se vuole saperlo. Vado nel frigo. Se qualcuno mi cerca, compreso l'assassino, lo faccia accomodare a fianco della porta.»

Lamberti ci rinunciò. La Licari era fuori di sé, inutile tentare di ragionarci, men che meno quando sulla porta si voltò e gli intimò:

«E mi levi la scorta. Se vedo ancora l'ombra di un uomo, e lei lo sa che se me li mette alle costole io li vedrò, giuro che chiederò IO un colloquio con i media».

Fece una pausa per dare quel senso di sospensione in cui era tanto brava.

«E insisterò caldamente che sia lei sia il pm Ambrosini siate presenti.»

* * *

A Giuditta faceva male la gola. Non era abituata ad alzare la voce. Infilò un camice, guanti, cuffia e occhiali ed entrò nella sala reperti, denominata dagli interni come «frigo». Scansò un paio di assistenti che stavano ancora classificando gli oggetti prelevati dalla casa della Disio. Non chiese niente, non aprì bocca e quelli si eclissarono non appena l'ebbero riconosciuta.

"Vai piano, vai piano, cerca, anche se sai già cosa trovare."

Saltò tutti i reperti organici. Arrivò al filo da pesca e lo esaminò a lungo pensando ad altro. Dopo nemmeno mezz'ora Morabito irruppe nel frigo. Li sentirono urlare fino in fondo al corridoio, finché Morabito uscì sbattendo le porte e mormorando qualcosa di simile a «brutta lesbica frigida isterica». Finalmente Giuditta arrivò al reparto spazzatura. Un angolino unto, una lieve piegatura data da una mano anziana forse un po' artritica, ma per il resto i colori, la forma... La scatoletta era identica. Giuditta prelevò il reperto P14 e uscì dal frigo. Seduto accanto alla porta con le borse sotto gli occhi c'era Miglio. Gli lesse il rimprovero negli occhi e preferì non guardarlo.

«Vieni con me.»

Arrivò fin davanti alla scrivania di Morabito e buttò il sacchetto sopra il dossier che stava esaminando.

«Le risulta?»

«Eh?» Morabito alzò la testa.

«Le risulta altra roba del genere nella casa? A me non viene in mente nessuna motivazione per cui avrebbe dovuto trovarsi lì. A cosa le serviva? A concimare le piante?»

Morabito era disorientato, osservava la scatola nel suo sacchetto.

«Ma che ne so... aveva un terrazzino.»

«Non dica puttanate. Stiamo parlando di una che ha avvelenato il gatto dei vicini perché le pisciava sui gerani. Escludo l'utilizzo culinario. Quindi?»

«Può averlo rubato a qualche vicino per dispetto?»

«E il contenuto? La SCATOLA è vuota. Il contrario di piena, Morabito.»

«Mah, non saprei...»

«Ecco, invece cerchi di sapere, vada, indaghi, chieda. I dati sono sulla scheda. Il reperto è il P14.»

«Scusi, Licari, da quando conduce lei le indagini?»

Giuditta si chinò sulla scrivania, a parlare a un soffio dalla bocca di Morabito, mescolando il proprio fiato acre con quello di lui.

«Da quando io e il killer siamo diventati intimi.»

* * *

«Allora, almeno con me ci vuoi parlare?» Miglio non era per nulla scalfito dallo sbraitare di Giuditta.

Lei si era seduta alla sua scrivania. Ora doveva stare molto attenta. Il reperto P14 era abbandonato in un angolo.

«Guardalo.»

Miglio prese il sacchetto e istintivamente sorrise. Giuditta ignorò il sorriso e si impostò su una variante del suo carattere mai conosciuta (anche perché inesistente): il dubbio amletico.

«Stride.»

«Perché?»

«Lo sai anche tu perché. Non c'entra niente con la vittima, anzi, sembra quasi... una presa in giro.»

«Verso chi?»

Alzò gli occhi su quelli azzurri, limpidi di Miglio.

«Verso di me, credo. Il trailer, lì in bella vista, la prima cosa a cui pensare... Ma dopo quello che è successo con l'Ambrosini perché dovrebbe cercare di facilitarmi le cose? Sinora il trailer era palese e dà per scontato che io lo identifichi senza pensarci troppo su.»

«Intendi dire che il trailer potrebbe essere questo?»

«Sì... non lo so, sono confusa.»

«È la prima volta che ti vedo confusa.»
«È la prima volta che vengo sfidata da un serial killer.»
"Ora! Ora, perdio, aggiungi qualcosa ora!"
«E per quanto possa sembrarti improbabile anche io sono umana. E posso sbagliare...»
Abbassò la testa come a cercare qualcosa nella borsa, prevedendo ogni singolo gesto di Miglio. La mano sotto il mento, il gesto per farle sollevare la testa, la ricerca dei suoi occhi.
«Personalmente non ho mai conosciuto una donna umana come te.»
"Ora!"
La mano di Giuditta raggiunse quella di Miglio, la strinse. Si guardarono. Tutti i colleghi intorno a loro fecero altrettanto. Miglio e la Licari? MIGLIO e la LICARI?
"Adesso fingi di tornare in te."
Giuditta colse improvvisamente che tutti gli sguardi erano puntati su di loro. Sapeva che quello era un passaggio cruciale. Finse imbarazzo, riuscì persino ad arrossire. Prese un blocchetto e scribacchiò il nome e la marca scritti sul lato della scatoletta.
«Senti, visto che non sono più sicura di niente mi faresti il favore di uscire e cercarmene una uguale? Giusto per scrupolo, sai.»
«Volo.»
Il sorriso di Miglio mentre prendeva il foglietto era raggiante.

* * *

Ingannò la mezz'ora che Miglio ci mise per ritornare dando ampie dimostrazioni delle sue alterazioni di umore, litigando nuovamente con Lamberti sulla scorta, ottenendo di eliminarla ma capitolando di fronte all'inflessibile decisione dell'ispettore di tenere il suo telefono sotto controllo. Miglio arrivò galoppando e agitando una scatolina colorata identica a quella chiusa nel sacchetto del reperto P14.

«Le trovi dappertutto, perfino in un supermercato.»
«Bene. Allora forse vuol dire che è una stronzata e non significa niente.»
Miglio appoggiò la scatoletta sulla scrivania.
"Devo farlo ora."
«Miglio, mi andresti a prendere un caffè alla macchinetta? Mi ronza un po' la testa.»
«Subito.»
Miglio si allontanò di corsa. Giuditta aveva al massimo un minuto, e doveva farlo lì, in mezzo a tutti. Aprì la borsetta, infilò un guanto, afferrò il sacchetto con la scatoletta che le aveva portato Alessandro, lo aprì, la prese e l'appoggiò sul tavolo di fianco all'altra, verificando mentalmente che avessero entrambe il cellophane, che i colori corrispondessero, che fossero davvero identiche. Lo erano. Prese quella che le aveva portato Miglio, la infilò nel sacchetto e la lasciò cadere nel cassetto della scrivania, sfilandosi contemporaneamente il guanto. Miglio era già di ritorno con un bicchierino fumante e lo porse a Giuditta.
«Senti, quella scatoletta che hai comprato me la infili in una busta asettica, per favore, che questo bicchierino è tutto appiccicoso? La metto nel cassetto, così mi sento più a posto.»
Miglio rispose con un sorriso. Con un sorriso corse alla sua scrivania, con un sorriso prelevò un sacchetto monouso e per un istante Giuditta ebbe il terrore che si mettesse anche un guanto. Non l'aveva toccata! Non aveva toccato la scatoletta di Alessandro! Ma Miglio faceva solo quello che gli veniva chiesto, arrivò col sacchetto, prese tra le dita bianche la scatoletta e ve la fece cadere dentro. Aggiungendo la sua impronta a quella di un rivenditore specifico e di una donna che sarebbe morta di lì a pochi giorni. Giuditta alzò un sopracciglio.
«Il guanto, Miglio. Lo vuoi capire che anche se non è una prova non si sa mai e che non va pasticciata con le nostre impronte?»
Lui sollevò le spalle e rise.

«Ah. Be', ma tanto me l'ero anche messa in tasca venendo qui!»

«Vabbè, senti, vai da Morabito e restituiscigli il suo dannato reperto P14, io questo sacchetto lo metto nella scrivania, a ogni buon conto la considero prova di riferimento, e poi me ne torno a casa.»

«Vuoi che ti accompagni?»

«Non abbiamo già dato abbastanza spettacolo per oggi?»

Si scambiarono un'occhiata complice.

* * *

Uscendo dalla centrale con la scatoletta sigillata da Miglio chiusa nella borsa, Giuditta si voltò verso di lui e involontariamente sorrise. Se quella era una partita a scacchi, il primo pezzo era appena stato mosso.

capitolo sedicesimo

La notizia trapelò, forse appena in ritardo sui tempi. Quando la macchina di Miglio si fermò davanti al portone della casa di Giuditta, una dozzina tra fotografi, cameramen, giornalisti, erano già assiepati a fare calca contro la portiera del passeggero. Miglio non era tanto grosso, non aveva i muscoli pompati, ma faceva sufficiente esercizio da saper diventare credibilmente manesco, quando lo voleva. Spintonò via i fotografi più tenaci e aprì la portiera a Giuditta. Lei uscì con un'espressione imperscrutabile, che mantenne fino all'ingresso, mentre Miglio, tutto compreso nel suo ruolo di bodyguard, distribuiva spintonate a destra e a manca. Alla fine le riprese televisive furono spartane, ma naturalmente sarebbero state montate in sequenza con quelle dell'Ambrosini e con le foto delle vittime in modo da confezionare un signor servizio. Le domande che le avevano fatto erano talmente prevedibili che non si era sprecata a fiatare nemmeno un «no comment». Sulle scale incontrarono i vicini, che Miglio liquidò spiccio con un: «La dottoressa non deve essere disturbata». Al posto della chiassosa pettegolandia che si era formata tutt'intorno a Giuditta dopo il servizio con il pm, questa volta a seguirla sulle scale fu un brusio da veglia religiosa, come se l'essere stata toccata dal killer equivalesse a essere toccata dalla morte. Andrea era appollaiato sulla balaustra davanti alla porta. Giuditta registrò che era tutto intero e che Alessandro aveva mantenuto la parola, ma gli dedicò uno sguardo fugace, si sarebbero potuti dire troppe cose guardandosi a lungo. A Miglio quello sguardo non sfuggì.

«Vale anche per te, ragazzino.»

«Ma io non sto disturbando la dottoressa, la sto solo guardando. A lei capita mai di guardarla?»

«Miglio, lascialo perdere, è un mio vicino. Entra in casa.»

Ma Miglio, il sottovalutato Miglio, aveva capito benissimo che cosa si stessero dicendo lui e Andrea.

«Qualche volta» gli rispose.

«Anche a me capita. Qualche volta.»

Fu così che si aprì un canale che avrebbe portato Miglio e Tadzio a confrontarsi, un giorno. E nessuno dei due poteva immaginare dove e quanto presto sarebbe avvenuto.

* * *

Daniele Messori, altrimenti conosciuto come Aries, Nightdreamer, Dany73, wheelfucker e compagnia bella, stava cenando con degli spaghetti in scatola. Alla tv parlavano ancora di quei pallosi delitti, che se era per lui tifava per il mostro, meno merda umana c'era in giro e meglio era. Buttò un occhio sul televisore e rivide una scena già conosciuta: quella donna che, a detta dei giornalisti, dava la caccia al Seviziatore, a cui una bionda tinta, sicuramente sua superiore, appoggiava fiduciosa la mano sulla spalla. Poi la scena cambiò. Si vedeva una macchina scura dalla quale la donna, la psichiatra, insomma, quella che si stava facendo il mazzo, scendeva aiutata da un poliziotto che malmenava i giornalisti. Osservò lo schermo e nonostante le pessime inquadrature vide che era cambiata, aveva profonde occhiaie nere e sfuggiva ai fotografi e ai giornalisti come se quel supplizio fosse inevitabile, e non avesse che da aspettarne la fine. Poi entrò nel portone che il collega le chiuse alle spalle. E fu lì che Daniele Messori vide qualcos'altro, qualcosa che si annotò a mente, segnando la data e l'ora del telegiornale su un foglio. Forse si era sbagliato. E forse no. Dopo di che tornò a rivolgere la sua attenzione agli spaghetti.

* * *

«L'agghiacciante reperto sembra sia stato occultato tra gli effetti personali della dottoressa Giuditta Licari, psichiatra incaricata di studiare il caso del killer detto il Seviziatore...»

Giuditta e Miglio, in piedi di fronte al televisore, fecero contemporaneamente una smorfia di disgusto.

«... e che l'atto di sfida si sia svolto addirittura all'interno della centrale di polizia. Davanti alle nostre telecamere il pubblico ministero Loredana Ambrosini ha rilasciato una breve dichiarazione. "Per spontanea scelta della dottoressa Licari, la stessa è stata inserita d'ufficio nel registro degli indagati, in quanto in possesso di una prova inconfutabile riconducibile all'omicidio Disio. Con questo la stimatissima collega non verrà, e lo ripeto, NON VERRÀ sollevata dalle sue mansioni in merito all'indagine..."»

«Puttana.»

«Stronza.»

Giuditta e Miglio si sorrisero. Lei spense la tv e in contemporanea squillò il telefono.

«Amoregioiadellamamma, ma è mai possibile che io e il papà dobbiamo sempre essere gli ultimi a sapere quanto ti fai onore, che se non era per la signora Savoldi che ci suonava il campanello noi eravamo ancora lì come due scemi a guardare il gioco a premi, che poi va bene perché la prima parte l'avevamo già vista, mentre nella seconda non ti avrei nemmeno riconosciuta, ma non mi ero mai accorta che la tua via fosse così buia, stai attenta a non uscire da sola che non si sa mai, qualche malintenzionato c'è sempre, se poi lo sanno che abiti da sola, io guarda non ci dormo la notte, comunque il papà dice che potevi almeno voltarti a fare un sorriso ai fotografi, che così si è visto solo che eri tu, che poi sempre quei vestiti scuri, ti fanno venire la faccia triste, che invece basta un sorriso e ti illumini tutta, comunque il papà dice che secondo lui la tua porta va rinforzata e magari viene lui a metterci due chiavistelli, che deve trovarli perché da qualche parte in cantina li ha, comunque cerca di mangiare e di dormire, che hai l'aria stanca, e non pensare che io non me ne accorga, che sono la tua mamma, ora ti saluto che comincia il film del prete che è un peccato che ti sia persa la prima puntata ieri col fatto che eri al lavoro, perché è veramente bello, anche se il papà dice che all'epoca quelle macchine ancora non c'erano, quindi cerca di dormire e non mi far stare in pensiero, e la prossima volta che vai in tv avvertimi, amore, ciao, un bacio anche dal papà.»

Peccato essersi persa la prima puntata del prete.

«Sono Broglia e Vizzi. Il furgone è al di là del parco...» le comunicò Miglio guardando dalla finestra.

«Signori...» disse Giuditta al telefono che dava linea interrotta, «vi presento mammà.»

Fece appena in tempo a riappendere che il telefono squillò di nuovo:

«Giudi, stai bene?». Era Clara.

«Guarda che il telefono è sotto controllo, quindi se vuoi raccontarmi di nuovo le evoluzioni erotiche di tuo marito ti conviene farlo per lettera.»

Ci fu un attimo di silenzio in cui Clara elaborò il messaggio di Giuditta, che ebbe il tempo di ascoltare. Ci aveva messo degli anni per percepire quel remoto BIP che si confondeva tra i disturbi di linea e che testimoniava il controllo e la registrazione delle telefonate. Clara riprese in tono discorsivo:

«Invece di fare battute cretine dimmi: ti ho vista in tv, avevi un'aria sbattuta da morire! Ma come è successo? Ti è entrato in casa oppure è come dicono, che è entrato in centrale?».

Il messaggio era stato perfettamente recepito: non una parola su Alessandro.

«Non posso parlarne, lo puoi immaginare. Ma a me non ha fatto niente. Fisicamente, intendo. Se invece la vogliamo vedere sotto il punto di vista morale mi ha fatto sentire come un'incompetente di merda.»

«Francamente dell'onta sul tuo onore non me ne può fregare di meno. Sebastiano molla il telefono! MOLLA!» Si introdusse un sottofondo di bambino urlante che Clara ignorò continuando a parlare. Giuditta invece, decisamente a sproposito, approfittò di quell'istante per chiedersi per la milionesima volta perché non aveva mai voluto avere figli.

«Ma c'è qualcuno con te? Hai fatto venire i tuoi?»

Giuditta scoppiò in una sonora risata.

«Ok, domanda sbagliata. Ma c'è qualcuno? Ti hanno dato una guardia del corpo, una scorta? C'è almeno Miglio?»

Broglia focalizzò immediatamente tutta la sua attenzione facendo cenno a Vizzi di venire a sentire anche lui. Giuditta era esterrefatta che proprio dalla innocente Clara fosse stato lanciato un amo così ghiotto.

«No... cioè, voglio dire sì, è qui, ma adesso se ne va, non resta...»

«E perché? Non può sistemarsi nella stanza degli ospiti?»

«Non è il caso, Clara...» Doveva essere brava, dosare l'imbarazzo e il non detto in favore di quei due fessi nel furgone, in favore di chi avrebbe ascoltato il nastro.

«Non essere ridicola, sono condizioni eccezionali, chi vuoi che vada a pensare...»

«Ho detto che NON È IL CASO, Clara. Discorso chiuso. Anzi, abbiamo parlato fin troppo, io sto bene, e così spero di te e dei bambini eccetera, ci sentiamo un'altra volta da un altro apparecchio. Ok?»

«Ok... scusa se ho detto qualcosa che non...»

«Non hai detto niente, Clara. Buonanotte.»

Niente che non fosse dannatamente utile.

* * *

Nel furgone Broglia e Vizzi sghignazzavano pregustandosi il pettegolezzo: allora c'era davvero qualcosa tra la Licari e Giglio! Altro che insegnante e allievo! Però, chi se lo aspettava dalla Licari, sembrava tutta un blocco di marmo e invece dopo quel pezzo d'uomo di Amadei, che, con rispetto parlando, si era ricominciato a vivere da quando se n'era andato, s'era presa il ragazzino, che quanti anni aveva Miglio? Venticinque? Ah, ventotto, chi l'avrebbe detto... A parte che poi non era detto che fosse stata lei a prendersi lui. Che Miglio corresse dietro alla Licari come un cane lo sapevano tutti, ma te lo ricordi come era stato nelle ultime settimane? E quando alla riunione le aveva risposto per le rime, sì, per non parlare della cazzata di contaminare la scena del delitto, sembrava un'altra persona, magari lei voleva mollarlo. Ma non ce l'aveva già una ragazza, Miglio?

* * *

Il cellulare di Miglio squillò.

«Scusa, mi sono dimenticato...»

«Ti dispiace spegnerlo? Non mi va di...»

«Ma me la sbrigo in due minuti.»

«E allora vai in cucina a telefonare.»

Lo sguardo carico di rancore che Giuditta gli rivolse era un'assoluta novità per Miglio. Rispose. A Giuditta giunsero ben chiari gli strilli di Donatella.

«Sì... non hai visto il telegiornale?... E allora se lo vedevi vedevi anche me... No, io non mi sono fatto niente, è Giuditta...»

Il «NON ME NE FREGA UN CAZZO DI GIUDITTA!» probabilmente lo sentirono anche i vicini del piano di sopra. Al che la donna di ghiaccio, quella tutta d'un pezzo, quella che non perdeva mai la calma, afferrò Miglio con tutto il cellulare e lo trascinò nell'ingresso.

«Così almeno potrete parlare in tutta libertà senza la mia ingombrante presenza, io sto benone e mi chiuderò nella mia solitudine a studiare il caso, ok?, non c'è bisogno che torni, tu e Donatella avete un sacco di cose da dirvi!»

Sbattè la porta di fronte a un attonito Miglio che ci capiva sempre di meno. Al telefono Donatella strillava come un'aquila. Dalla balaustra, dondolando le gambe nel vuoto e voltandogli le spalle, Andrea comunicò alla tromba delle scale una delle sue perle di saggezza.

«Io una come quella la mollerei.»

* * *

Dietro la porta Giuditta ascoltò Miglio andarsene e sorrise. Finora le previsioni di Alessandro si erano avverate con la puntualità di un orologio. Ora entravano in gioco quelle che lui definiva «le variabili». Lei avrebbe dovuto dosare bene l'incremento del suo ambiguo interesse per Miglio, e si sperava che Miglio agisse di conseguenza senza che nulla di concreto e visibile accadesse tra di loro. Tra l'altro uno dei due sarebbe probabilmente andato incontro a morte prematura se solo si fossero sfiorati. Ovunque si nascondesse Alessandro, era un «ovunque» letterale. Osservò il telefono con una punta di malinconia. Non ci sarebbero state telefonate mute alle quattro di notte per un bel pezzo. Concluse che le sarebbero mancate. Davvero.

* * *

I giorni che seguirono furono caratterizzati dal pullulare di articoli scandalistici del tutto inverosimili, da dozzine di telefonate e lettere di persone che dichiaravano di essere il Seviziatore (un paio si presentarono addirittura in centrale), dalla conferma che tutti i risultati di laboratorio coincidevano con quelli ipotizzati da Giuditta e dal fiorire di una vera giungla di pettegolezzi su lei e Miglio. Se da un lato c'era la fazione che considerava la relazione un dato di fatto, dall'altra c'era lo zoccolo duro di chi conosceva la Licari e la sua scarsa propensione a mescolare lavoro e piacere, anche se il piacere incarnato da Michelangelo Giglio poteva essere particolarmente appetibile. E infine, nella terra di nessuno, in cui i colleghi non osavano inoltrarsi, c'era il fantasma dell'ispettore Alessandro Amadei. L'antitesi fisica e psichica di Miglio. Come poteva una donna, dopo aver provato, nel bene e nel male, a essere la compagna di Amadei, lasciarsi irretire da un ingenuo pupattolo come Miglio? Il risultato era comunque lo stesso: nessuno levava loro gli occhi di dosso. A favorire il clima pettegolo Giuditta e Miglio non si separavano quasi mai. A volte lavoravano per ore in laboratorio senza nemmeno rivolgersi la parola, ma la loro vicinanza, la tensione emotiva, era tangibile. Miglio aveva insistito perché Giuditta rinunciasse a recarsi da sola al lavoro finché le acque non si fossero un po' calmate, e lei si era fatta convincere. Ogni mattina arrivavano insieme, ogni sera ripartivano insieme. A pranzo mangiavano insieme, spesso Miglio si presentava con un take-away cinese o con qualche porcheria bisunta ma buonissima. Raramente mangiavano con gli altri in mensa. Giuditta gli chiese di spegnere il cellulare quando erano in laboratorio, e ordinò al centralino di non passare telefonate esterne. Spesso sforavano con l'orario, spesso Miglio restava più di cinque minuti a casa di Giuditta, ma lei aveva sempre rifiutato che si fermasse anche la notte, pur dormendo sul divano. Miglio osservava questa Giuditta nuova, così trasformata. Forte al punto da reggere una situazione che avrebbe distrutto i nervi a chiunque altro, ma anche fragile, che sobbalzava a ogni rumore e che una volta, in ascensore, mentre scendevano, gli aveva preso la mano per pochi secondi, senza il coraggio di guardarlo in faccia. E gli piaceva anche questa Giuditta indifesa, madre ma anche figlia, divina ma anche umana. Sarebbe stato il paradiso, non fosse stato per Donatella. Donatella stava per oltrepassare tutti i confini. Le scenate si ripetevano quotidianamente, Miglio si era persino abituato, era arrivato a ignorarla, cosa che la faceva impazzire di rabbia. Si prendeva le cose che lei gli gettava addosso e la lasciava sbollire da sola. Aveva altro a cui pensare.

* * *

Giuditta era irrequieta. Donatella si era calmata, o almeno così pareva. Miglio arrivava a prenderla puntuale ogni mattina, sereno e fresco, sempre di buon umore, col suo perenne sorriso. L'inquietudine di Giuditta saliva. Il piano non stava andando come previsto. Lei non aveva forse la pazienza di Alessandro, ma le sembrava che le cose stessero andando troppo a rilento, e quel ruolo da cerbiatta spaventata cominciava a starle più stretto della tuta in lattice. Se solo Alessandro si fosse fatto vivo, e invece erano già trascorse due settimane. Poi, a conclusione di una sfilza di giornate inconcludenti, il fato sorrise a Giuditta, ben due volte. Erano in laboratorio, lei e Miglio. Aveva notato che lui portava una delle sue buffe sciarpe etniche, ma i gesti furtivi con cui se la sistemava quando credeva che lei non lo guardasse la fece decidere.

«Miglio, voltati.»

«Cosa? Perché?»

«Fammi vedere.»

Lui non oppose resistenza, tanto era inutile. Un lungo graffio si estendeva da dietro l'orecchio lungo il collo.

«Donatella?»

«Sì, ma non è niente, poi le passa.»

Silenzio.

«Miglio, da domani ricomincio a venire in ufficio con la mia macchina.»

«No! Perché?»

«Chiedilo a Donatella, perché.»

Be', lo doveva ammettere, era tutta la vita che aspettava di poter dire una frase simile!

«Ma tu non c'entri.»

«Portami a casa.»

Giuditta raccolse alla rinfusa gli appunti e ripose disordinatamente i campioni, poi prese la porta. Miglio la seguì. A distanza.

* * *

Rifiutò di farlo salire. E va bene, forse non era stata chissà che mossa decisiva, ma almeno aveva smosso le acque. Rientrò e lo vide fermo con la macchina a fissare le sue finestre. In quel mentre arrivò il secondo sorriso del fato: il telefono squillò.

«Pronto?»

«Posso parlare con il mio ragazzo, se non le è di troppo disturbo?»

Un colpo da novanta, incredibile quanto si possa essere fortunati!

«Donatella?!» Sorpresa ma con cautela, timorosa di fare una gaffe con i colleghi.

«Allora, me lo passa oppure è troppo occupato? Non è che vi ho disturbati?»

«È appena uscito. Prova a chiamarlo sul cellulare...»

«Ho GIÀ provato a chiamarlo sul cellulare. Ma guarda caso era spento. Chissà perché il suo cellulare è sempre spento quando è con lei.»

«Senti, Donatella, direi che è ora di smetterla.»

Silenzio dall'altra parte.

«Io ho guardato te ogni volta che tu hai guardato me. Quindi sappiamo esattamente come stanno le cose. Io ho quarant'anni, tu venti.»

«Ventidue.»

«Ventidue e ne dimostri venti.»

«È inutile che cerchi di lusingarmi.»

«Senti, io voglio bene a Miglio...»

«Guardi che si chiama Michelangelo!»

«Va bene, a Michelangelo… È un bravo poliziotto, impara molto velocemente e io ho sempre immaginato…»

«Oh, ecco, questo mi interessa: le sue fantasie sul mio ragazzo.»

Incredibile, era più cretina di quanto non la facesse.

«Donatella, sei proprio fuori strada.»

«No, quella fuori strada è lei! Lei spera di affascinarlo con la sua scienza e i suoi paroloni, ma si ricordi che le qualità che un uomo come lui cerca in una donna non risiedono nel cervello, ma un po' più in basso, e mi sembra che a LEI manchino tutte.»

«Credi che non lo sappia?» La voce di Giuditta si era ridotta a un sussurro. «Michelangelo vuole bene a te. Io sono solo… la sua nave-scuola. Non mi vede in nessun altro modo.» Leggero tremito nella voce. «Se un giorno ti interesserà davvero sapere la mia versione dei fatti sai dove trovarmi. Ora…» voce rotta «… ora non mi va di parlarne.»

E riappese.

Mentalmente ricapitolò: nel furgone chi c'era quella sera? Cremonesi e poi?… Quello nuovo! Era con loro da sei mesi e voleva farsi amici tutti, come si chiamava? Chiarolla! Cremonesi avrebbe tenuto la bocca chiusa due, massimo tre giorni, ma Chiarolla avrebbe sbrodolato tutto entro le prossime ventiquattr'ore. Quanto ci sarebbe voluto perché la notizia giungesse fino a Miglio?

Quanto?

* * *

Chiarolla e Cremonesi ne parlarono per il resto della notte. Il mattino dopo Cremonesi raccomandò a Chiarolla di tenere la bocca chiusa, che loro non dovevano fare parola di quanto sentivano nelle intercettazioni. Chiarolla aspettò che Cremonesi smontasse il turno, poi nell'ennesima pausa caffè si ritrovò al distributore con la Aldrighi, che gli piaceva parecchio e che dicevano fosse una facile. La notizia gli scivolò di bocca e la Aldrighi ne rimase turbata, soprattutto perché la sua collega di ufficio, Mariangela, ci aveva speso un bel po' di speranze su Miglio, e va bene tollerare la fidanzata, ma la Licari! Così corse a condividere con Mariangela la ferale notizia, e ad ascoltare c'era anche Sant'Andrea, che era un tecnico di Morabito, e tutti gli unni vennero a sapere entro un quarto d'ora che quella «figa di legno» della Licari e la fidanzata di Giglio se n'erano dette di tutti i colori al telefono. Come un virus la notizia si sparse, da tecnico a segretaria, da agente a centralinista, da archivista a impiegato, fino a giungere, nell'ultima versione, a Enrico Semeraro, agente della volante 12. E Semeraro era molto amico di Miglio.

* * *

Giuditta era chiusa nel suo laboratorio. Aveva congedato Miglio da mezz'ora, dichiarando, come aveva fatto negli ultimi giorni, di voler restare un po' a lavorare fuori orario, soprattutto per fare qualche ingrandimento nella camera oscura. Miglio non si era offerto di aiutarla. Strano. Quando la centrale fu quasi vuota il telefono interno squillò.

«Pronto?»

«Questa sera.»

La voce di Alessandro la impietrì. Ma la linea era nuovamente libera, non c'era spazio per altre parole. In stato confusionale Giuditta stette immobile cercando di concentrarsi, concentrarsi, concentrarsi! Quando si sentì pronta prese un paio di guanti e li infilò in tasca. Non mise l'impermeabile, che lasciò in bella vista appeso nel laboratorio, luci accese, appunti sul tavolo. Entrò nella camera oscura e accese la luce rossa che segnalava di non entrare. Prese l'ascensore per il parcheggio. Si guardò intorno. La Polo amaranto, che vedeva per la prima volta in vita sua, era, come da istruzioni, parcheggiata in fondo.

La portiera era aperta, vi entrò e cominciò a cercare sotto il sedile. Trovò le chiavi e un leggerissimo impermeabile monouso che indossò in fretta, mise in moto, abbassò entrambe le alette parasole e uscì, con la tessera magnetica di servizio che trovò sul cruscotto, dal cancello secondario. Parcheggiò poco lontano dal palazzo dove abitavano Miglio e Donatella. Scese a piedi nei garage e da lì prese l'ascensore. Premette il pulsante per salire al piano superiore rispetto a quello dove si trovava il loro appartamento. Li sentiva sin da lì.

«ALLORA SEI SORDA O CEREBROLESA! OPPURE NON MI ASCOLTI, COME AL SOLITO!»

«TANTO DICI SEMPRE LE STESSE STRONZATE, SEMBRI UN DISCO ROTTO!»

«È LAVORO, PORCA TROIA! QUESTA COSA MI FA FARE UNA FIGURA DI MERDA CON TUTTA LA CENTRALE, PER NON PARLARE DI GIUDITTA!»

«OH, MA PARLIAMONE PURE ANCORA, DI GIUDITTA, È IL TUO ARGOMENTO PREFERITO!»

«IO GIURO CHE ANCORA FACCIO FATICA A CREDERCI: COME CAZZO TI SEI PERMESSA DI CHIAMARLA A CASA? MA SEI DIVENTATA DEFICIENTE?»

«OH, POVERINA, L'AVRÒ DISTURBATA MENTRE STAVA LAVORANDO! O "TI" STAVA LAVORANDO?!»

«GUARDA CHE È UNA PERSONA CORRETTISSIMA, NON FAREBBE MAI UNA COSA DEL GENERE!»

«SÌ, E INTANTO È CORSA A RACCONTARTI TUTTO, LA SANTA!»

«NON È STATA LEI, È STATO UN COLLEGA! PERCHÉ SAI, LA SUA LINEA TELEFONICA È SOTTO CONTROLLO E ORA ALLA CENTRALE TUTTI SANNO CON CHE GENERE DI STRONZA MI SONO MESSO IO!»

«E ALLORA PERCHÉ NON MI LASCI?»

«CI STO PENSANDO SERIAMENTE, DONATELLA! MOLTO SERIAMENTE!»

«E ALLORA FALLO! ESCI DA QUELLA CAZZO DI PORTA E NON FARTI PIÙ VEDERE!»

«SAI COSA TI DICO? SONO STATO UN COGLIONE A NON FARLO PRIMA! MA SUL SERIO!»

Porta che si apre sbattendo.

«VATTENE! VATTENE! VAI DALLA TUA GIUDITTA!»

«E TU VAFFANCULO!»

Porta che si chiude sbattendo. Passi sulle scale. Miglio scendeva, nervoso. Giuditta contò fino a sessanta. Scese di un piano e si fermò di fronte alla porta. I guanti li aveva. Il rumore che doveva fare aprendo le era ben presente. Respirò. "Concentrati." Poggiò la mano sulla maniglia.

Aprì la porta sbattendola verso l'interno.

Camminò decisa e diretta verso la camera da letto, da cui arrivavano i singhiozzi di Donatella.

Vi entrò.

La trovò, come previsto, nella posizione che tante volte le aveva descritto Miglio: raggomitolata sul letto, che le dava le spalle e tra i singulti mormorava «... stronzo...».

Osservò il comodino basso alla sinistra del letto.

Afferrò la testa di Donatella tenendola rivolta verso il cuscino, affondando le mani nei capelli in modo che i guanti facessero bene presa senza che lei si accorgesse che li indossava. Si concesse un istante per fare una rapidissima valutazione dell'angolazione e poi le strattonò indietro il cranio facendolo sbattere contro lo spigolo del comodino.

Una.

Due.

Tre volte.

Un piccolo schizzo di sangue spruzzò l'impermeabile.

Il corpo della ragazza era pesante come un sacco.

Svenuta.

Controllò la ferita.

Leggero trauma cranico. Poteva andare.

Tornò sui suoi passi sfilandosi l'impermeabile e, appallottolandolo, chiamò l'ascensore, scese nel garage, uscì circospetta, nel caso incappasse nel «giro sbollitore» di Miglio. Salì in auto, levò i guanti rivoltandoli. Sulla strada, in una zona periferica, c'era un cassonetto strapieno, si fermò, li infilò insieme all'impermeabile in fondo a un sacchetto pieno di frutta marcia e ripartì. Rientrò in centrale come ne era uscita, dall'ingresso di servizio, lasciò le chiavi sotto il sedile insieme al tesserino, prese l'ascensore, entrò nella camera oscura e spense la luce. Tornò in laboratorio e cominciò ad aspettare. Finché il telefono squillò.

capitolo diciassettesimo

Una striscia gialla sbarrava la porta spalancata dell'appartamento di Miglio e Donatella. Sul campanello solo un'etichetta bianca, lungo il corridoio non c'era nessuno, se non il povero Vizzi che ciondolava avanti e indietro per fare la guardia (a che cosa lo sapevano solo i suoi superiori). Quando la vide avvicinarsi ne fu quasi felice.

«Dottoressa! Non l'aspettavo! Qui non c'è nessuno, sono tutti in...»

«Sì, lo so, per questo sono venuta adesso, per dare un'occhiata con calma.»

E per lasciare impronte digitali e di scarpe, capelli, tutta roba che forse un giorno sarebbe stata catalogata come «non ricollegabile» al fatto.

«So che non è proprio il tuo mestiere, ma potrei avere un ragguaglio?»

«Sì, dottoressa: l'agente Giglio in un moto di lucida follia, ha infierito sulla...»

Fortunatamente si fermò. Lo sguardo di Giuditta lo stava trapassando da parte a parte.

«I-FATTI, Vizzi. Non le speculazioni, i fatti.»

«Sì, dottoressa, scusi. Alle 20:35 circa scoppiava un terribile litigio tra Giglio e la signorina Orlandi.»

«Tu c'eri?»

«Eh? No che non c'ero, ero in centrale.»

«E allora come fai a sapere l'ora precisa, e che a litigare fossero loro due e non i protagonisti di un film tv? Aspetta a rispondere, Vizzi. Fermati a pensare, io non ho fretta e mi guarderò intorno. Quando ti sentirai pronto mi verrai a chiamare, ok?»

Vizzi tacque e Giuditta ne approfittò per osservare l'appartamento dove abitava Miglio, quasi immemore della visita fatta meno di un'ora prima. Era troppo concentrata, allora, per badare ai dettagli. Ecco, il letto era basso, non proprio un futon ma quasi, e i tavolini in vetro con quella bella sporgenza ad angolo erano coordinati. Foto di Miglio e Donatella ovunque, soprattutto di Donatella. Nessuna foto di Miglio in divisa. Indicativo. Il bagno di due persone vanitose, debordante creme e cremette, per lui e per lei. Aveva sempre avuto il sospetto che Miglio si depilasse. Una personalità davvero poliedrica.

«Ehm!»

«Vizzi, ti ascolto.»

«I vicini di casa, i signori Pandolfi, hanno riferito che subito dopo il telegiornale, quindi intorno alle 20:35, è scoppiata una lite furibonda tra l'agente Michelangelo Giglio e la signorina Donatella Orlandi. I coniugi sono sicuri che fossero loro perché hanno riconosciuto le voci. Inoltre sostengono che queste liti avvenivano ciclicamente e che per il resto la coppia era molto tranquilla e appariva affettuosa. Questa sera la lite era parsa ai coniugi Pandolfi più accesa del solito, perché di solito è la signorina Orlandi quella che urla, e dell'agente Giglio si sente poco la voce, mentre stavolta era lui a urlare di più, usando anche epiteti che non gli avevano mai sentito dire prima. I signori Pandolfi sostengono che l'agente Giglio, come avveniva sempre al termine di queste litigate, se n'è andato sbattendo la porta.»

«Come possono essere certi che a uscire fosse lui?»

«Perché l'ultima frase l'ha urlata dal corridoio prima di...»

«Vai avanti.»

«Sì. L'agente Giglio è rientrato poco dopo, questione di minuti. I coniugi Pandolfi hanno sentito dei tonfi, e in un primo momento hanno immaginato che fosse venuto a fare le valigie o a prendere qualcosa da portar via. Però non sentivano la voce della signorina Orlandi e questo era strano. Hanno sentito nuovamente sbattere la porta. Diversi minuti dopo hanno sentito i passi dell'agente che risaliva le scale.»

«Come potevano dire che fosse lui?»

Il tono di Vizzi si fece vagamente confidenziale.

«Be', dottoressa, lo sa anche lei come le fa, Miglio, le scale... a due gradini per volta se non tre.»

Giuditta sorrise.

«Va bene, sorvoliamo. Quindi?»

«Quindi l'hanno sentito entrare e poi urlare aiuto, di chiamare un'ambulanza. Si sono precipitati nell'appartamento e lo hanno visto sorreggere la signorina Orlandi tutta sporca di sangue.»

«Ah.»

Silenzio.

«Tutto qui?»

«Come tutto qui?»

«Qualcuno l'ha visto uscire, rientrare, ri-uscire, ri-rientrare?»

«Veramente no. O almeno, io non lo so.»

«Ecco, tu non lo sai. La prossima volta che fai un ragguaglio cerca di tenere a mente innanzitutto quello che non sai, e poi il resto. Buonanotte, Vizzi.»

«Buonanotte, dottoressa» disse Vizzi, ringraziando mentalmente di non lavorare con quella donna, altrimenti sarebbe diventato per forza matto anche lui come il povero Giglio.

* * *

Come si aspettava, per raggiungere la stanza dove era ricoverata Donatella aveva dovuto mostrare più volte il tesserino, e ora si trovava davanti a questa porta sorvegliata da agenti solerti. Intercettò l'infermiera, esibì il tesserino.

«Dottoressa Licari. Chi c'è con la ragazza?»

Intimidita, la donna non stette a farsi troppe domande sull'opportunità di rispondere o no.

«Un membro della famiglia alla volta, ora tocca al padre, poi il medico, una collega, un poliziotto, credo sia un ispettore e poi...»

Esitò, non sapendo come formulare la frase.

«... e poi quello che le ha fatto questo» disse sottovoce. «L'hanno preso.»

E se ne scappò via.

Al suo posto si avvicinò una bella donna, con gli occhi chiari e i capelli impeccabilmente raccolti, vestita con ottimo gusto. La somiglianza non lasciava adito a dubbi, soprattutto a una come Giuditta.

«Ah, la famosa Giuditta...»

Era la madre di Donatella. Una madre che per mesi aveva sentito le lamentele della figlia riguardo a questo terzo incomodo che cercava di portarle via il fidanzato, e che si era preparata un bel discorsetto sarcastico sostenuto dall'ira materna per chi aveva osato far del male alla sua bambina. Ma guardando Giuditta non capì. Era una donna comunissima, pallida, le occhiaie, i capelli corti, un impermeabile grigio che faceva tristezza e che avvolgeva il suo corpo piccolo e robusto, i tacchi bassi, i collant a buon mercato... Quella era la donna che faceva paura a Donatella? QUELLA DONNA?

«Giuditta Licari. Non le dico "piacere" perché sarebbe ipocrita, date le circostanze. Lo Monaco?» chiese a un agente.

«Sì, dottoressa?»

«Lamberti è dentro?»

«Sì.»

Giuditta si rivolse nuovamente alla madre.

«La ragazza come sta?»

«Dicono che è più lo shock che il resto. Ha una frattura, un'incrinatura qui dietro...»

Il tono della madre era incerto. Avrebbe voluto gettare

tutta la sua rabbia, la sua frustrazione, la sua paura contro qualcuno, ma quella donna così calma, opaca, apparentemente innocua stava spegnendo ogni sua velleità battagliera.

«Un leggero trauma cranico. Guaribile, nel peggiore dei casi, in un paio di mesi» diagnosticò distratta Giuditta. Poi, come ricordando: «Io sono dottoressa, anche se non esercito».

«Lo so.»

La madre era in fortissimo imbarazzo. Quella donna non le sembrava pericolosa, non aveva nemmeno chiesto di Michi, sembrava del tutto indifferente a quanto stava succedendo. Ebbe un attimo di esitazione di troppo.

«Senta, signora.»

Il tono secco della voce la fece sobbalzare.

«Non è un buon periodo per me, come immagina, e non lo è nemmeno per i miei collaboratori. Capisco che Donatella è giovane, capisco che quando si è giovani si è preda di grandi passioni eccetera, ma questa idiozia della sua gelosia per me e l'agente Giglio va oltre ogni buon senso! Ma le pare che con l'età che ho, col lavoro che faccio, un assassino che mi ha preso di mira e i giornalisti che non mi danno tregua, io abbia il tempo di incapricciarmi di un ragazzetto che a malapena sa come si chiama?! Sia chiaro, Giglio è un buon agente, molto dotato, ma è anche un ragazzino e a me gli istinti materni sono passati da un pezzo. Cerchi di cacciarglielo in testa, questo, alla sua Donatella, quando le sarà tornato un filo di lucidità. E che la pianti con le sceneggiate e le telefonate minatorie, che io a diffidarla ci metto mezzo secondo!»

La signora Orlandi era allibita. Ora la colpa sembrava di Donatella!

«Ma quello le ha fracassato il cranio!»

«E a lei chi glielo dice? Eh?»

Una tale assurdità fece vacillare ancora di più la signora.

«Non posso riferirle le testimonianze dei vicini, pregiudicherei l'indagine, ma tenga presente che se la lite e la conseguente uscita dell'agente Giglio dall'appartamento sono facilmente confutabili, altrettanto non si può dire di quanto sia accaduto nel frattempo. Mi risulta che la colluttazione sia avvenuta in assoluto silenzio.» La fissò: «E mi risulta altrettanto che sua figlia non sia una ragazza silenziosa. Ci rifletta. Litigano da far tremare i vetri, lui esce, rientra subito, quasi ammazza sua figlia e lei non fiata? Poi lui ri-esce, sporco di sangue, ri-entra e nessuno si accorge di nulla?».

«Ma scusi... e se non è stato lui chi è stato, in nome di dio?»

Giuditta la fissò a lungo, come un cobra fissa il topo che tra un attimo si mangerà.

«Ci pensi un po' su.»

Le voltò le spalle per chiedere notizie ai colleghi. Poi la donna cominciò a urlare.

* * *

«Dico solo: un po' più di delicatezza, la prossima volta, dottoressa Licari.»

«Francamente avevo finito le scorte, ma se serve a chiuderla qui mi scuso. Allora, ci siamo tutti?»

Lamberti sospirò, si guardò con l'Ambrosini e annuirono. Si trovavano in una saletta per infermiere. Donatella aveva brevemente ripreso conoscenza e alla vista di Miglio aveva cominciato ad agitarsi, così lo avevano condotto in un'altra sala. Passando il ragazzo aveva visto Giuditta, che gli aveva sorriso e fatto un cenno d'assenso.

"Va tutto bene, ora risolvo tutto io."

Lui aveva tentato almeno di stendere le labbra di rimando, ma senza risultato. Gli occhi di Miglio erano gonfi e rossi di pianto, la sua camicia sporca di sangue. Il padre di Donatella gli urlò insulti dalla stanza della figlia, nella quale si infilò la moglie, che aveva però lacrime diverse negli occhi, e quando la porta venne chiusa fu un sollievo per tutti. Miglio non era ancora stato incriminato. In sostanza nessuno sapeva cosa fare. Quasi nessuno.

«La ringrazio per essere venuta subito. Lei mi è antipatica, ma credo che ci tenga a questo caso quanto me.»

«Grazie, anche a me. Volevo dire, sì» si ingarbugliò l'Ambrosini.

«Allora seguitemi: la vittima designata, vittima morale, s'intende, sono io. Io sono stata colpita. Stiamo parlando sempre sul piano morale. Quindi ora il killer si diverte a far saltare come birilli i miei sostegni. E chi è il mio assistente? Chi lavora al caso con me fino a tardi?»

«L'agente Giglio» concluse laconicamente Lamberti.

«Ma, come è avvenuto con me, Giglio non può venire colpito DIRETTAMENTE, e quindi il killer se la prende con la fidanzata.»

«Ma sono due metodi di comportamento opposti.»

«Certo. Cosa accomuna i nostri omicidi? Ve lo dico io: che la gente muore. Quest'uomo non ha metodo, o se ha un metodo, è un metodo random, casuale, a seconda del tempo, dell'oroscopo, di cosa mangia a pranzo. Gli piace cambiare, non abbiamo avuto due delitti nemmeno lontanamente simili, finora.»

«Sì, ma dottoressa...» intervenne l'Ambrosini, «... ci sono le testimonianze dei vicini.»

«E sono quelle che lo inchiodano!»

Lamberti e l'Ambrosini si scambiarono un fuggevole sguardo.

«Quando lui è uscito li hanno sentiti urlare entrambi, quindi quando Giglio ha lasciato il palazzo l'Orlandi era ancora cosciente. Fin qui siamo tutti d'accordo?»

I due annuirono.

«Improvvisamente, quasi subito, si sente la porta che si apre, colpi sordi, la porta che si chiude. La ragazza non fiata. Diversi minuti dopo Giglio rientra e la trova. Se fosse stato lui a rientrare la prima volta, nel vederlo lei avrebbe detto qualcosa. E dopo lui se ne sarebbe andato in giro sporco di sangue...» consultò degli appunti. «Secondo la sua prima testimonianza l'agente Giglio si sarebbe fermato al chiosco all'angolo a comprare delle gomme da masticare, e se il padrone del chiosco conferma e testimonia che sui suoi abiti non c'erano tracce di sangue, allora...»

«Può averlo fatto al ritorno.»

«Come?»

«La seconda entrata, quella breve. Può essersi fermato nell'ingresso magari per prendere un giubbino e i due possono non essersi nemmeno parlati né visti.»

«E i tonfi?»

Giuditta insisteva. Insisteva troppo. E sapeva di insistere troppo.

«Andiamo, Lamberti, lo sa meglio di me che quella è una spaccapalle, sarà stata da qualche parte della casa a rompere qualcosa come atto dimostrativo! Ma quante volte Miglio ci è arrivato in centrale tutto incerottato?!»

«Lo so. Ma non è una prova. Potrebbe essere rientrato, aver preso il giubbino, essere ri-uscito, andato al chiosco o chissà dove diavolo, essere rientrato e averla colpita.»

«Per poi inscenare una crisi isterica? Le sembra un attore così bravo?»

Lamberti fu sincero.

«No.»

«La ragazza che dice?»

«È in stato confusionale. Quando potrà ci racconterà la sua versione dei fatti. Per ora... non posso fare altro, devo sospenderlo.»

«Ispettore...»

«Gliel'avevo promesso: un'altra stranezza e lo sospendevo. Be', che sia stato lui, il killer o vattelapesca, questa è una stranezza. E io devo sospenderlo.»

«E se fosse stato davvero il killer, Lamberti? Non può sottovalutare questa ipotesi» intervenne l'Ambrosini.

«No, no, certo... bisognerà tenere a freno i giornali, stavolta. Sentire i vicini, quello del chiosco, la ragazza, Giglio, che in questo momento è quello messo peggio... Ma lo devo interrogare ora, non posso aspettare.» Per un momento Lamberti si fece scivolar via il guscio. «Sono ore che piange, povero figlio.»

Guardò Giuditta che non si era più mossa e non aveva più fiatato.

«Dottoressa, è meglio così per tutti, almeno ora. Sa meglio di me che ci sono fin troppi pettegolezzi in centrale e che...»

«Buonasera, Lamberti. Dottoressa Ambrosini.»

La psichiatra uscì dalla porta chiudendosela alle spalle, senza fare il minimo rumore.

* * *

Respirò profondamente. Non doveva lasciare l'ospedale, ma aveva preferito attendere nell'atrio che Miglio scendesse, lontano dalla cagnara del piano di sopra. Girovagava avanti e indietro, con una strana inquietudine nel petto, una sensazione nuova, ma anche antica, che doveva aver provato chissà quando, chissà per chi...

Il telefono del centralino del Pronto Soccorso cominciò a squillare. Un'infermiera rispose. Poi si sporse oltre lo sportello.

«Mi scusi, è lei la dottoressa Licari?»

Giuditta non ebbe nemmeno il tempo di dire «Pronto» che la voce di Alessandro, secca eppure neutra, come quando parlava pensando ad altro, le ordinò:

«Bacialo» e la linea si interruppe.

«Grazie» rispose meccanicamente Giuditta, mentre restituiva frastornata la cornetta all'infermiera. Alessandro era lì. Be', del resto sembrava che Alessandro fosse SEMPRE lì, ovunque lei si trovasse. In un romanzaccio di serie B alla fine si sarebbe scoperto che Alessandro in realtà non esisteva ed era uno sdoppiamento della personalità di Giuditta. Forse per questo lei non leggeva romanzacci di serie B: non c'era la minima possibilità che corrispondessero alla verità. E in quel momento lei avrebbe voluto davvero essere una parte di Alessandro, o viceversa Alessandro una parte di lei, pur di non affrontare quel passaggio. Aveva riposto in vari cassetti della coscienza l'affaire Miglio. Aveva liquidato come naturale la sua gelosia per Donatella, dando per scontati i sentimenti di Miglio, sottovalutando l'ampiezza di apertura di gambe di una ragazzina capricciosa. E ora ecco, l'ascensore si apriva e Miglio ne usciva con Lo Monaco alle spalle. Lo avrebbero portato in centrale e interrogato. Giuditta era certa che lo avrebbero trattato con i guanti, Miglio era benvoluto da tutti, non ce n'era uno a cui non avesse offerto un caffè, non aveva mai dimenticato un compleanno ed era riuscito a fare breccia nel cuore dei peggiori mastini. I primi tempi molti avevano storto il naso, pensando che fosse tutta una tattica per fare carriera, che fosse un ipocrita, furbo abbastanza da farsi amici tutti per poi metterglielo nel culo. Ma con il tempo ciascuno aveva concluso che Miglio era semplicemente Miglio, e tutti gli volevano bene. Giuditta si affidò all'istinto.

«Ci dai due minuti, Lo Monaco?»

«Certo, dottoressa.»

Un ordine di Giuditta, che pure non aveva nessun titolo, non sarebbe mai stato messo in discussione.

«Ma guardi che stanno scendendo anche gli altri, dobbiamo andare in centrale.»

«Lo so.»

Prese Miglio e lo portò fuori dalle porte scorrevoli.

«Come stai?»

«Non lo so. Spero di svegliarmi.»

«Non ti chiederò cosa è successo, ora mi importa solo sapere come ti senti.»

«Come uno che accusano di aver cercato di uccidere la ragazza che ama.»

I colpi di scena si chiamano così perché il protagonista, in teoria, non se li dovrebbe aspettare. Alle parole di Miglio un arpione si infilò nello stomaco di Giuditta. Di colpo si rese conto che lei non aveva mai saputo un cazzo: di se stessa, di Miglio, di quello che provavano entrambi. Si era trincerata dietro le sue teorie impeccabili, dietro le sue granitiche certezze: quello che dice Giuditta è ben detto! Poteva prendersi Miglio quando voleva, poteva spazzar via Donatella quando voleva, quella di Miglio era venerazione data dall'amore, non cieca ammirazione per una professionista con le palle, la sua nave-scuola, sì, la sua fottuta nave-scuola, la sua balia, quella da cui rifugiarsi quando i pensieri brutti gli attraversavano il cervello, quella che riusciva sempre a ninnarlo dipanandogli i pensieri un po' con la filosofia, un po' con la psicologia, un po' con il buon senso, una solida mamma, non una donna. Non conosceva Miglio, si era creata delle certezze, le ennesime, basate sulla sua capacità di captare i segnali. Che erano errate. Miglio amava Donatella. Donatella, non lei. Dall'arpione uscì un fiotto di odio per se stessa. Come poteva provare cose simili sapendo cosa gli stava facendo? E quando era successo? Quando l'innocuo Michelangelo Giglio, il malleabile Michelangelo Giglio, la sua ombra bionda e piena di vita aveva cominciato ad avere del reale potere su di lei? Quando aveva assunto il significato di quella parola che da sempre negava ad Alessandro? Il giorno in cui si era trovata la scatoletta colorata sul tavolo? O prima? Forse quella volta che gli aveva dato del cretino perché aveva detto che «un tubo è solo un tubo»? Passò tutto come un lampo nella mente di Giuditta, l'arpione si conficcò meglio per essere certo di fare male. Doveva proseguire con il piano... il piano... Quale piano? Perché non confessare e basta? E farsi arrestare e portare via da Alessandro e da Miglio e da quell'arpione che aveva un nome, il nome che Alessandro pretendeva da anni, il nome che oggi improvvisamente apparteneva a Miglio. Giuditta aprì la bocca.

«Sono stata io. È colpa mia.»

«Cosa?» Miglio la osservava attento.

«Ho sbagliato tutto, ora andrò su a spiegare e rimetterò le cose a posto tra te e Donatella...»

«Giuditta, straparli...»

«Non lascerò che anche tu sia condannato...»

I pensieri le andavano insieme, confusi, perdendo lucidità e coerenza, improvvisamente c'era solo quell'arpione che le faceva gocciolare fuori qualcosa che credeva non le appartenesse, non le fosse mai appartenuto, pensava non facesse parte del suo essere e invece era lì da tanto tempo e lei non se n'era mai accorta. Al diavolo Alessandro, al diavolo i delitti e la curiosità, al diavolo tutto... Si mosse, ma Miglio fu più svelto. La afferrò per le braccia.

«Non fare così, mi fai paura.»

Giuditta di rimando rispose: «Mai quanta ne faccio a me».

E Miglio capì. E Giuditta capì che Miglio aveva capito.

Lo Monaco allungò il collo per guardare meglio, Lamberti, l'Ambrosini e un paio di agenti uscirono dall'ascensore col padre di Donatella. I respiri di Giuditta e Miglio si confusero solo per un attimo, nessuno dei due più presente o consapevole. E non ci furono i giochetti di lingua che Miglio amava fare, lezioso e assolutamente distaccato, con Donatella, e non ci fu l'analisi di Giuditta di ogni percezione con relativa archiviazione di ogni stato emotivo. Giuditta e Miglio si baciarono. Ed era la prima volta per entrambi, era uno di quei baci che capita di rado di dare nella vita, baci che coinvolgono tutte le cellule, che vengono dati con la bocca e con il respiro e con gli occhi e le mani e la pelle e l'ascolto dell'altro, e l'ascolto di sé nell'altro, baci che raccontano intere vite, in cui ci si perde per sempre. Non furono interrotti da Lamberti, impietrito di fronte a una simile visione, né dagli altri agenti, ma dal:

«Figlio di puttana!»

ringhiato dal padre di Donatella. I poliziotti lo tennero fermo, Lo Monaco si avvicinò velocemente, prese Miglio per un braccio e mormorò uno: «Scusi, dottoressa». Miglio sembrava diventato sordo, seguiva Lo Monaco come un automa voltato indietro verso Giuditta, che veniva superata dagli imbarazzatissimi colleghi senza riuscire a muovere un muscolo, senza ricordare nemmeno chi fosse. Salirono tutti in macchina e partirono. Lei restò lì al freddo, senza sentirlo. Ma il vento le portò dal buio una sola frase, appena sospirata.

«Sei stata brava.»

* * *

Risalì in macchina.

Seppe di aver sempre avuto ragione e torto nello stesso momento.

Seppe che era comunque troppo tardi per tutto.

Il secondo pezzo sulla scacchiera era stato mosso: Giuditta Licari agli occhi del mondo non era più credibile.

capitolo diciottesimo

Passarono i giorni, densi come sangue rappreso, lenti e convulsi. Miglio non cambiò la sua versione dei fatti (e come avrebbe potuto?) ma fu ugualmente sospeso a scopo cautelativo. Lamberti gli volle fare un discorso a quattrocchi per spiegargli che la situazione era già abbastanza pasticciata, che avevano il fiato sul collo della stampa, che anche l'Ambrosini aveva ricevuto un paio di telefonate sgradevoli dalla capitale e che meno ragioni davano per essere criticati meglio era. Mentre la bocca di Lamberti espletava automaticamente le sue funzioni, ripetendo il discorsetto imparato a memoria, la sua mente proiettava un'unica immagine: quella di Miglio che baciava la Licari. Gli avrebbe fatto meno impressione Gesù che camminava sulle acque. Miglio lo aveva ascoltato e aveva detto «Va bene» al termine di ogni frase di Lamberti, anche a sproposito. La sua mente proiettava la stessa immagine. Aveva consegnato il distintivo ed era uscito dalla centrale, ripetendo inconsapevolmente i gesti compiuti anni prima da Alessandro Amadei, e, come Alessandro Amadei, era passato accanto alla scrivania di Giuditta senza guardarla, senza che lei alzasse lo sguardo su di lui. Ci furono però molte differenze sottili, quasi impalpabili, tra i due congedi. Amadei aveva attraversato un corridoio di gelo e compiacimento e sollievo prima di varcare la soglia. Per Miglio c'erano state mani, e abbracci, e anche un paio di occhi lucidi, ma soprattutto parole di incoraggiamento e un tripudio di frasi fatte da «La verità dovrà trionfare!» a

«Vedrai che un giorno rideremo insieme di questa faccenda». Paradossalmente, come per un fenomeno di osmosi, tutti avevano cominciato a guardare Giuditta con cauta simpatia. Quando aveva avuto quella relazione con Amadei gli altri si erano tenuti a debita distanza, neanche avessero avuto a che fare con dei moderni Addams, per nulla divertenti. Ora tutti scoprivano che «in fondo» anche la Licari era un essere umano, che «in fondo» era «fallibile», che «in fondo» ne stava passando tante e glielo si leggeva in viso. Era pallida e smunta, ma di un pallore da eroina d'opera, parlava poco, ma con la dignità di chi si tiene dentro i propri tormenti, sgobbava dalla mattina alla sera, come una persona qualunque che, di fronte a un dolore troppo grande, cerca di sviare la mente. In realtà Giuditta trepidava. Ogni giorno che passava senza ricevere l'ordine bruciava come un ferro rovente. Ma non era lei a calcolare i tempi e a farli maturare. Sapeva che sarebbero stati brevi, sempre più brevi sino all'inevitabile conclusione, ma i suoi parametri temporali si erano ormai definitivamente distorti. Aveva portato a termine senza fatica alcuni compiti che le erano stati assegnati. Il primo era stato quello di riallacciare i contatti con Daniele Messori, questa volta nascosto dal nickname di Nightdreamer, presentandosi come Piperita_Patty, studentessa in scienze bancarie e assicurative, collezionista di ippopotami di peluche, tifosa sfegatata dell'Inter. Daniele aveva abboccato praticamente subito, e nelle loro scarse conversazioni non era mai emerso l'argomento del Seviziatore. Il secondo compito era stato quello di interessarsi con grande discrezione, senza mai uscire allo scoperto (in modo che potessero saperlo tutti), sulle condizioni di salute di Donatella. La pista del serial killer, per quanto riguardava la ragazza, era secondaria, ma Lamberti non l'aveva presa sottogamba. C'erano state ipotesi, osservazioni attente delle piantine dell'edificio in cui abitava con Miglio e valutazioni dei tempi. Ma questo non aveva nulla a che vedere con l'interesse di Giuditta per la ragazza: quello doveva apparire come un tarlo dettato dal senso di colpa, un tormento interiore, la concretizzazione del dubbio di essere stata, in un modo o in un altro, la causa indiretta dell'«incidente». E infine c'era stata la telefonata.

* * *

«Pronto?»

«Sono io. Puoi parlare?»

«Giuditta! Da dove chiami?»

«Da un telefono pubblico, non ti preoccupare. Penso che abbiano messo sotto controllo oltre al mio tutti quelli della centrale.»

«Che storia...»

«Che storia»! Solo Miglio poteva commentare una persecuzione legalizzata con la frase «Che storia»!

«Infatti. Volevo solo sapere come stavi. Non ero certa che tenessi acceso il cellulare e non avrei saputo dove altro chiamarti. So che non sei tornato nell'appartamento. Stai con i tuoi?»

«No, mi sono preso una stanza in un motel. Per un po'.»

«Com'è?»

«Fa schifo, è bellissimo, ti piacerebbe.»

Giuditta sorrise.

«Allora come stai?»

«Un po' giù.»

«Donatella?»

«Non mi vuole parlare.»

«Sì, questo me lo dici dopo. Come sta?»

«L'ematoma si sta riassorbendo velocemente. Dicono che non dovrebbero esserci conseguenze. Tra un paio di settimane torna a casa.»

«Da chi le hai queste informazioni? Non dalla famiglia, credo.»

«No, quelli mi vogliono morto. Le infermiere. Vado tutti i giorni in ospedale. Sono gentili.»

“Inevitabile, Miglio.” Ma Giuditta preferì non fare commenti.

«Dicevi che non ti vuole parlare.»

«Lei pensa che sia stato io... La possibilità del killer neanche la prende in considerazione.»

«Be', se fossi io a dover scegliere, non so se mi farebbe più paura sapere che un serial killer ha cercato di uccidermi per colpire chi lo sta cercando, oppure che il mio ragazzo ha perso la testa e...»

«...»

«Miglio?»

«Lo pensi anche tu? Pensi che sono stato io?»

Il cuore di Giuditta si strinse. Smentì con vigore eccessivo, in modo che a Miglio rimanesse il dubbio che forse nemmeno lei era completamente certa della sua innocenza. Ma che lo difendeva, nonostante tutto, anche dubitando che fosse colpevole. E questo era bello.

«Quand'è che ti vedo?»

«Per un po' è meglio evitarlo. Cerca di capire, non voglio che gli altri si facciano un'idea sbagliata... Insomma, noi... noi lavoriamo insieme, noi...»

«... noi...»

Già.

«È così difficile...» bisbigliò Giuditta.

«Anche per me.»

Era il momento di affondare.

«Non riesco a pensare ad altro... Non... non mi capisco più... so che è idiota farsi domande ora, so che ci sono cose più importanti...» fece un risolino isterico «... certe volte mi auguro persino che salti fuori un altro morto che mi distragga...» fece una lunga pausa. «Sono un mostro?»

«No, Giuditta, sei meravigliosa.»

Stettero in silenzio per un po'.

«Mi prometti di lasciare acceso il cellulare? Anche se non mi chiami... anche se non ti chiamo... solo per sapere che ecco... se volessimo... potremmo...»

«Non lo spegnerò mai.»

Giuditta stette ad ascoltare il suo silenzio. Poi mormorò un «Ciao» e riappese. Aveva voluto essere sicura che sotto il respiro di Miglio, oltre i rumori di sottofondo, appena percepibile tra le scariche elettriche, il BIP emettesse debolmente la sua presenza. Il cellulare di Miglio era sotto controllo per ordini superiori. L'incarico era stato affidato a Vizzi, che intercettava, registrava e catalogava meticolosamente tutto in una saletta del secondo piano. Nessuno lo sapeva. Quasi nessuno.

* * *

L'agente Michelangelo Giglio, da poco messo a riposo forzato, passeggiava nel parco. Si sentiva intorpidito, come un polpaccio rimasto accavallato troppo a lungo, un braccio bloccato sotto al corpo in una posizione innaturale durante il sonno. Il formicolio della circolazione che si riattiva era l'esatta sensazione che provava da qualche settimana. Era cominciata quando Ambo, l'hacker a cui aveva chiesto di rintracciare nella matassa di internet il fantomatico Aries con cui chattava Giuditta, gli aveva consegnato la stampata. Un centinaio di fogli, che gli erano costati un paio di birre in più e che incidentalmente gli avevano cambiato la vita. Giuditta gli aveva chiesto di rintracciare Aries, scoprire chi fosse, come fosse, da dove si collegasse eccetera. E basta. Miglio non aveva mai disubbidito a Giuditta, eppure quel giorno un meccanismo di cui ignorava l'esistenza era scattato nel suo cervello. Si trovava nel magazzino di Ambo, una specie di brutta copia del motore di un'astronave, e ingannava il tempo dell'attesa pensando che forse si sarebbe sentito più realizzato facendo il volontario in Africa, o magari la guida alpina. Ambo disse:

«Finito. Se vuoi posso anche farti la stampata dei dialoghi. Sarà un po' lunghetta, parlano un casino quei due...».

Miglio, ancora immerso in una fantasticheria dove salvava uno stambecco ferito, aprì la bocca per rispondere no grazie e disse:

«Sì, per favore, stampami tutto».

Si scosse. Perché l'aveva fatto? Aveva risposto d'istinto, rendendosi conto solo dopo che in realtà considerava il risultato di quella ricerca una faccenda personale. Ma perché? Che interesse aveva a leggere quei dialoghi? A parte che sarebbe stato molto sleale verso Giuditta, lui non era un tipo morboso, se lei aveva una storia virtuale non c'era nessun problema, no? Cioè, lui e Giuditta erano un'altra cosa, quel tale, quell'Aries, era al massimo un divertimento, un passatempo.

O no?

No.

No, non era così.

Miglio lo capì improvvisamente, seppe che si era sempre rintanato nell'ombra del ricordo che Alessandro Amadei aveva lasciato in Giuditta, grato, in qualche modo, che la sua assenza fosse talmente ingombrante da non lasciar posto a nient'altro. In quell'assenza lui si era creato la sua nicchia, il suo posto in prima fila per assistere all'esistenza di Giuditta senza davvero parteciparvi, come un fan delirante che acquista tutti i biglietti di un cinema per essere il solo a poter osservare la diva dei suoi sogni. Ma ora c'era un altro spettatore. Aveva trascorso il pomeriggio in macchina a leggere i futili giochi erotici che Nova faceva con Aries. Quella non era la vera Giuditta, recitava una parte, e secondo lui anche Daniele Messori recitava, oltre ad aver mentito sul suo aspetto fisico e sulla sua professione. Tutto questo lo infastidiva, e Miglio non era abituato a provare fastidio. La svolta arrivò nelle ultime pagine. Aries e Nova parlavano del serial killer. Giuditta parlava di se stessa, e Daniele anche, pur inconsapevolmente. Di colpo, quando l'aveva vista in tv, Messori aveva spostato un piede dal virtuale al reale, e aveva toccato Giuditta. La gelosia strozzò il respiro di Miglio come un cappio. Lo avevano scavalcato, il cinema si era trasformato in teatro, e qualcuno stava nella fila davanti alla sua, di fronte alla prima attrice, e se avesse allungato abbastanza la mano forse... forse... Quel pomeriggio aveva consegnato a Giuditta, in finta malattia dopo la sparata dell'Ambrosini, la busta contenente il foglio con i dati relativi all'identità di Aries. Il plico di fogli era invece finito al sicuro in un cassetto della sua stanza, un cassetto che conteneva le cose a cui Miglio teneva di più. Da quel giorno il dubbio si era insinuato ovunque nella sua esistenza, aveva contestato Giuditta, litigato costantemente con Donatella, si era ritrovato in un locale fetish per guardare in faccia Daniele Messori, e davanti allo specchio si era chiesto chi fosse lui stesso, cosa volesse. Da quel giorno Miglio aveva cominciato a svegliarsi, ad aprire gli occhi, a guardare il mondo. Poi era inciampato nell'incidente di Donatella, che non capiva, non si spiegava, e quando ancora non si era abituato a questo nuovo stato di cose, alla trasformazione del cinema in teatro, il destino era già in agguato per sconvolgere nuovamente e definitivamente le cose: trasformare il teatro in realtà.

* * *

La donna camminava una cinquantina di metri davanti a Miglio. Era anziana e avanzava molto lentamente, con il carrello della spesa da un lato e la borsetta stretta sotto l'ascella. Miglio la vedeva e non la vedeva, compreso com'era nei suoi pensieri. Quando la distanza tra lui e la donna si fu accorciata di una ventina di metri l'uomo si era insinuato tra loro. Era alto, grosso, portava un berretto di lana pesante e un giubbotto molto colorato e molto sporco. Anche se soprappensiero Miglio registrò l'entrata in scena dell'uomo. Non lo guardava, solo un piccola parte del suo cervello, quel poco di sbirro che c'era in lui, si accorse che gradualmente accelerava sino quasi ad affiancarsi alla donna. Quella piccola parte diede l'allarme appena in tempo. Miglio alzò lo sguardo giusto in tempo per vedere l'uomo che strappava la borsa alla donna, buttandola a terra e scappando di corsa.

«FERMO! POLIZIA!» urlò, pensando "Polizia cosa, che non hai né la pistola né il distintivo" e partì all'inseguimento. Miglio non era un poliziotto d'azione, ma faceva nuoto e gli piaceva correre, non sapeva sparare ma di certo sapeva inseguire. L'altro uscì subito dal parco infilandosi nel traffico cittadino, e Miglio dietro, che teneva a mente il punto in cui la signora era caduta per poterla ritrovare quando le avesse dovuto restituire la borsetta. Non dubitò mai che sarebbe successo. Fu un inseguimento lungo. Il ladro doveva conoscere la zona, perché si infilava in viuzze invisibili, labirinti urbani che a malapena si ritrovano sulle piantine. Miglio lo stava raggiungendo, e quando fu abbastanza vicino (ma non gli era sembrato che a un certo punto quello avesse rallentato?) tentò il balzo. Lo prese per le ginocchia, e quello cadde disinvoltamente a terra mollando la borsa. O meglio: SI LASCIÒ CADERE, e Miglio capì di avere commesso un errore. Fece appena a tempo a sentire il braccio che gli avvolgeva il collo, levandogli il respiro, in una mossa di strangolamento base prevista da ogni corso di polizia che si rispetti. E poi fulmineo, preciso, da manuale, il colpo dietro alla testa. Proprio come insegnavano all'addestramento, quando devi tramortire l'avversario senza arrecargli danno apparente. Il dolore esplose sordo, il mondo si stemperò in una serie di puntini neri. Poi Miglio andò altrove.

* * *

Lo guardava, respirando regolarmente. Una sana corsa non gli aveva mai creato problemi. Aveva qualche secondo da concedere a se stesso. E al ragazzo biondo riverso al suolo come se stesse dormendo. Per un attimo il suo istinto gli suggerì un'altra mossa da corso d'addestramento. Un altro paio, diciamo. Oppure qualcosa di più autodidatta.

Aveva baciato Giuditta.
Respirò a fondo.
Morto non sarebbe stato utile.
Però si poteva fare, magari in un altro momento. Prima lui. Poi quell'insopportabile ragazzino. Poi lo storpio. Poi Lamberti, Broglia, Morabito e tutti quegli stronzi senza palle che…
Calma.
Calmati.
Chiuse gli occhi.
Li riaprì.
Erano torbidi, ma non come prima. Si rese conto di dover fare in fretta, non perché qualcuno lo potesse vedere ma perché non sapeva per quanto tempo ancora sarebbe stato in grado di trattenersi. Frugò nelle tasche di Miglio, prese quello che doveva, recuperò la borsetta. Fece per andarsene, poi tornò sui suoi passi e si chinò sul ragazzo svenuto:
«Niente ghiaccio, bagnati la testa con acqua e sale intiepiditi».
Poi si rialzò e svoltò al primo angolo. Fu l'ultima volta che l'ex ispettore Alessandro Amadei parlò con l'ex agente Michelangelo Giglio.

* * *

Il telefono squillò una volta. Giuditta attese trattenendo il respiro. Rispose.
«Pronto?»
Silenzio.
Era il segnale. Giuditta cominciò a contare.
«Pronto? Chi parla?»
Sette, otto, nove…
«Mamma? Clara?»
… quindici, sedici, diciassette…
«Se è uno scherzo non è divertente…»
… ventiquattro, venticinque, ventisei…

«Sei tu?...»

... trentatré, trentaquattro, trentacinque...

«Sei l'assassino?»

E finalmente al quaranta riappese. Giuditta rimase ugualmente ad ascoltare la linea interrotta, poi disse ai colleghi:

«Ok, può essere l'ennesimo stronzo, ma segnatevi l'orario».

Corse a cambiarsi controllando l'ora. Erano le 7:30. Aveva preparato tutto da tempo, in un quarto d'ora fu pronta. Sollevò la cornetta del telefono.

«Mi collego a internet» disse alla linea libera. Nel furgone oltre la strada Vizzi segnò su una tabella l'appunto. Giuditta accese il computer e aprì il programma di messaggeria. Nightdreamer era lì.

Piperita_Patty: «Ciaaaaaoooooo!!! :-)».
Nightdreamer: «Ecco la mia patatina!!!».
Piperita_Patty: «Patatona vorrai dire! La Stefy mi ha convinta ad andare da McDonald's!!! :-(CELLULITE!!!».
Nightdreamer: «A me piacciono le ragazze morbide morbide!!!;-)))».

«Rispondi: "Come sarebbe a dire LE ragazze???"... Aggiungi un "Grrrr" e una faccina arrabbiata.»

Giuditta si voltò verso Alessandro che le porgeva un mazzo di chiavi.

«È una Micra rossa. Subito dietro l'angolo. Hai un'ora e mezza al massimo.»

* * *

Miglio socchiuse gli occhi. Era tutto buio. Rotolò sulla schiena e al contatto col cemento la testa cominciò a ulularli. Guardò il cielo oltre i tetti del vicolo. Non era notte, non ancora. Dove cazzo si trovava? Si tirò su a sedere mentre il mal di testa peggiorava. Faceva fatica a ricordare. Era in un vicolo, e fin qui… Nemmeno un lampione, solo le porte di ferro arrugginite di qualche magazzino. Sollevando la testa, con notevole sforzo, vide che non c'era nemmeno una luce accesa alle finestre. Un posto dimenticato da dio, l'ideale per un pestaggio o un regolamento di conti.

«Me lo dovrò ricordare la prossima volta che vorrò menare qualcuno.»

Perché la sensazione era proprio quella: che il ladro ce l'avesse portato apposta, in quell'angolo di paradiso. Ma ovviamente era una cazzata. Si tastò le tasche dei jeans. Cellulare e portafogli spariti, come da copione.

«Così imparo a fare l'eroe.»

Percorse a ritroso il labirinto di vicoli che erano stati lo scenario dell'inseguimento e si perse tre volte prima di tornare sulla strada principale. Il motel dove alloggiava distava parecchio dal centro. L'aveva scelto per quello, preferiva la periferia e i suoi sprazzi di campagna tisica alle vetrine e i finti parchi dove tra un po' era vietato anche camminare. La testa gli faceva malissimo.

"Devo bagnarla con acqua e sale" pensò, chissà perché. Be', tanto ghiaccio non ne aveva. Dopo un quarto d'ora gli prese la nausea e decise di fare per la prima volta in vita sua qualcosa che sinora si era integerrimamente rifiutato di fare: salire su un autobus senza biglietto. Sarebbe dovuto andare in centrale per la denuncia, lo sapeva. L'avrebbe fatto l'indomani, sarebbe passato da pirla, ma ora aveva bisogno solo di un letto e di un panno imbevuto di acqua e sale (ancora questa idea). E poi la signora scippata l'aveva già sicuramente fatto. Non potendo appoggiare la testa al finestrino si limitò a guardare la città sfilargli davanti agli occhi. Quella città arida e ingrata che non era mai stato capace di amare veramente. Che non l'aveva mai amato veramente. Chiuse gli occhi, il viaggio era lungo. Si chiese cosa stesse facendo Giuditta.

* * *

Piperita_Patty: «E così hai una vicina scassapalle? Come ti capisco! Io ho mia madre! Eh eh eh!».
Nightdreamer: «Ma tua madre non ha mille anni!!!».

Daniele sistemò meglio la sedia a rotelle. Neanche a farlo apposta qualcuno suonò al campanello della Pizzi. Se ne accorse a malapena, tutto preso com'era da quella nuova fighetta che tutte le sere gli scriveva cretinate su cretinate ma lo faceva sentire un dio. E poi era una vera troietta. Nova era stata rimpiazzata egregiamente, anche se non gli era piaciuto molto il modo in cui era successo. Sentì la vecchia aprire la porta e riempire qualcuno di salamelecchi. Meglio, così non sarebbe venuta a rompere il cazzo a lui chiedendogli se aveva bisogno di qualcosa. In quel momento lui aveva tutto quello di cui aveva bisogno...

* * *

«Signora Adele Pizzi? Sono Maddalena Daglio, vengo per la rettifica...»

«Oh, sì, entri, entri!»

Il portone scattò e Giuditta fece il suo ingresso nell'androne. Conosceva quel palazzo solo da fuori, e si era concessa il gusto di arrivare ai campanelli salendo la rampa per disabili, vestita con un serio gessato sotto l'impermeabile aperto, una ventiquattrore nella mano sinistra. Le finestre di Daniele erano accese, ma lui non l'avrebbe vista, era impegnato al computer. Con lei, naturalmente. Fece appena in tempo a buttare l'occhio sulla sua porta quando quella di fronte si spalancò e una donna anziana l'accolse con un sorriso.

«Venga, si accomodi. Mi dispiace che si sia dovuta disturbare a quest'ora. Vuole che le offra una tazza di tè?»

"Taci" pensò Giuditta. La sua voce doveva rimanere dentro la casa o all'esterno dell'edificio. Guai se Daniele l'avesse sentita. Ma poi si accorse che non era possibile, visto il frastuono che veniva dal soggiorno della Pizzi. Il suo stomaco si contrasse.

"È troppo tardi. Fai quello che devi fare."

Si affrettò a entrare mormorando:

«Non si preoccupi, tanto è una cosa che ci porterà via pochi minuti».

La signora Pizzi chiuse per l'ultima volta la porta.

Giuditta diede intorno un'occhiata veloce per identificare tutti i punti di riferimento che le aveva dato Alessandro. Divano con i merletti ad adornare lo schienale e i braccioli, cristalliera con una collezione di statuine di vetro, la cassettiera ricoperta di foto di figli e nipoti, la lampada a stelo e la gabbia con i due pappagallini che facevano un baccano d'inferno.

«Ma è un errore del catasto?» le chiese la Pizzi.

«No no, l'errore è nostro. Nell'assegnare gli appartamenti è stato attribuito a lei quello del signor Messori e viceversa. Sono pressoché identici, ma la metratura del suo è leggermente inferiore, quindi in tutti questi anni lei ha pagato per dei millesimi che non ha.»

«E ora? Non mi dica che il povero Daniele dovrà tirar fuori di tasca sua...»

«No» la interruppe Giuditta con un sorriso radioso «l'errore è nostro e paghiamo noi. Lei deve solo firmare per avere il rimborso, dopo passerò dal signor Messori. Abbia pazienza per i soldi, sa com'è la burocrazia, ci vorrà un po'...»

«Sicura che non vuole niente? Non deve nemmeno avere cenato...»

Giuditta aprì la ventiquattrore.

«Stia tranquilla, ora prendo il suo modulo e vedrà che ce la sbrighiamo in quattro e quattr'otto...»

Si voltò di scatto, afferrò la donna per la nuca e premette con tutte le forze il panno imbevuto di etere contro il suo naso e la sua bocca. La vecchia le crollò tra le braccia. Uno dei due pappagallini strillò.

* * *

Nightdreamer: «Cazzo, le odio quelle bestie!».
Piperita_Patty: «Che bestie?».
Nightdreamer: «La mia vicina ha dei cocoriti o come diavolo si chiamano che non fanno che strillare tutto il giorno!».
Piperita_Patty: «Ma, poverini, cos'altro potrebbero fare? Sono lì soli soletti, chiusi in gabbia... Ti danno tanto fastidio mentre studi?».
Nightdreamer: «No, però rompono in generale».
Piperita_Patty: «Be', questa volta non posso darti ragione. A me piacciono gli uccellini ;-)».
Nightdreamer: «Sei una porcellina».

Alessandro Amadei, per nulla scosso, digitò di ammettere di essere una porcellina.

* * *

Giuditta estrasse i due sacchi neri per la spazzatura dalla ventiquattrore e li infilò uno nell'altro. Poi si sfilò i guanti grigi che aveva acquistato quella mattina e li gettò dentro. Prelevò dalla valigetta un paio di guanti in lattice e li indossò. Poi estrasse il kit per rilievi e con calma si ricoprì di plastica. Per ultime indossò le scarpe del 42 riempite di ovatta a cui sovrappose le soprascarpe. In quel caso mise anche gli occhiali e la cuffia. La signora Pizzi era riversa al suolo. Giuditta cominciò a spogliarla. Ogni indumento veniva piegato e messo in ordine sul divano. Quando la donna fu nuda estrasse il coltello dalla valigetta. Notò che era stata operata al seno sinistro. La sistemò bella dritta, come su un tavolo operatorio. Poi con un solo colpo netto le tagliò la gola. Dalla carotide partì uno spruzzo di sangue che le sarebbe finito in un occhio, se non avesse avuto gli occhiali. Il corpo sobbalzò una volta sola, poi rimase inerme. Giuditta era molto concentrata, sapeva di avere poco tempo. Le sembrava di essere tornata ai tempi degli esami universitari, e non era una sensazione piacevole. Conficcò il coltello sotto la gola e aprì il cadavere letteralmente in due. Il sangue si spandeva sul pavimento e Giuditta si voltò a controllare che non arrivasse sino al sacco accanto alla porta, ma vide che non c'era pericolo. Piuttosto avrebbe dovuto fare attenzione a non scivolare. Prese una confezione nuova di sacchetti grandi per il congelatore, sempre comprata quella mattina, e la aprì. Con destrezza asportò alla bell'e meglio fegato, milza, intestino e utero. Non aveva il tempo per aprire in due la cassa toracica e prelevare cuore, polmoni e stomaco; non si sarebbe potuta permettere comunque il rumore della sega. Sigillò ogni organo e li mise in ordine sul tavolo della cucina. Lasciò il corpo svuotato aperto, come una caverna rosea che non contiene più segreti. Ora veniva la parte difficile. Sfilò i guanti e li gettò nel sacco, ne prese un paio nuovi e tornò alla ventiquattrore, scavalcando con cautela il cadavere. Estrasse il sacchetto con la scatoletta colorata che le aveva dato Alessandro giorni prima. Si diresse in cucina e aprì il secondo armadietto, come da istruzioni. Sul ripiano più basso c'erano, sistemate ben impilate, sette scatolette identiche. Quella in cima era aperta. Giuditta aprì il sacchetto, prese la scatoletta e la mise tra la terza e la quarta. Poi chiuse l'armadietto. Prese la valigetta, vi ripose il bisturi, la chiuse e la infilò nel sacco, poi cominciò a togliersi le coperture, tenendo solo scarpe e soprascarpe, cuffia e guanti. Le sembrava di aver fatto bene tutto. Andò alla gabbia dei pappagallini e l'aprì. Quelli volarono fuori urlando spaventati. Giuditta non ci badò, tornò al sacco, gettò scarpe e cuffia, lo chiuse, indossò i suoi mocassini, si avvicinò alla porta e ascoltò con attenzione. Poi la aprì. E lì avvenne l'imprevisto. Un pappagallo si infilò nello spazio della porta socchiusa e volò nell'androne.

"Merda."

Giuditta rimase concentrata e si mosse con calma. Chiuse la porta, scese le scale con il sacco in mano, si guardò alle spalle per vedere dov'era l'uccellino, che sbatteva ovunque, aprì velocemente il portone e uscì. Raggiunse la Micra chiedendosi se la fuga del pappagallo poteva essere considerata un errore. Decise di no. Partì con calma, non doveva andare all'inceneritore, non toccava a lei quella sera. Trovò traffico e parcheggiò a mezzo chilometro da casa. Percorse viuzze secondarie ed entrò nel palazzo dall'ingresso principale con finta disinvoltura. Potevano averla vista rientrare, ma se non l'avevano vista uscire non aveva troppa importanza. Non incontrò nessuno. Rientrò in casa e corse alla scrivania. Alessandro non c'era più. Lesse sul video:

Piperita_Patty: «Ma è morto, poverino?».
Nightdreamer: «Sì, te lo dicevo che continuavo a sentire dei colpi, ed era lui che volava sbattendo qua e là. Si è fracassato tutto!».
Piperita_Patty: «Lei non risponde al campanello?».
Nightdreamer: «No, ho provato anche a telefonarle».
Piperita_Patty: «Ma se sei su internet!».
Nightdreamer: «Ho l'adsl, scema!».
Piperita_Patty: «Io chiamerei la polizia».
Nightdreamer: «Sì, perché non l'esercito? È solo un pappagallo morto! Però ora il 118 lo chiamo, perché mi sa che lei si è sentita male. O è uscita di corsa perché è successo qualcosa, te l'ho detto che ha avuto visite. Ma mi pare strano che abbia lasciato scappare il pappagallo... Oppure si è sentita male».
Piperita_Patty: «Sì, chiama il 118, dài».

Lì si interrompevano le scritte. Alessandro doveva averla sentita arrivare.

Nightdreamer: «Patty?».

Giuditta si precipitò sulla tastiera.

Piperita_Patty: «Li hai chiamati?».
Nightdreamer: «Sì. Ma ho provato ad aprire la porta e… è una brutta storia, Patty, molto più brutta di quanto immagini…».

capitolo diciannovesimo

«… molto probabilmente un coltello chirurgico, il che avalla l'ipotesi che si tratti di una persona che ha frequentato corsi di medicina o comunque bazzichi l'ambiente ospedaliero.»

Giuditta spense il registratore, soffocando un piccolo rigurgito d'orgoglio per la perfezione di quei due tagli. Aveva ancora una mano santa, pensare le pressioni che le avevano fatto in università per entrare nella stretta cerchia di chirurgia… Riaccese.

«Ora: basandoci sugli eventi più recenti si può supporre che il trailer non sia stato messo in bella vista ma che vada cercato, e CHE CAZZO FAI?!»

L'agente che aveva appena scattato la foto fece un balzo indietro.

«Mi scusi, io… fotografo, dottoressa…»

«Col flash?»

«Be', con questa luce…»

«Il flash si mangia i dettagli, quelli che sfuggono all'occhio nudo, il flash è la morte della fotografia. Ma chi me l'ha mandato, questo? Morabito! Come ti chiami?»

«Calenda, dottoressa, agente Fabio Calenda.»

Morabito si affacciò controvoglia alla porta.

«Dica, dottoressa…» cantilenò.

«Chi me l'ha portato questo qui? Dov'è Miglio?»

«L'agente Giglio è stato sospeso…» strascicò Morabito tutto compiaciuto.

«Sì, ma non è che avrebbe dovuto guidare un commando per sgominare un traffico di droga internazionale, Morabito, si trattava di fare qualche foto, e sono sicura che Lamberti...»

«Lo abbiamo cercato...» ammise Morabito di malavoglia, purché stesse zitta, «... ma il cellulare dice che non è raggiungibile.»

«E va bene, avete provato a casa, in ospedale dalla fidanzata?...»

«Dottoressa...»

«Sì, ho capito. E porti via questo tizio, le foto le faccio io.»

Strappò di mano la macchina al povero Calenda, che con la coda tra le gambe fu felicissimo di potersi rifugiare sotto l'ala protettrice di Morabito, e cominciò a scattare foto a raffica. La divertiva molto recitare il ruolo dell'isterica spaccapalle, le piaceva che tutti pensassero che fosse sconvolta per Miglio, che avesse perso il suo algido aplomb e senza di lui si muovesse con maggior goffaggine, preda di ormoni impazziti. Qualcosa di vero c'era, ma Miglio non c'entrava. Posò la macchina e riaccese il registratore.

«Prima di andarsene il killer ha aperto la gabbia dei due pappagalli di proprietà della vittima. Presumibilmente uno è uscito dall'appartamento per una casualità, quando l'assassino ha aperto l'uscio, e trovandosi in un ambiente che non conosceva ha sbattuto contro le pareti e le porte sino a morire. Reperto...» controllò la solita cartellina, «... sette». Buttò un occhio sul sacchetto contenente il pappagallo morto e proseguì. «L'altro animale invece è rientrato spontaneamente in gabbia. Il gesto di aprirla ha probabilmente una forte valenza sul piano del movente, o quanto meno sul messaggio che il killer ci vuole mandare.»

Spense il registratore, si avvicinò alla porta e cominciò a sfilarsi i guanti.

«È tutto vostro» disse a Morabito indicando con il mento l'appartamento. Contò fino a tre e poi lo bloccò.

«Morabito, aspetti!»

Gli rivolse un sorriso falso come Giuda.

«Scusi se le rubo un secondo. La persona che ha trovato il corpo abita nell'appartamento di fronte?»

«Sì.»

«Che le risulti è già stato interrogato?»

«Sì.»

Morabito friggeva. Voleva essere sempre il primo a paciugare la scena del delitto, e i suoi uomini si stavano prendendo il meglio! Giuditta fece una pausa calcolatissima. Lunga. Assunse l'aria di chi è dibattuto. Morabito spostava il peso da un piede all'altro lanciando sguardi languidi verso quel soggiorno che pullulava di reperti a lui momentaneamente negati.

«Daniele Messori, ha detto che si chiama?»

«Licari, mi senta, io non lo so come si chiama. È uno in carrozzina che ha paura della sua ombra. Credo lo abbia interrogato Broglia, ma non ne sono sicuro. Se vuole andare da lui ci vada, mica deve avere il mio permesso!»

«Be', non sarebbe mia competenza.»

«E cosa sarebbe, mia? Per favore, mi lasci lavorare!»

E si gettò a pesce nell'appartamento della Pizzi.

Perfetto.

Giuditta si diede una sistemata. Finì di togliersi le protezioni, assunse la sua espressione più granitica e suonò il campanello di Daniele Messori.

* * *

L'ispettore capo Lamberti si stava infilando la giacca con lentezza esasperante. Aveva la testa piena di pensieri. Si era appena concluso il giro frenetico di telefonate che avevano inesorabilmente decretato che il killer aveva segnato un'altra tacca sul proprio cinturone, con un conseguente aumento del peso del fallimento sulle sue spalle. Ma non era questo. Lamberti era un disfattista nato, ma a modo suo era un ottimo poliziotto. Non di quelli d'azione, un decisionista da scrivania che però, al riparo dietro il suo piano di mogano, riusciva ugualmente a combattere il crimine in maniera egregia. E a Lamberti tutta questa faccenda del killer non tornava. Era più una sensazione, questione di fiuto, che altro. Intuiva che sotto il marcio dei delitti c'era qualcosa di infinitamente peggiore, qualcosa che stava scavando un cratere che li avrebbe inghiottiti tutti. Mentre le forche caudine si aprivano nelle fantasie dell'ispettore qualcuno bussò.

«Avanti.»

Era Vizzi. Anche lui un buon poliziotto.

«Mi scusi se la disturbo, ispettore, immagino che stesse uscendo...»

«Sì, Vizzi. È importante?»

«Spero di no.»

Lamberti lo osservò sorpreso. Vizzi aveva l'aria contratta e contrita allo stesso tempo.

"Brutte notizie" pensò Lamberti, "e brutte forte."

«È successo qualcosa alla dottoressa Licari? No, perché ho appena saputo che è al lavoro sul luogo del delitto. E allora?»

Si accorse che Vizzi stringeva convulsamente dei tabulati.

«Cosa sono? I movimenti telefonici della dottoressa?»

Vizzi annuì. Poi, esitando, aggiunse:

«Anche».

Strano, di colpo sembrava un bambino. Un bambino che va a fare la spia controvoglia. Un bambino a cui dovrai estorcere con la pinza le informazioni.

«Me li dia.»

«Ma magari non è come sembra...»

Lamberti, che aveva appena cominciato a scorrere le cifre sul foglio, lo osservò di nuovo. Vizzi sentì il bisogno di giustificarsi.

«Quando se n'è andato via... quando è stato sollevato, insomma... per noi non è stato facile. E ora questo...»

Lamberti lesse. Due volte. Poi chiese:

«Avete le registrazioni? Di entrambe le intercettazioni?».

Vizzi si limitò ad annuire.

«Va bene. Ottimo lavoro, ora verificheremo. Faccia preparare tutto.»

Vizzi uscì. Lamberti andrò alla propria scrivania e compose un numero.

«Dottoressa Ambrosini? Sono ancora Lamberti. Sì, mi scusi, ma anche se è tardi devo chiederle di venire in centrale... No, non sul luogo del delitto, in centrale. Abbiamo un confronto...»

* * *

Il trillo del telefono trapanò la testa di Michelangelo Giglio. Se ne stava seduto sul bordo del letto nella sua stanza di motel, con una pezzuola imbevuta di acqua e sale premuta sul capo chino. Quanto era rimasto svenuto, una mezz'oretta? Di più? Nessuno sembrava averlo visto o aver chiamato aiuto, la sola traccia del rapinatore era l'assenza del suo portafogli e del cellulare. Ma che bravo poliziotto! Si sarebbero sbellicati dalle risate il giorno dopo, quando sarebbe andato a sporgere denuncia. Per il momento non se ne parlava, aveva troppo male alla testa. Il telefono non la smetteva di squillare. Era quasi certamente sua madre, quel numero lo conoscevano in pochi. Avrebbe preferito non rispondere, ma non voleva altre menate e sganciò la cornetta allungando la mano alla cieca.

«Pronto?»

«Giglio?»

Questa sì che era una sorpresa. Miglio alzò la testa troppo velocemente e gli girò tutto.

«Ispettore Lamberti! Buonasera, cosa...?» Non seppe come continuare.

«Non è una telefonata di piacere, purtroppo, devo chiederle di venire in centrale.»

«Perché?» chiese.

«Glielo dirò in centrale. Sia gentile, si presenti subito senza costringermi a farla venire a prelevare.»

Miglio era allibito.

«Ma cosa è successo? Donatella mi ha denunciato?»

«Per-favore-Giglio» scandì Lamberti.

«Ok, ok, arrivo subito.»

Riappese tastandosi la testa. Non aveva nemmeno il bernoccolo, quello stronzo gli aveva tirato un colpo da manuale, di quelli che ti tramortiscono ma non ti lasciano il segno. Pensò con orrore al casco che avrebbe dovuto indossare per andare fino in centrale in motorino. Le chiavi dell'auto erano nell'appartamento, e lui non aveva avuto il coraggio di tornarci. Si avviò alla porta, come un capretto ignaro verso un altare pagano.

* * *

«L'ho vista in televisione, sa?»

«Davvero?» rispose Giuditta fingendosi distratta. Poi, fingendo di scuotersi, finse di accorgersi di essere stata scortese e disse:

«Mi hanno vista in molti, faccio prima a contare quelli che non lo hanno fatto. Qui va a finire che sono più famosa io del serial killer».

Sorrise. Daniele sorrise di rimando. Quando aveva aperto la porta e si era trovato davanti quella donna, romanzescamente «non aveva creduto ai suoi occhi». La televisione non le rendeva giustizia. L'eroina del momento, la donna scomoda, quella definita «brutta» da un'oca come Nova. E invece, pallida e stanca ma con lo sguardo fermo e indomito, dell'eroina aveva proprio tutta l'aria. Aveva esordito subito, secca:

«Sono Giuditta Licari, mi occupo del caso del Seviziatore. So che è già stato interrogato dal mio collega, l'ispettore Broglia, ma desidererei farle qualche ulteriore domanda, se non le dispiace».

E non gli era dispiaciuto. Anche se una lieve tensione

aveva cominciato a circolargli nelle vene sin dal momento in cui lei aveva varcato la soglia. La sensazione di essere, paradossalmente, in pericolo. A differenza del collega, che si era messo subito seduto, dando segni di notevole imbarazzo per la sedia a rotelle, per il suo povero e triste stato, per la casa tutta ad altezza di handicap e che aveva cercato di formulare solo domande politically correct senza avere il coraggio di guardarlo fuggevolmente negli occhi più di un paio di volte, la Licari di lui si era proprio disinteressata. Gli aveva posto delle domande, sì, ma gironzolando per casa, sfiorando con lo sguardo i mobili del bagno, della cucina, del soggiorno, della camera da letto.

«Conosceva bene la signora Pizzi?»

«Sa se riceveva delle visite regolari?»

«Come mai si è accorto che qualcuno era andato a visitarla, questa sera?»

«Come sapeva che non era una visita abituale?»

Daniele aveva risposto diligentemente, le domande in fondo erano le stesse di quell'altro, eppure c'era qualcosa, forse il modo di porle, che lo faceva sentire un cobra di fronte a una mangusta. La mangusta lo pungola, lo provoca, finché il cobra balza in avanti e si abbatte al suolo, perché la mangusta è più veloce a ritrarsi. E a furia di craniate alla fine è talmente intontito che alla mangusta basta un balzo solo per affondargli i denti nella carne, giusto sotto l'elegante collare. Chissà perché la sensazione di sbattere l'ebbe la prima volta a una domanda banalissima:

«Lei è curioso?».

Colto alla sprovvista, aveva sbagliato risposta.

«P-perché?»

«Non c'è niente di male nell'essere curiosi» aveva detto lei osservandolo attenta, perforandolo con gli occhi, frugandogli nei tratti del viso per cercare «qualcosa»... Ma cosa? E c'era una nota suadente nella sua voce, ed ecco, ora era lei il cobra e lui il topolino rifugiato in un angolo. Gli era capitato di vedere una scena simile al rettilario, quando era bambino. Un cobra già sazio riposava nella sua teca e un topolino bianco stava tutto raggomitolato e tremante in un angolo, consapevole che la lunghezza della propria vita sarebbe dipesa dalla fame del mostro addormentato.

«Io sono curiosa, sa? Molto. Lo considero il mio peggior difetto. E anche il mio miglior pregio. Lei ha letto *Der Mann ohne Eigenschaften*?»

Sbatté di nuovo.

«Come dice?»

«*L'uomo senza qualità*. Lo ha letto?»

«No… non credo… io non…»

«Mia cugina ha scritto la tesi di laurea su uno dei personaggi minori» continuò la Licari in tono colloquiale. «Ecco, io la curiosità la considero una qualità, anche se dico sempre che ne uccide più la curiosità che la spada, ma poi mi ribatto che dipende da chi la brandisce, la spada, e dunque…»

Di colpo le due braccia forti della donna si abbatterono sui braccioli della carrozzina. Daniele aveva le braccia posate sulle gambe, non ne venne nemmeno sfiorato, e sobbalzò. Qualcosa (un ricordo? una reminescenza? che cosa?) si mosse nella sua memoria, come se la sensazione del corpo di Giuditta Licari che incombe sul suo l'avesse già sperimentata. Ma fu una sensazione in secondo piano, rispetto alla paura che gli fece quel subitaneo cambiamento.

«Lei è curioso, signor Messori?»

Daniele sbatté per la terza volta.

«Senta, mi sta accusando di qualcosa? Io non c'entro niente con chi ha ammazzato la Pizzi. Esco a malapena di casa, lavoro e torno qui, ecco, la mia vita è questa, e anche oggi è andata così, mentre l'ammazzavano io ero in casa, ho un testimone, anzi, una testimone, che mi può fornire un alibi, basta rintracciarla e…»

Giuditta Licari cominciò a ridere. Rise per quasi un minuto, mai sguaiatamente, una risata privata. Daniele restava lì, a mezzo tra un'espressione ebete di vaga partecipazione all'ilarità e una di amor proprio offeso. Quando Giuditta ebbe finito di ridere si guardarono a lungo. Se ci fu un istante in cui qualcuno poté comprendere quanto pericolosa fosse quella donna fu proprio allora. Daniele lo capì, e cominciò a pregare che qualcuno venisse a salvarlo, non sapeva bene nemmeno lui da cosa, ma salvarlo, salvarlo, per carità, avrebbe espiato tutte le sue colpe, avrebbe smesso con il porno e con le chat, sarebbe tornato alle riunioni di psicoterapia di gruppo, sarebbe andato a mettere i fiori sulla tomba dei suoi, ma per l'amor di Dio, che qualcuno arrivasse!

«Come può pensare che io mi lasci anche solo sfiorare dall'ipotesi che lei sia coinvolto nei delitti? Come può credermi così imbecille?»

«Io non...» biascicò Daniele.

«NELLE SUE CONDIZIONI!» scandì bene Giuditta. «Non sarebbe adatto nemmeno a fare il palo, darebbe un tantino nell'occhio, le pare?»

«Lei non dovrebbe deridermi.»

«Non la derido. Io constato. Constato che lei fisicamente è quasi impossibilitato a fare del male. Non avrebbe potuto aprire in due la signora Pizzi e non sarebbe stato nella condizione di commettere nessuno degli altri delitti, e, se mi consente di esprimere un'opinione, nemmeno di assistervi. Lei è un uomo che al massimo può far male con le parole, dico bene?»

Bussarono. Daniele lanciò una preghiera di ringraziamento a san Crispino, che chissà perché aveva pregato sino ad allora. Forse era il santo che gli avevano suggerito nelle ore di catechismo, una vita prima, come protettore degli emarginati o balle simili. La Licari andò ad aprire.

«Ah, va bene. Vengo subito.»

Tornò da Daniele e cominciò a indossare l'impermeabile che aveva appoggiato su una sedia insieme alla borsetta.

«Purtroppo devo andare, le indagini proseguono. Dunque lei ha solo sentito che la sua vicina riceveva una visita e poco meno di un'ora dopo ne ha rinvenuto il corpo, pur non essendo curioso e uscendo di rado da casa – mi chiedo poi a fare cosa, non certo a girare per localini, vero? –, quindi ha dato l'allarme con la serenità di chi ha un alibi a prova di bomba e un testimone che può affermare che lei era rimasto in casa... Giusto nel caso fosse necessario, dove lo rintracciamo questo testimone?»

«È UNA testimone... una ragazza con cui chatto su internet...»

«Ah, internet... Si possono fare incontri molto interessanti su internet, non trova?»

Detto questo afferrò la borsetta e, senza nemmeno salutarlo, prese la porta. Daniele fu sollevato nel vederla uscire.

«Non era necessario che venisse, ma già che c'è... Glielo anticipo, c'è un problema» disse Giuditta.

«Ce n'è più di uno, dottoressa Licari» le rispose Lamberti.

* * *

Lamberti ascoltava quasi distratto Giuditta parlare, guidando nervosamente. Giuditta invece era concentratissima. Doveva dosare gli ingredienti: rigore nel voler essere onesta, pudore per la sua privacy, nervosismo palesemente trattenuto nel dover confidare dettagli intimi a un uomo che non stimava...

«Non sapevo chi fosse. Cioè, lo sapevo, ma non l'avevo mai visto. È stato dopo aver esaminato il corpo. Vede, l'indirizzo mi era suonato familiare, ma sa, noi di indirizzi ne sentiamo tanti. Poi mentre mi facevano il ragguaglio è suonato un campanello d'allarme.»

"Cosa mi tocca dire."

«Ricordavo di aver letto recentemente di case assegnate da questo ente, ma non riuscivo a mettere a fuoco dove e quando. Finché tutti i tasselli sono tornati al loro posto e ho ricollegato il tutto. Ho le carte in centrale, gliele mostro appena arriviamo...»

«Siamo praticamente arrivati.»

L'Audi di Lamberti svoltò per i garage. Scesero senza che Giuditta smettesse di parlare.

«Si faceva chiamare Aries e io mi facevo chiamare Nova. Era un uomo interessante, e proprio per questo avevo i miei bravi sospetti, così ho chiesto a Miglio se mi poteva commissionare una ricerca...»

Lamberti le lanciò uno sguardo di sbieco.

«Oh, la pianti. Non mi venga a dire che è un abuso di potere voler sapere con chi chatti. Poteva anche diventare mio marito, sa?»

L'occhiata di Lamberti era piena di stupore. Giuditta sorrise.

«Scherzavo.»

Lamberti tornò a fissare le porte dell'ascensore che si ostinavano a non aprirsi.

Per arrivare all'ufficio di Lamberti si doveva passare davanti alla scrivania di Giuditta, che si fermò subito e cominciò a rovistare tra le carte dei suoi cassetti. Sapeva di avere assunto un atteggiamento snervante e voleva mantenerlo il più a lungo possibile. Lamberti attendeva impaziente alle sue spalle.

«Eccolo!» disse Giuditta trionfante, porgendo un foglio a Lamberti e rileggendolo insieme a lui.

«Tutto qui, vede? Ho saputo che non era affatto chi diceva di essere, e infatti dopo poco i nostri rapporti si sono interrotti... aspetti, dovrei avere da qualche parte la mail...»

«No, non importa, dottoressa.»

Giuditta si voltò con l'innocenza dipinta in viso.

«Come sarebbe che non importa? Perché? Può essere importante. Se l'assassino ha scelto la sua dirimpettaia allora anche questo è un messaggio rivolto a me, vuole farmi sapere che conosceva il mio rapporto con Aries – pardon – con Daniele Messori...»

«C'è un dettaglio che le dovrei comunicare...»

Giuditta abbassò la mano che teneva il foglio. "Lentamente, fai lentamente..."

«È successo dell'altro?»

«Venga nel mio ufficio, la prego.»

"Recupera l'aria da professionista pragmatica, veloce!" Giuditta raccolse in fretta tutti i fogli dalla scrivania e li mise alla rinfusa nei cassetti, pur di dare una parvenza di ordine ("La Licari, così pignola!") e poi seguì Lamberti. Con un sospiro l'ispettore capo aprì la porta del suo ufficio. Giuditta entrò, vide quello che si aspettava di vedere, assunse un'espressione di preoccupato stupore ed esclamò:

«Che cosa significa tutto questo?».

Neanche la Duse avrebbe saputo fare tanto.

* * *

La scrivania di Lamberti faceva da divisorio nella stanza. Da un lato c'era l'accusa: l'ispettore, Broglia, Vizzi, l'Ambrosini. Dall'altro la difesa: Miglio e Giuditta. Gli occhi del ragazzo non si erano staccati un attimo da Giuditta sin dal momento del suo ingresso. Aveva paura, una paura tremenda, la paura kafkiana di chi non sa, ma la presenza di lei, della dea madre, la donna che insensatamente desiderava avere accanto più di qualunque altra, gli restituiva un po' di fiducia.

«La situazione che si è creata è in parte imbarazzante, e in parte grave… molto grave…»

Silenzio.

Ancora silenzio.

Fu l'Ambrosini a romperlo.

«Be', ma lei non ha domande?»

LEI ovviamente era Giuditta.

«Se nessuno mi illumina sul "quid" di tanta gravità non vedo che domande fare…»

«E va bene, tanto non c'è un modo migliore o peggiore… Vizzi» borbottò Lamberti.

Vizzi premette il tasto di un registratore evitando di guardare sia Giuditta che Miglio.

Prima si udì il suono di due squilli, poi:

«Pronto?».
«Sono io. Puoi parlare?»
«Giuditta! Da dove chiami?»
«Da un telefono pubblico, non ti preoccupare. Penso che abbiano messo sotto controllo oltre al mio tutti quelli della centrale.»
«Che storia...»

Vizzi si affrettò a spegnere. Lui e Miglio giocavano insieme a calcio, qualche volta. Non riusciva a separare il mestiere dall'amicizia.

«Avete messo il mio cellulare sotto controllo?» Miglio era allibito. Nessuno gli rispose. Allora lui insistette: «Ma... è per la storia di Donatella? Lo hanno chiesto i suoi?».

«Stai zitto, Miglio» lo interruppe Giuditta. «Mi sa che meno parli meglio è.»

«Allora, questa telefonata è avvenuta oggi pomeriggio alle 14:15...»

«Durante la pausa pranzo» aggiunse sarcastica Giuditta. «Cos'altro volete sapere? Tanto la telefonata l'avete ascoltata e trascritta tutta, no?»

Ci fu un silenzio imbarazzato.

«Se il punto è se io e Miglio scopiamo la risposta è no.»

Tutti, Miglio per primo, rimasero leggermente scioccati dalla crudezza della frase. Giuditta lo sapeva, per questo insistette.

«Abbiamo mai scopato, Miglio? Ci siamo mai trovati in camporella? Abbiamo mai profanato una macchina di servizio?»

«Dottoressa, la prego...»

«No, la prego io, Lamberti, la prego io!» Giuditta assunse quell'aria di granitica ferocia che tutti speravano sempre di non trovarsi davanti (in quel momento l'Ambrosini più degli altri, memore dell'ultima volta che l'aveva dovuta fronteggiare).

«Mi ha fatto abbandonare la scena del delitto solo per

rinfacciarmi di provare un "tenero sentimento" per l'agente Giglio, visto che tutti lo state martirizzando per qualcosa che non ha fatto? L'ho chiamato, volevo sapere come stava, e allora?»

«Dottoressa, si calmi...»

«SI CALMI UN CAZZO!»

«Giuditta...»

«Tu stai zitto, Miglio! Se volete sollevare dall'incarico anche me accomodatevi, ne ho piene le palle del vostro killer, delle vostre manovre...»

"Sì, ma qualcuno mi fermi!"

«Ora basta, dottoressa!»

"Be', dio la benedica, Lamberti."

«C'è dell'altro... Questa telefonata è avvenuta alle 14:15, come confermato dalla dottoressa... Vizzi?»

Vizzi spinse un altro tasto. Il fruscio di sottofondo era attenuato. Si sentì nuovamente uno squillo, poi:

«Pronto?... Pronto? Chi parla?... Mamma? Clara?... Se è uno scherzo non è divertente... Sei tu?... Sei l'assassino?».

Poi il rumore di linea interrotta. Infine:

«Ok, può essere l'ennesimo stronzo, ma segnatevi l'orario».

Vizzi spense il registratore.

«Questa telefonata lei l'ha ricevuta alle 19:05, dottoressa.»

«Sì.» Giuditta era tornata calma. «È importante?»

«Vizzi.»

Nuovamente Vizzi premette un tasto. Un terzo tasto per un terzo nastro. Il fruscio era di nuovo forte, come nella prima telefonata. Un paio di squilli, poi irruppe la voce di Giuditta.

«Pronto?... Pronto? Chi parla?... Mamma? Clara?... Se è uno scherzo non è divertente... Sei tu?... Sei l'assassino?»

«È la stessa di prima...» osò Miglio.
«Zitto!» sibilò Giuditta, il viso color cenere. Ascoltava.
«È inutile, dottoressa. Non c'è altro» fece Lamberti.
«Sono due telefonate. Due intercettazioni» disse Giuditta. Non era una domanda.
«Purtroppo sì.»
«La prima al mio telefono, la seconda...» e si voltò a guardare Miglio.
Miglio ci mise qualche secondo in più rispetto a tutti gli altri per fare bene i collegamenti.
«No, un momento... sta dicendo che quella chiamata veniva dal MIO cellulare? Ma guardi che non è possibile! Me lo hanno rubato insieme al portafogli, gliel'ho detto!»
«Sì, oggi pomeriggio verso le sei e mezza. E non ha sporto denuncia perché prima è rimasto svenuto in un vicolo dove nessuno l'ha vista né soccorsa e poi perché aveva troppo mal di testa per venire in centrale...»
«Ma ci sarei venuto domattina!»
«Giglio, non ne dubito, ma...»
«Ascolta, Michi.»
Tutti si voltarono, colti di sorpresa. Vizzi aveva parlato senza chiedere il permesso.
«Sono stato io a rintracciare la chiamata, e l'ho fatto come lavoro di routine, non mi aspettavo certo questo risultato... Ma il risultato è che questa telefonata è partita dal tuo cellulare, e dal satellite abbiamo stabilito la zona in cui si trovava... ed era nei dintorni della casa dell'ultima vittima.»
«Allora me lo ha rubato il killer! È stato il killer a inseguirmi, cioè, a farsi inseguire e a rubarmi il cellulare, così poi ha chiamato Giuditta e dopo...»
Miglio si affannava a cercare nelle facce intorno a lui

un segno di conferma. Poi guardò Giuditta che non lo guardava. E vide nei suoi occhi il dubbio.

«Giuditta...»

«Non ora, Miglio... non ora...»

A spezzare la tensione ci pensò Loredana Ambrosini, che ri-indossò i panni di integerrima donna di legge.

«È una prova indiziaria, ma da oggi anche lei, agente Michelangelo Giglio, è iscritto nel registro degli indagati. La sua sospensione da questo istante non è più di venti giorni ma a tempo indeterminato.»

«Ma perché?!? Io non sto mentendo. Cosa credete, che... che il killer sia IO?!?»

«Ma non diciamo stupidaggini!» sbottò Giuditta senza guardarlo, e lasciando trapelare un velo di incertezza nella voce. Toccò all'Ambrosini il colpo di grazia.

«La iscriviamo nel registro degli indagati, tra le altre cose, anche perché dopo accuratissimi controlli è risultato che nessuna signora in età abbia sporto denuncia o che alcuno scippo sia avvenuto nell'orario e nel luogo da lei segnalati.»

* * *

Romilda Seganti, vedova Palmieri, era già a letto. I suoi ottantadue anni non le consentivano di avere vita mondana notturna, e la televisione l'annoiava. Aveva chiamato le figlie per raccontar loro l'accaduto e per rassicurarle. Aveva una calza smagliata e un livido sul fianco, niente di più. Si era svolto tutto così in fretta che non aveva avuto modo nemmeno di spaventarsi. Si era ritrovata a terra sopra la sua borsa della spesa e aveva sentito qualcuno intimare a qualcun altro di fermarsi in nome della legge o qualcosa di simile. Poi alcuni passanti l'avevano aiutata ad alzarsi e a sedere su una panchina. Romilda era fiduciosa che il poliziotto le avrebbe riportato la borsetta, e non sbagliò di molto. Non erano passati nemmeno quindici minuti da quando le avevano strappato la borsa che un giovanotto alto e bruno le si era avvicinato per porgergliela. Non era quello che aveva gridato di essere un poliziotto, la voce di questo era molto più bassa e profonda. L'uomo raccontò di aver visto i due inseguirsi e che a un certo punto uno aveva gettato a terra qualcosa. Il «qualcosa» era la borsa.

«Forse il ladro pensava che il poliziotto si sarebbe fermato se gettava la refurtiva» aveva ipotizzato l'uomo. E poi aveva sorriso, un bel sorriso aperto, e Romilda aveva pensato che da ragazza sarebbe impazzita d'amore per un sorriso così, un sorriso che non nasconde segreti. Il giovanotto spiegò che aveva fatto la strada a ritroso dal punto in cui aveva visto lo scippatore scappare e che il parco gli era sembrato il posto più probabile dove potesse aver avuto luogo il crimine. Aveva subito visto un capannello di persone e ora eccolo lì.

«Vuole sporgere denuncia?» le aveva chiesto premuroso.

«Ma dovrei farlo adesso?» aveva ribattuto Romilda contrariata.

«Be', se quello che inseguiva il ladro era davvero un poliziotto ci penserà lui. Manca niente nella borsa?»

L'anziana aveva rovistato a lungo e poi aveva concluso: «No».

«Allora lasci perdere, dia retta a me. La terrebbero lì in centrale per chissà quanto tempo... Abita lontano?»

«No, due traverse dopo il parco.»

«L'accompagno a casa.»

Senza aspettare consensi l'uomo aveva preso la spesa e offerto il braccio alla signora. Gli astanti avevano approvato, ci era scappato pure un piccolo applauso, e dopo una bella fetta di anni Romilda Seganti, vedova Palmieri, si era sentita arrossire. Si era fatta accompagnare a casa da quel bel ragazzone bruno che tanto assomigliava al figlio di un famoso attore, chiacchierando del più e del meno, e ora, tra le lenzuola fresche di bucato, rifletteva sul fatto che, forse, quello scippo non era stato poi una brutta esperienza.

* * *

Morabito e i suoi uomini avevano quasi finito. La casa era stata passata al setaccio, palmo a palmo. Il corpo della donna, organi asportati compresi, erano stati portati via per primi, e poi era toccato ai due pappagalli, quello vivo e quello morto, gabbia compresa, ai soprammobili, ai campioni di sangue eccetera. Morabito fece un'ultima ricognizione in cucina e aprì tutti gli armadietti. Stava per chiudere l'ultimo quando...

«Ma guarda...»

Prelevò automaticamente un sacchetto sterile mentre osservava quasi trasognato qualcosa messo così in evidenza che aveva rischiato di sfuggirgli.

«Cazzo, che fastidio mi dà quando quella stronza della Licari ha ragione...»

Con estrema cautela prelevò otto scatolette colorate, tutte sigillate nel cellophane (tranne la prima che era aperta) di mangime per uccelli, riposte in ordine su un ripiano. Sulla confezione campeggiava in bella vista, sotto un canarino che cantava, la scritta:

«MIGLIO».

capitolo ventesimo

Vizzi era uscito a capo chino, rimuginando i pensieri di Giuda. L'Ambrosini aveva preso la porta quasi di corsa. Broglia aveva delicatamente preso per un braccio Miglio e aveva cominciato a spiegargli, come se avesse due anni, che c'erano alcune carte da firmare, e che sarebbe stato meglio per tutti verbalizzare la sua versione dei fatti. Miglio guardava Giuditta che fingeva di non avere il coraggio di ricambiare lo sguardo. Poi lo fece, confezionando un sorriso credibile come una promessa elettorale, che piano piano si spense di fronte alla straziante delusione che le rimandarono quei due laghi limpidi. Il volto di colui che non sarebbe mai stato il suo amante, ora era una certezza. E improvvisamente fu lei a pensare a manguste e cobra, a cobra e topi. Ecco, lei era la mangusta, ma era anche il cobra e il topo. Quando parlò disse la verità:

«Stai tranquillo, a te ci penso io. Comunque sia».

Ma lo strazio non si placò finché Miglio non fu uscito di scena.

"Miglio. Topolino mio."

Erano rimasti lei e Lamberti. Doveva aspettarsi un «discorsetto», e che discorsetto fosse, lo avrebbe volto a suo vantaggio alla prima occasione.

«Bene» esordì Lamberti.

"Ecco."

«Mancano i risultati della squadra di Morabito, ma gli elementi che abbiamo in mano per ora sono questi.»

«L'avevo arguito.» Meglio mostrarsi sarcastica e pungente, sarebbe riuscito meglio il passaggio a isterica e urlante, se fosse stato necessario.

«Cosa ne pensa?»

«Cosa ne penso di cosa?»

«Dottoressa...»

«No, parlo sul serio, Lamberti. Avete buttato sul tavolo le vostre carte. L'intercettazione di una mia telefonata privata, ma neanche troppo, con l'agente Giglio, la doppia intercettazione di una telefonata muta fatta a me dal telefono dell'agente Giglio poco prima dell'uccisione della sesta vittima, rintracciata come proveniente dalla zona in cui abitava. E poi? Poi c'è lo scippo fantasma (vogliamo dire il milionesimo, questo mese? O si è dimenticato il drastico crollo delle statistiche sulle denunce?), la fidanzata in ospedale, il "tenero sentimento" tra me e lui, e poi? Qual è il jolly? No, perché con queste carte lei non ha in mano nemmeno una scala, nemmeno una misera coppia, se mi passa l'accostamento.»

«Capisco che lei sia amareggiata e offesa per questa incursione nella sua vita privata.»

«Non c'è nessuna incursione perché non c'è nessuna vita privata. Non c'è niente di niente.»

«E allora perché è così sconvolta?»

«Sono sconvolta dalla vostra incapacità di... di... ragionare.» ("Brava, fatti sfuggire le parole, brava.") «Insomma, se uno più uno fa due a prescindere da chi sia l'uno, io...»

«Non la seguo.»

«Lei riesce davvero a immaginarsi Michelangelo Giglio che infila in gola a un tizio un tubo per versarci dentro della soda caustica? Ce lo vede a pedinare per settimane un vecchio sdentato? Ce lo vede a fracassare le testa della sua fidanzata contro lo spigolo del comò?»

«No.»

"Come no?"

«Non il Michelangelo Giglio che conosciamo noi.»

La frase rimase sospesa in aria, come il baloon di un fumetto che non si decide a dissolversi. Piedi di piombo.

«Che... che cosa intende?»

«Lo sa meglio di me, dottoressa.»

Poi Lamberti decise di sorprendere Giuditta, se stesso e il mondo intero. Andò alla porta e la chiuse a chiave. Poi, nuovamente, sedette accanto a lei, come quella sera quando l'aveva vista pallida e minuta avvolta in un accappatoio troppo grande, e le prese la mano.

«Giuditta, io potrei essere suo padre.»

Giuditta taceva. Sopraffatta dalla sorpresa, deliziata dalla sorpresa, preda della sua maledetta curiosità di scartare la sorpresa.

«Lei è brava. Ma no, che dico, lei è bravissima. Eppure negli ultimi tempi ha perso qualche colpo. Si è sbagliata, insomma. Prima il trailer sbagliato, poi il contatto con il killer, che ha gestito emotivamente molto male. Mi aspettavo che fosse più dura, la sua immagine è talmente... pragmatica.»

Giuditta lo ascoltava. E gli stringeva la mano. Tutto questo era bellissimo, un fuoriprogramma da orgasmo. Mai si sarebbe aspettata tanto aiuto da Lamberti, mai.

«Ora invece ci siamo ritrovati ad avere a che fare con una Giuditta umana che ci ha tenuto nascosta per anni, e forse ha fatto bene, è stata la più abile a dividere il lavoro dalla vita privata. Ma ora, mi consentirà di dirlo, le due cose si sono inevitabilmente mescolate.»

Giuditta lo guardò, cercando quale fosse la frase giusta da dire in quel momento, per mostrare che aveva abbassato le difese ma non era disposta a rinunciare alle sue palle d'acciaio. Si baloccò tra due ipotesi e poi scelse.

«Sarei stupida a negarlo» e abbassò lo sguardo. Questo rincuorò Lamberti, che riprese con voce calda e morbida, da prete:

«Ora, ci sono due ipotesi: la prima è quella in cui tutti in effetti speriamo, ovvero che ci sia una montagna di coincidenze, e addirittura che il killer ci abbia davvero messo lo zampino e stia muovendo l'agente Giglio, lei e forse anche tutti noi come pedine. Non mi sarei aspettato, nella mia carriera, di dover dire mai che preferirei essere manovrato da un killer piuttosto che… Ma la seconda ipotesi c'è. Possiamo rifiutarla, ripudiarla come insopportabile o inaccettabile, ma c'è».

Giuditta aspettava il colpo di teatro.

«Che l'agente Giglio sia davvero implicato in tutto questo.»

«Lei mente.»

Lamberti si ritrasse e ringoiò la voce da prete. Ma prima che potesse chiudersi del tutto Giuditta fece la sua mossa.

«Non è questo che crede. Non che Miglio sia implicato o cazzate simili. Lei teme che Miglio sia impazzito.» Pausa. Sforzo per farsi salire il magone, incipit di una lacrima, voce tremante: «E che sia colpa mia».

Lamberti l'abbracciò, nella testa di Giuditta un teatro virtuale si alzò in piedi in un'ovazione.

«Lo so, lo so» le sussurrava paterno.

«No che non lo sa. Lui è come un bambino… è così indifeso…»

«Conosco Miglio, lo conosco bene.»

Era la prima volta che lo chiamava apertamente «Miglio». Si staccò da una Giuditta singhiozzante e, tenendola a distanza di braccio chiese:

«Pensa di poter andare avanti?».

«C-come?»

«Pensa di farcela ad andare avanti, pensa che potrebbe riuscire a essere obiettiva, pensa di poter entrare nell'ordine di idee di cercare di CAPIRE quale sia la verità, non CONTRO Miglio, ma PER Miglio?»

«Non capisco.»

«Se lei continua a indagare basandosi sulla convinzione forzata che lui sia innocente a ogni costo, di fronte a ogni accusa, non farà che danneggiarlo.»

Giuditta ora osservava Lamberti come una brava scolara.

«Se invece riesce a mettere da parte il suo coinvolgimento emotivo e si sforza di capire tutti gli aspetti di questa storia, tutte le implicazioni, comprese le sue, come se fosse una persona esterna e non la diretta interessata... Pensa di poter essere abbastanza forte?»

«Non lo so.»

«Potrebbe condannarlo, se è colpevole di una qualsiasi delle accuse. Oppure salvarlo, se è innocente. Di questi delitti ne sa più lei dell'assassino stesso, se ne rende conto?»

Giuditta sorrise.

«Me ne rendo conto» abbassò gli occhi. «Mi studierò il suo profilo per vedere quanto sia compatibile con quello del killer. E rivaluterò caso per caso tutti gli omicidi. Vi chiedo un'unica cosa...»

«Mi dica pure.»

«Non lasciatelo solo. Non voglio che lo pediniate, ma pur ammettendo la seconda ipotesi, resta in piedi la prima. Non lasciate che corra rischi inutili. Che sia nel mirino del killer oppure semplicemente consapevole di essere accusato di qualcosa che ha commesso... Le ipotesi restano in piedi tutte e due. Lo farete?»

«Lo faremo.»

In quel momento bussarono (o tentarono di sfondare la porta, a seconda). Lamberti rispose seccato.

«Cosa c'è? Sono in riunione!»

«Capo! Capo, ce l'abbiamo quasi!»

Era Morabito, il solo che avesse lo stomaco di chiamare «capo» Lamberti. Non fu tanto la frase quanto il tono con cui l'aveva pronunciata, in un ansito da cane che è finalmente riuscito a ritrovare l'osso sepolto in giardino, a convincere Lamberti a lasciare Giuditta per aprirgli.

«Cosa c'è?»

«Abbiamo trovato... ah, c'è anche lei.» Questa frase era ovviamente rivolta a Giuditta.

«E va bene, mi inchino, aveva ragione lei, la scatoletta c'entrava.»

«Quale scatoletta?» chiese Lamberti guardando Giuditta, che finse di entusiasmarsi.

«La scatoletta? Quella del mangime?» domandò per conferma Giuditta a Morabito, ignorando Lamberti.

«Sì, ce n'era una bella scorta. Erano per quei maledetti pappagalli.»

«QUALCUNO MI VUOLE SPIEGARE?» si inalberò Lamberti.

«Dopo il delitto Disio, dopo la faccenda del guanto, ho messo in discussione la mia modalità di identificare il trailer» spiegò Giuditta, con la fretta di chi sta recuperando una via di pensiero che le darà scampo e le consentirà di sfuggire agli incubi «e ho chiesto di vedere tutti i reperti, ricorda? Tra questi trovai una scatoletta di mangime per uccelli che era nel settore spazzatura. Visto che la Disio non aveva animali la trovai "insolita", ne discussi con Morabito e la segnalai come possibile indizio. Ora Morabito mi dice che sì, avevo ragione, era il trailer, perché a casa della Pizzi ce ne sono...»

«Otto!» concluse Morabito trascinato dall'entusiasmo.

«Bene, questa è una buona notizia...» disse Lamberti col tono di chi fa fatica a riconoscerne una.

«E non è tutto!» esplose Morabito.

Giuditta e Lamberti pendevano, per motivazioni diverse, dalle sue labbra. Si gonfiò bene e declamò:

«Le scatolette sono otto, una sola è aperta, e su quella ci sono solo le impronte della vittima. Le altre sette sono chiuse col cellophane, e su sei di esse ci sono due tipi di impronte digitali, quelle della vittima e quelle, supponiamo, del venditore. Stiamo appurando. Ma sulla settima scatoletta...» esitò, ma come attore era un cane e per Giuditta era uno strazio fingere tutto quell'interesse che non aveva per sentire qualcosa che sapeva già da tempo «... c'è una terza impronta. Anzi, due. Pollice e indice».

«Be', potrebbero essere di chiunque...» lo smorzò subito Lamberti.

Morabito abbassò la coda.

«Sì» disse Giuditta in tono vagamente assente. «Ha ragione, però... non è detto. Se il killer ne ha prelevata una come trailer per il delitto Pizzi non è da escludere che ne abbia toccate altre... Bravo, Morabito.»

L'inaspettato complimento lasciò Morabito stupito. Ma mai quanto la frase che seguì.

«E mi faccia una cortesia. Non appena le impronte sono pronte, nitide, le confronti con quelle dell'agente Michelangelo Giglio.»

Di fronte al silenzio attonito di entrambi aggiunse, sorridendo.

«Se non le dispiace.»

* * *

«Non ti aspettavi che venissi a trovarti...»

«No.»

«Come va la testa?»

«Bene. Mi fa un po' male.»

Impettita nei suoi ventidue anni, Donatella se ne fregava di dare risposte in controsenso. Quando quella donna era entrata nella stanza dell'ospedale la marea del livore e della gelosia era salita fino a farle scoppiare una terribile emicrania. Anche se, volendo essere del tutto onesta con se stessa, non sapeva darsi una giustificazione logica per tanto odio. Naturalmente Donatella era stata tenuta scrupolosamente all'oscuro del bacio tra Giuditta e Miglio, e su questa certezza assoluta Giuditta aveva basato l'azzardo di quella visita. Ogni passo ora poteva risultare fallace. Per questo era venuta vestita in ordine, in pantaloni ad adombrare ogni sospetto di femminilità, e si era seduta lontana dal letto, come se la rabbia di Donatella fosse, in fondo, giustificata.

"Oh, giovane cerbiatta" pensava, e le scappava da ridere. L'ilarità era entrata di prepotenza tra le sue emozioni base, da un po'...

«So che mi odi, e nemmeno tu mi sei simpatica, quindi questa non è una visita di cortesia.»

«Be', poteva risparmiarsela.»

«Ah, io sì. È Miglio che non poteva risparmiarsela.»
Donatella si irrigidì. Giuditta si irrigidì di controcanto.
«Dunque lo conosci così poco...»
«Credevo di conoscerlo» rispose testarda.
Giuditta sospirò. Certo che c'erano anche compiti onerosi in quel lavoro...
«È stato lui a mandarmi qui. Vuole che tu sappia la verità.»
Donatella sollevò le sopracciglia cercando di darsi un'aria superiore.
«Per la cronaca io non sono d'accordo. Non credo che sarai capace di tenere la bocca chiusa.» Dio, come doveva prenderla larga...
«Lei non mi conosce.»
«Sarebbe una misconoscenza reciproca, non fosse per il fatto che Miglio parla solo di te...»
Un vago compiacimento si dipinse sul volto di Donatella.
«Non parlerò. Basta che sia breve. Allora?»
Giuditta fece un lavoro di fino. Occhiataccia. Labbra compresse a trattenere un commento personale che, per questione di tempi e di luoghi, non era il caso di far uscire. Gravità nella lunga pausa. Poi:
«Io so che non è stato Miglio a farti questo».
«E come lo sa?»
«Perché quella sera Miglio era con me, stupida ragazzina!»
Sul viso di Donatella si alternarono incredulità, sdegno, rabbia, speranza, ma Giuditta non poteva star lì ad aspettare che terminasse il suo ventaglio emotivo e incalzò.
«Ero sotto casa vostra da quando era rientrato. Lo aspettavo, avevamo una pista calda...»
"Cristo..."
«... di cui nessuno sapeva ancora nulla. Lui mi aveva detto che si sarebbe liberato in pochi minuti, che avrebbe trovato una scusa, ma NATURALMENTE tu hai dovuto rovinare tutto!»

Donatella mise su un broncio colpevole, ma si vedeva che in fondo cominciava a essere contenta.

«Che ne sapevo, io?»

«Ne hai saputo fin troppo subito dopo, mi pare...»

Calò il silenzio. Donatella era una bambina, cocciuta da convincere.

«È sceso con un diavolo per capello, abbiamo parlato un po' e poi abbiamo deciso che forse quella sera il rischio era troppo grosso, era probabile che il killer avesse capito che l'avevo identificato.»

«COSA?»

Ed ecco il colpo di teatro, biascicato appena.

«Io ho scoperto chi è il serial killer.»

La bocca di Donatella si aprì in un «Oh» che era un cerchio perfetto.

«Da quando?»

«Da un po'. È stato il killer a farti questo. Come un avvertimento mafioso...»

«Ma come sapeva che...?»

«Donatella, svegliati! Gli eravamo così addosso che anche lui era addosso a NOI! Sa tutto di me, e di Miglio, e anche di te, probabilmente sa anche che marca di shampoo usi! Ha approfittato dell'assenza di Miglio, del fatto che era con me, per salire e... be', lo sai. Ma ha commesso un errore.»

Donatella la guardava. Voleva sentire la fine della fiaba.

«È salito troppo presto e questo non è tipico di Miglio, che preferisce sbollire. Giusto?»

La cerbiatta annuì.

«Inoltre era un gesto fortemente contrario al carattere di Miglio, quello di picchiarti. Non è mai successo, mentre tu lo hai fatto molte volte. O mi sbaglio?»

Donatella arrossì e abbassò gli occhi. Giuditta le diede il colpo di grazia, si avvicinò rapidamente al letto e le sibilò:

«Ma non lo capisci che io non mi sono mai messa tra Miglio e te, stupida oca, mentre tu ti sei messa tra noi e il nostro lavoro?! Se non fosse stato per te l'avremmo già preso, e invece c'è dovuto scappare di nuovo il morto. Guardami. Donatella, GUARDAMI!».

Con gli occhi umidi Donatella si fece prendere il mento con una mano e sollevare il viso.

«Io HO un uomo. Da anni. E Miglio lo sa bene. Non faccio pubblicità alla cosa perché è ("Oh, al diavolo!") un ispettore che è stato ingiustamente scacciato dalla polizia.»

Donatella si coprì la bocca con le mani.

«L'ispettore Amadei?» bisbigliò.

"Miglio, dannata comare!"

«L'ispettore Amadei» confermò. «E sta lavorando con noi. Se lo scoprono finisce in galera, ti rendi conto?» Risatina nervosa. «Mesi di lavoro per catturare un feroce assassino e poi arriva una bambina capricciosa...»

Giuditta scosse la testa e voltò le spalle al letto.

«Diodiodio cosa ho fatto!» frignava Donatella. «Devo parlare con Michi!»

«Se chiami Miglio ora, probabilmente decreterai la sua morte.»

«No!» Donatella aveva urlato, proprio come urlano le ragazzine davanti a un telefilm che sta prendendo una brutta piega.

«Zitta! Ma sei matta?! Se mi mettono il veto alle visite non potrò più aiutarvi!»

«Scusi! Scusiscusiscusi! Ma io... io DEVO vederlo.»

«Non gli consentiranno mai di venire. L'hai messo nei pasticci.» La guardò sprezzante. «Lui credeva che ti fidassi. È così che funziona quando ci si ama.»

Donatella ora aveva cominciato a piangere.

«Ma io lo amo... Solo che ero così confusa... se avessi saputo...»

«Ora devo andare...»

«No, aspetti, non può lasciarmi così...»

«Ascolta, è un azzardo solo il fatto di venire a parlarti, con tutti i pettegolezzi che girano. E se... se io ti dicessi il resto di quello che so e poi entrasse uno dei tuoi genitori, o un'infermiera, o un medico, o peggio ancora uno dei miei colleghi...»

«Posso chiamare mia madre e dirle che non deve venire... Oppure...»

«Senti, io sono venuta solo perché me l'ha chiesto Miglio.»

«La prego, io gli devo parlare!»

«Donatella, te lo cacci in testa che tutti i telefoni, compreso quello di questa stanza d'ospedale, sono sotto controllo?»

«E se lei ci aiutasse?»

"Ecco..."

«Ma come, ti aspetti aiuto dall'"amante segreta" del tuo ragazzo?» disse sarcastica, comprimendo le risate in un luogo inaccessibile del suo organismo.

«Mi perdoni...» a singhiozzi Donatella le prese la mano. «Non avevo capito niente di niente... La prego, me lo porti qui. Mi bastano cinque minuti...»

"Anche meno."

Giuditta finse di pensare, poi prese un foglio dal bloc-notes sul comodino di Donatella e scribacchiò qualcosa.

«Tieni.»

Le allungò il biglietto con scritto sopra il suo numero di telefono. Mentre lo faceva calcolò mentalmente quanto tempo ci sarebbe voluto ai tecnici della scientifica per esaminare le impronte sulla scatoletta... avrebbero ripetuto l'esame almeno tre volte.

«Fa' in modo che tra un paio d'ore non ci sia nessuno, né genitori né infermiere, inventati un'emicrania, o che hai sonno. Poi chiamami e riduci al minimo la conversazione. Chiedi solo di parlarmi, fai accenno alla visita di oggi, insomma, improvvisa. Per allora avrò già allertato Miglio. Ci intercetteranno, certo, ma non importa, perché io ti dirò di no, o che ci dovrò pensare o... non lo so. Poi aspettaci. Se c'è qualcuno in giro entrerò prima io, e al via libera farò entrare Miglio. Avrete poco tempo, ma ve lo dovrete far bastare.»

«Sì, sì sì, va bene!»

«E guarda che lo faccio per lui, non per te. Sembra che lontano da te nemmeno viva…»

Donatella era raggiante. Giuditta raccolse la borsetta e le lanciò un'ultima stilettata.

«Spero che tu abbia imparato qualcosa da tutta questa storia.»

«Oh, sì. Giuro che non sarò mai più gelosa di Michi, lo giuro!»

"Siamo in due, cerbiattina mia, siamo in due."

* * *

Lamberti la osservò uscire livida dalla stanza d'ospedale. Quello era stato il passaggio senza dubbio più penoso, glielo si leggeva in faccia.

«Tutto bene?»

«No.»

«Glielo ripeto, se non se la sente…»

«E io le ripeto che me la sento, ma non pretenda che mi faccia bene!»

«D'accordo. Novità?»

Camminavano fianco a fianco verso l'ascensore.

«No… qualcosa, ma non so quanto valga… Era molto… ostile… Le ho lasciato il mio numero nel caso le venisse voglia di approfondire…»

Lamberti la fermò prendendola per un braccio. Sino a qualche settimana prima non si sarebbe mai preso una simile libertà.

«Questo è un dialogo informale, tra me e lei. Non ci sono testimoni. Quindi se c'è qualcosa che deve dirmi per l'amor di dio me lo dica.»

Giuditta aspettò paziente di essere sembrata riluttante a sufficienza.

«La sera del… dell'incidente… avevano parlato di me.»

Lamberti restò in attesa, intuendo che non fosse tutto.
«Miglio voleva lasciarla. Diceva che lei era un ostacolo tra noi due.»
«Ah.»
Un velo di imbarazzo si depose su loro due.
«A me non l'aveva mai detto. Mai fatto accenno a... a volerla lasciare... Io lo avrei dissuaso...» Guardò Lamberti. «Non avrebbe mai funzionato tra noi. E non solo per una questione di età. È che io sono così sola... e per lui sono diventata una specie di fissazione...»
«Ossessione» la corresse Lamberti.
«Ossessione» si lasciò correggere Giuditta. «Ma questo non costituisce un movente, no?» aggiunse fintamente speranzosa.
«No» disse Lamberti, e pensò:
"Non ancora".

* * *

«Solo perché non sei una brava attrice.»
Il sussurro le arrivava da giusto dietro l'orecchio, e insieme a esso l'odore del fiato e del dopobarba di Alessandro.
«Non dico mediocre, ma nemmeno brava. Invece qui devi essere brava.»
Giuditta avrebbe potuto mettersi a riflettere sul fatto che non lo sentiva mai né entrare né uscire, era come se fosse sempre lì, ma la sua mente era occupata da altro. Osservava il piccolo registratore professionale davanti a sé. Doveva captare i rumori ambientali della casa, più precisamente di quella stanza. Per questo era sul comodino. Per questo lei era in ginocchio davanti al comodino. Per questo Alessandro era dietro di lei, chino sulla sua spalla, completamente nudo.
«Sto facendo del mio meglio...»
«No, tesoro caro. Affatto.»
Il dorso delle dita di Alessandro le passò tra i capelli.

Un brivido la percorse. Sentiva la pressione del sesso di Alessandro sulla nuca e sapeva di non potersi voltare. Le ginocchia le facevano male, i polpacci le formicolavano, e il resto...

«Devi trasmettere sofferenza. Ansia, desiderio represso di fare qualcosa. Devi stare male fino ad aver voglia di piangere.»

Non ci sarebbe voluto molto...

«Abbiamo poco tempo. Un'altra volta...» le sussurrò, le labbra che sfioravano il bordo dell'orecchio.

* * *

Il telefono squillò mezza volta sulla scrivania di Lamberti. Non aveva nemmeno fatto la pausa pranzo dopo aver riaccompagnato la dottoressa Licari a casa. Gli faceva una pena infinita, non meno di quanta gliene facesse Miglio.

«Pronto...» una lunga pausa. Chiuse gli occhi, la luce gli sembrava troppo forte, anche se filtrata dalle veneziane. «Va bene, grazie Morabito, vi arriverà il mandato di perquisizione per l'abitazione privata entro dieci minuti. Tenetevi pronti. Io avviso la dottoressa Ambrosini. Cerchiamo di stare calmi, però. Come?» Ascoltò e tacque. Poi decise:

«No. No, lei non chiamatela. Aspettiamo l'esito della perquisizione. Grazie, Morabito... Sì, sì, anche a me».

Riagganciò. Strinse le mani come in una preghiera e vi appoggiò la fronte con gli occhi chiusi.

Dopo di che si diede da fare.

* * *

Morabito era più taciturno dei suoi uomini. Di solito l'arrivo di un mandato di perquisizione senza limitazioni aveva per loro lo stesso valore di un ingresso libero e consumazione gratuita all'Oktoberfest. Quella volta invece le cose erano diverse per tutti. Quando Morabito aveva avuto il primo risultato dei tecnici ne aveva chiesto immediatamente un secondo. La richiesta era di routine, quando il confronto lo si faceva con un individuo interno al dipartimento, ma Morabito aveva dato l'ordine di sua spontanea volontà, senza pensarci. Al secondo esito positivo aveva richiesto la terza prova. Mentre attendeva un responso che già conosceva aveva lapidariamente allertato i suoi uomini. Nessuno aveva reagito con la solita scattante prontezza a sfasciare tutto. Non c'era stato bisogno di parole perché si respirasse la speranza che aleggiava nello stanzone nel quale erano riuniti: che il terzo test smentisse i primi due. L'interno che portò il foglio a Morabito non disse una parola. Lui buttò un occhio all'angolo destro. Poi prese il telefono e compose il numero di Lamberti.

«Signore, sono Morabito. La comparazione ha dato esito positivo, la terza impronta sulla scatola di mangime per gli uccelli corrisponde a quella dell'agente Michelangelo Giglio. Richiediamo un mandato di perquisizione per la sua abitazione con precedenza assoluta.»

Aveva riagganciato in un silenzio totale. Poi si era seduto insieme agli altri ad aspettare.

capitolo ventunesimo

Giuditta respirava ancora a fatica mentre si cambiava d'abito. Il nastro era una comune scatoletta piatta, trasparente, con due fori dentellati, e alloggiava placido nel registratore. Incredibile quanto male potesse fare un oggetto dall'aspetto tanto innocuo. Alessandro stava in piedi in mezzo alla stanza, impeccabilmente vestito, e aspettava, mentre lei si svestiva e in parte si rivestiva. Restavano i pantaloni di vigogna, ma sopra aveva indossato la casacca di un pigiama. Un mezzo travestimento per escamotage dell'ultimo minuto. Quando fu pronta, l'impermeabile già indossato, seduta sul bordo del letto, erano trascorse le due ore pattuite con Donatella. Ora il destino non avrebbe fatto sconti, non sarebbero stati ammessi errori, non c'erano seconde chance. Aspettavano. Aspettarono. Finché il telefono squillò.

* * *

«Pronto?»

«Dottoressa Licari? Sono Donatella.»

Lo Monaco sobbalzò. Scribacchiò subito i dati della telefonata e fece cenno al collega nel furgone di avvicinarsi.

«Ah...» la Licari sembrava perplessa, titubante, quella telefonata non le faceva certo piacere.

«Ricorda quello che ci siamo dette oggi in ospedale? Lei mi aveva dato il suo numero nel caso volessi... be', se mi fosse venuto in mente qualcosa.»

«Sì...»

Lo Monaco pensò che l'atteggiamento della psichiatra non fosse proprio incoraggiante.

«Vorrei che venisse ora.»

«Ora? Ma... l'orario di visite...»

«I miei sono andati via. Saremo sole, io e lei.»

«Io... io non lo so, mi sembra una cosa insolita...»

«La prego.»

«Non so se riuscirò a liberarmi, in tal caso...»

«Ah, ok. Io comunque la aspetto.»

«Va bene. Fai... faccia come crede...»

«A dopo.»

«Salve.»

Lo Monaco stava per staccare la registrazione ma esitò. La signorina Orlandi aveva riattaccato. La Licari no. Lo Monaco intuì, più che sentire, «qualcosa» prima che anche la linea della Licari venisse interrotta. Fece tornare indietro il nastro, alzò al massimo il volume.

CLICK. La Orlandi aveva riappeso.

Fruscio.

E poi ecco il suono.

Un singhiozzo.

E una parola appena sillabata, quasi impercettibile.

«... basta...»

CLICK. Anche la seconda linea era stata interrotta.

«Che cos'era?» chiese il collega.

«Qualcosa di incredibile: la dottoressa Licari piangeva.»

* * *

Giuditta alzò ansiosa gli occhi su Alessandro. Lui la guardava intensamente. Poi sorrise e le dedicò un applauso di tre colpi. Era stata una brava allieva. Si infilò una mano in tasca e ne trasse la chiave di un'auto.

«Fiat Panda grigia. Parcheggiata dopo la panetteria.»

«Va bene.»

«Esci da dietro, dalla vecchia rimessa, dove ci sono le biciclette.»

«Ma nella rimessa c'è sempre...»

«Non oggi. Ora vai.»

Giuditta restò ferma, perdendo secondi preziosi.

«Non gli hai fatto niente, vero? Alessandro, avevi promesso.»

Lui la osservò, ma questa volta la posta in gioco era troppo alta perché lei potesse abbassare lo sguardo.

«Ti ho detto di andare» le fece cenno di sì con la testa. E Giuditta seppe che Tadzio era ancora vivo. Uscì, scese le scale velocemente e si diresse verso la parte posteriore del cortile. Aprì la rimessa e si chiuse la porta alle spalle. L'odore di marijuana era forte. Vide la luce filtrare da dietro la vecchia porta di ferro che dava sulla strada. L'aprì con sforzo, era chiusa da anni. Si guardò intorno sino a individuare la Panda. Poi, con una punta di rimorso conficcata in gola, buttò ancora un occhio nella rimessa per controllare, prima di chiudere la porta. Raggiunse la Panda, che come sempre era aperta. Partì alla volta dell'ospedale. Alessandro sedeva pensoso sul bordo del letto. Oh, in realtà non pensava a niente, si stava concentrando, e ogni volta che si concentrava si estraniava, sarebbe stato la gioia di ogni maestro zen. Guardò l'orologio. Presto. Ancora almeno un minuto. Lo fece trascorrere guardando davanti a sé, lasciando scivolare i secondi. Poi sollevò la cornetta. Era un po' ingombrante per via della ventosa applicata al microfono, che nascondeva a sua volta un secondo microfono collegato al registratore. Compose il numero di telefono e riappese subito. Contò fino a dieci. Premette il tasto PLAY del registratore e ascoltò un paio di secondi di silenzio. Poi percepì un leggero rumore, che era il segnale. Premette il tasto PAUSE. Risollevò la cornetta, ricompose il numero, ascoltò attentamente i due squilli, e nella pausa infinitesimale che intercorse tra il rumore della cornetta che veniva sollevata dall'altra parte e il «Pronto?» che ne seguì schiacciò nuovamente il tasto PAUSE, lasciando che il nastro scorresse e portasse a termine il suo compito.

* * *

«Qui manca una vite.»

Vizzi tenne sollevato il portaoggetti attaccato allo specchio del bagno, abbastanza lurido, della stanza di motel di Miglio.

«Davvero?» rispose Miglio per cortesia. Era seduto poco fuori dalla porta della stanza, le gambe allungate sull'erba del giardinetto sparuto del motel. Aveva ricevuto la visita di Vizzi dopo quella di Semeraro. Si sarebbero alternati tutti i colleghi. Era sotto sorveglianza ufficiosa, non era così scemo da non capirlo. Non gli importava poi molto. In quella nuova vita che da poco stava vivendo aveva scoperto che le cose di cui non gli fregava nulla erano una marea. E quelle di cui invece gli importava erano pochissime, e tutte disastrate. Allungò le mani e le affondò nella terra. Era una cosa che l'aveva sempre fatto star meglio, ma quella volta non funzionò. Strinse una manciata d'erba. Non troppo forte, non voleva farle male. Pensò al sorriso tirato di Giuditta, la sera prima. A quella frase che era suonata vuota, come un barattolo di latta. Tutto si stava disfacendo completamente, e a lui non restava che non capire. Non capire come Giuditta potesse dubitare di lui. Non capire come Donatella potesse dubitare di lui. E infine non capire come lui stesso potesse dubitare di sé.

«Ce l'hai mica una vite?» chiese Vizzi sporgendosi dal bagno.

Il telefono squillò. Miglio si alzò malvolentieri pulendosi le mani sui jeans, rientrò e si allungò verso il ricevitore con indolenza.

«Pronto?»

La voce di Giuditta scaturì dal ricevitore. Era roca, ansante, gonfia di pianto.

«Miglio...» e si spezzò.

«Giuditta!»

«Miglio lasciami parlare, Miglio, PER L'AMOR DI DIO, SE MI HAI VOLUTO BENE LASCIAMI PARLARE!» era letteralmente isterica. Miglio si zittì. «Mi ha chiamato Donatella» rantolò ancora Giuditta «cinque minuti fa... vuole che vada in ospedale a parlare... vuole concludere il "lavoretto" che ha iniziato oggi». Singhiozzava.

«Ma cosa...?»

Giuditta lo ignorò.

«Ha ragione, sai? Ha ragione... Io non posso fare una cosa del genere a una ragazza che ha la metà dei miei anni... Siamo stati due pazzi... Forse sono un mostro come dice lei, come hanno sempre pensato tutti, ma io non ci posso tornare, io NON VOGLIO SENTIRE UNA PAROLA DI PIÙ!»

«Giuditta, per l'amor del cielo, calmati!»

«Devi andare da lei. Devi andare, vacci subito, ora non c'è nessuno, parlale, sistemate le cose tra di voi, io... io...»

Miglio era stordito. Non aveva mai sentito Giuditta in quelle condizioni.

«Non mi chiamare.» Di colpo la sua voce si era fatta ovattata, cupa, incolore. «Non mi chiamare mai più, è finita. Non risponderò. Vai da Donatella. Se almeno tu hai un po' di rispetto per me vai da lei. Basta...» poi un rumore tra un grugnito, un singulto, un rantolo di soffocamento. Infine la linea interrotta.

* * *

Alessandro riappese con tutta calma la cornetta prima di premere il tasto STOP. Mentre lo faceva il telefono cominciò a squillare. La cornetta gli vibrava sotto le dita mentre con calma toglieva il nastro adesivo dal microfono, poi la ventosa, poi il secondo microfonino. Il telefono tacque pochi secondi, poi ricominciò a squillare. E a squillare. E a squillare.

* * *

«Chi era?» chiese falsamente Vizzi, che aveva sentito benissimo nominare la dottoressa Licari. Ma Miglio non gli rispose, sembrava impazzito, continuava a comporre un numero di telefono, ascoltare parlando senza emettere un suono e poi riappendere per ricominciare da capo.

«Me lo dici cosa ti è preso?»

«Vorrei saperlo anche io» fu l'enigmatica risposta di Miglio.

Improvvisamente desistette, si alzò e cominciò a passeggiare per la stanza. Vizzi non disse né fece nulla, rimase in attesa di una mossa per poter fare la contromossa. Improvvisamente Miglio lo osservò come se lo vedesse per la prima volta.

«Cos'è che hai detto che non funziona in bagno?»

«Eh? Ah, manca una vite del supporto sotto lo specchio.»

«Non ci riesco a star qui senza fare niente, vado a chiedere al portiere se ha una scatola per gli attrezzi...»

«Miglio, io sono un poliziotto come te, a me questi trucchetti...»

«E ALLORA VACCI TU!»

La frase urlata spiazzò Vizzi.

«Chiudimi dentro e vai da quel cazzo di portiere a chiedere se ha una vite! Cosa credi, che spacchi la finestra e mi dia alla fuga in motorino?»

«Michelangelo, calmati.»

Miglio gli venne incontro, lo spintonò quasi con casualità dentro il bagno e si sporse verso lo specchio. Lo sguardo di Vizzi incrociò quello dell'ex collega nello specchio. Gli occhi di un angelo folle. Se avesse guardato più in basso avrebbe visto che quello che faceva la mano di Miglio non era altrettanto folle.

«Fammi vedere» borbottò. Poi si ritrasse, e con una semplicità assoluta tirò la porta a sé e girò la chiave che aveva appena sfilato dall'interno. Diede due mandate.

Vizzi rimase a fissare il buco della serratura come un allocco. Sbalordito. Miglio aveva recitato. Miglio lo aveva fregato. Incredibile.

«Scusa, Michele» mormorò la voce da dietro la porta. Poi ci furono pochi rumori, un tintinnio di chiavi, una zip che saliva, la porta che si apriva e chiudeva.

Il sottovalutato Miglio. Vizzi finalmente si scosse, prese il cellulare e compose il numero, sentendo l'eco lontana del motorino di Miglio che partiva.

* * *

«Ma porco... cazzo...» fu il solo, ineffabile commento di Morabito all'apertura dell'ultimo cassetto. Da solo mezz'ora lui e i suoi uomini stavano ribaltando l'appartamento del Principale Sospettato, a cui tutti, volenti o nolenti, si sforzavano di non dare un volto, una risata, un bicchiere bevuto insieme. Nell'ultimo cassetto dell'armadio, quello chiuso a chiave (avrebbero trovato la chiave in un secondo tempo, ma in quei momenti Morabito andava per le spicce e qualche nota di demerito non gli dispiaceva, faceva più «poliziotto duro», come lo era stato Amadei, quello sì che aveva le palle quadre) e aperto a forza. Il sacchetto conteneva una serie di buste sistemate in ordine e un piccolo classificatore per i negativi. Morabito aprì una delle buste. Erano le foto di una vecchia autopsia. Cioè: AVREBBERO dovuto esserlo. Invece il soggetto di quelle foto era solo marginalmente il cadavere. Giuditta Licari, cuffia e mascherina sul viso, si chinava a guardare in bocca alla vittima. Giuditta Licari aiutava Escagno a rivoltare il cadavere. Giuditta Licari, sfilatasi un guanto, in secondo piano, ma perfettamente a fuoco, scribacchiava appunti su un taccuino. Giuditta Licari faceva una telefonata. Morabito aprì febbrilmente tutte le altre buste e la musica non cambiava: la Licari per strada di ritorno dalla spesa, la Licari appoggiata alla parete del corridoio mentre teneva in mano un caffè e con l'altra consultava un dossier, la Licari china a terra a esaminare una traccia di sangue sul luogo del delitto... Ovunque. Quale che fosse l'ambientazione (centrale, obitorio, luoghi di delitti, strade, e c'erano perfino foto della sua ombra dietro le finestre) il contenuto di quelle buste era riassumibile come l'assoluta ossessione del Principale Sospettato per la psichiatra che gli stava dando la caccia.

«Trovato qualcosa?» azzardò uno dei suoi uomini affacciandosi alla camera da letto.

«Chiama Lamberti. E digli di rintracciare la Licari.» La voce di Morabito era strozzata. «Abbiamo il nostro uomo.»

* * *

Parcheggiò la Panda nella zona riservata al personale. Alessandro gliel'aveva descritta perfettamente, doveva passare sotto un piccolo tunnel e superare i contatori della luce. Estrasse la chiave ma lasciò la portiera aperta. Non era certo il furto dell'auto la sua principale preoccupazione. Individuò la grande porta arancione e vi si diresse guardandosi prudentemente intorno. Non c'era nessuno, e le finestre che davano su quella miseria di parcheggio erano quelle delle cucine e dei vani di servizio, quindi, data l'ora, erano tutte spente. Si sfilò di tasca, impicciandosi con il guanto sterile, una chiave paradossalmente troppo piccola per una porta così grande, la infilò e aprì. Era l'ingresso riservato agli inservienti e dava accesso a una lunghissima serie di rampe di scale. Controllando il respiro come un atleta che sta facendo un semplice allenamento, Giuditta cominciò a salirle.

* * *

Il telefono di Lamberti aveva deciso di dare il suo meglio quella sera. L'ispettore aveva appena terminato la conversazione con Lo Monaco e conteneva a stento la stizza per quella sciocca ragazzetta che gli stava mandando in tilt uno dei suoi uomini migliori. Anzi, come avrebbe detto l'Ambrosini, ("Cristo, ora la dovrei avvisare, l'Ambrosini...") una delle sue donne migliori, quando riprese a squillare. Riconobbe a malapena la voce di Morabito, di solito roboante e ora invece piatta, incolore, a nascondere un dispiacere che avrebbe contagiato tutti. Dunque la prima ipotesi perdeva definitivamente consistenza, mentre la seconda ingrassava attimo dopo attimo.

«Portate tutto in centrale. Prima fate delle foto, chiamate

"Miglio"

qualcuno, non importa che siano perfette. Ottimo lavoro, Morabito. Purtroppo, ottimo lavoro.»

Riagganciò e non ebbe nemmeno il tempo di pensare che ora, oltre all'Ambrosini, sarebbe stato obbligato a chiamare la Licari che il telefono riprese a suonare. Lamberti non era un uomo che credeva alle precognizioni, ma fu certo che quella sarebbe stata la telefonata definitiva, l'ultima, non ce ne sarebbero state altre.

«Lamberti.»

«Ispettore, Giglio è scappato.»

«Come dici? Quando?»

«Qualche minuto fa. Il cellulare prende malissimo in questo cesso del cavolo, e la sua linea era sempre occupata...»

«Quantifica. Quanti minuti?»

«Quattro... cinque al massimo. Si muove in motorino. Ha ricevuto una telefonata...»

«Lo so, lo so. Mando subito una squadra in ospedale, tu raggiungi Lo Monaco e Besio nella postazione davanti alla casa della Licari. Per ora è meglio che stia tranquilla, conosci i suoi colpi di testa, se l'avviso...»

«Non posso.»

«Come?»

«Gliel'ho detto! Miglio mi ha chiuso nel cesso! E non

siamo in un film americano, ho provato a buttare giù la porta con un calcio e mi sono slogato una caviglia!»

* * *

La porta si socchiuse. Donatella continuò a fingere di dormire, nel caso fosse un falso allarme. Ma poi riconobbe la sagoma.

«Dottoressa!» sussurrò.

«Zitta. Sì, sono io.»

«Dov'è Michi?»

«Nella scala per il personale, dietro la porta tagliafuoco. Per prudenza sono venuta in avanscoperta.»

Giuditta osservava il corridoio in penombra da uno spiraglio. Poi chiuse piano piano la porta e anche in quel buio quasi totale Donatella vide che sorrideva.

«Siamo d'accordo che se c'è via libera gli faccio uno squillo al cellulare.»

Si avvicinò al telefono.

«Uso questo, tanto anche se lo rintracciano un solo squillo non farà partire il controllo.»

Compose il numero al buio, attese un attimo e riagganciò.

«Avete cinque minuti d'orologio, io farò da palo fuori. Se arriva qualcuno mi metterò a parlare a voce alta e cercherò di creare un diversivo. Ma tu dimmi, alla mia età che cosa mi tocca fare... Passami uno dei cuscini.»

Donatella se lo sfilò da dietro la schiena, poi un po' brancolando sfiorò il braccio di Giuditta.

«Dottoressa?»

«Sì?»

«Mi dispiace per le cose brutte che ho pensato di lei. Mi dispiace tanto.»

«Non fa niente. Erano tutte vere.»

E con un guizzo inatteso per la sua corporatura, piombò con tutto il busto a premere sopra la testa di Donatella, solo il cuscino a separare i corpi.

* * *

Raffaella Trighi stava cercando parcheggio da dieci minuti quando il motorino le tagliò la strada e si fermò stridendo davanti al cancello che conduceva all'ingresso dell'ospedale.

La porta di Donatella si schiuse e Giuditta ne uscì senza guardare da nessuna parte, guardando ovunque. Aprì la porta tagliafuoco che dava sulle scale. Quella si richiuse in un soffio.

Il custode del cancello sentì il tonfo, qualcosa di metallico che cadeva. Non alzò subito gli occhi, stava leggendo la "Gazzetta". Quando allungò il collo vide un motorino sdraiato su un lato con una ruota che girava pigramente. Doveva aver ceduto il cavalletto, pensò.

Cercando di muoversi con naturalezza Giuditta salì sulla Panda e partì con finta calma. Chiunque l'avesse anche solo intravista l'avrebbe scambiata per un'inserviente stanca morta dopo una giornata di lavoro.

Manuela Filangeri aveva appena salutato il suo fidanzato, che si era rotto una gamba giocando a calcetto, e si scostò d'istinto vedendo arrivare quel ragazzo di corsa. Sapeva che se non l'avesse fatto le sarebbe venuto addosso. C'era qualcosa nei suoi occhi… erano occhi di chi non sa distinguere più nulla.

A pochi metri dall'uscita dell'ospedale Giuditta ingranò la quarta e cominciò a calcolare mentalmente i tempi.

L'infermiera Gioia Calussi non rimproverò quel povero ragazzo pallido come un cencio quando lo vide attraversare l'atrio correndo come un matto. Probabilmente aveva ricevuto la cattiva notizia da poco. Era abituata a queste irruzioni isteriche in ospedale.

Mancavano tre semafori. Nessun errore. Nessuna infrazione. Giuditta si imponeva di restare calma. Avrebbe guidato con prudenza fino a casa. Così come le aveva ordinato Alessandro.

Vera Nostoli apostrofò con qualche mala parola biascicata quel brutto maleducato che a quell'ora si metteva a fare le corse in ospedale! Lei che doveva espellere un calcolo e, a settant'anni, con ottantuno chili da portare in giro, non era uno scherzo: lì c'era gente che soffriva, mica era il posto per giocare!

La porta della stanza era accostata e venne spalancata con una manata data di forza.

Nessuno sentì niente.

Poi Vera Nostoli voltò la testa a quel suono, che sembrava più un latrato che un vero urlo. C'era gente che soffriva, lì, altro che storie.

* * *

Lasciò la Panda parcheggiata in seconda fila con le chiavi inserite e i guanti sotto il sedile, scese e trovò la porta della rimessa socchiusa. Alessandro gliel'aveva preparata, questo voleva dire che era là fuori, da qualche parte. Rientrò nel cortile vuoto, sapendo che il tasso di rischio non si era per niente abbassato, chiunque poteva vederla in qualunque momento. Fece le scale più lentamente possibile, senza più poter controllare il fiatone. Sentì lo squillare del telefono prima di arrivare alla porta. Entrò, corse verso la stanza, e si concentrò al massimo per permutare il fiatone e il catarro accumulatisi in gola in residui di un pianto isterico. Squillava da tanto, forse stavano per riappendere, e magari quella era la telefonata giusta, quindi rovinò sul ricevitore, lo staccò e senza riprendere fiato urlò con tutta la voce che le era rimasta:

«MIGLIO BASTA! BASTA BASTA BASTA! LASCIAMI IN PACE, SMETTILA DI CHIAMARE! NON NE POSSO PIÙ!».

«Dottoressa?...»

Sì, era la telefonata giusta. Si diede il tempo di riprendere fiato.

«Lamberti... scusi... è che...»

«Aveva cominciato a farmi paura, sa? Se non rispondeva nemmeno questa volta avrei mandato su Lo Monaco a controllare.»

"Cristo".

«Mi perdoni, ispettore... glielo avrei raccontato... ma oggi in ospedale non me la sentivo... è... è successa una cosa da Donatella...»

«Non vada avanti. La prego.»

Giuditta tacque.

«Devo dirle alcune cose. Ma lo farò di persona. Sono in macchina, sto venendo a prenderla.»

«Come? Ma cosa...?»

«Pochi minuti. E sia forte, Giuditta. Sia forte.»

* * *

Quando giunse scarmigliata con i pantaloni di vigogna e la casacca del pigiama, lo spolverino infilato a casaccio, l'auto di Lamberti abbandonata davanti al Pronto Soccorso in mezzo alle volanti, lei, la terza donna, lei, quella insospettabile di una passione per un ragazzo più giovane e così pazzo da uccidere per non perderla, lei, che finalmente sembrava viva, umana, una donna vera, la tragedia era ancora in corso. Miglio giaceva sul letto, abbracciato alla sua Donatella, sotto il tiro di almeno tre pistole d'ordinanza. Si guardava intorno senza capire, senza riconoscere quegli uomini in divisa, piangendo la sua ragazza morta, piangendo per lo shock di un mondo che si stava rivoltando come un guanto troppo, troppo velocemente, piangendo come un bimbo che perde la mamma nella folla. Ma ecco che la mamma emerse dalla folla tuonando un «Non sparate! Non è armato, non sparate». Fu il tono di Giuditta, o forse il ruolo che gradualmente aveva assunto per ogni singolo membro del dipartimento, «quella che non sbaglia mai» a far abbassare di poco le pistole. O semplicemente fu il silenzio di Lamberti che veniva dietro di lei, invecchiato di dieci anni. Giuditta entrò nella stanza.

«Miglio...»

«Giuditta...»
«Non reagire, Miglio, ti prego, non reagire.»
«Io... non capisco... Donatella è morta... io... non capisco...»
«Va bene, non devi capire. Non sei obbligato a capire, non ora.»
«Capire cosa?»
«Che lo facevi per me. È colpa mia, lo facevi per attirare la mia attenzione... Non è colpa tua, tesoro...»
Miglio si guardava intorno smarrito, tutte quelle pistole intorno, lui che non sapeva sparare e non la portava nemmeno, la pistola di ordinanza, addirittura ignorava se fosse carica, chiusa nel cassetto del suo tavolo.
«Cosa devo fare? Giuditta, cosa devo fare?»
«Lascia andare Donatella... ecco, bravo, lasciala sul letto... bravo...»
Miglio obbediva docile.
«Ora vieni da me. Vieni da me, Miglio, lo sai che ti puoi fidare.»
Gli tese le braccia e Miglio capì che non chiedeva di meglio, non voleva altro che rifugiarsi nel corpo solido di Giuditta e dimenticare che il mondo si era ribaltato senza preavviso, senza che nessuno gli spiegasse niente, che le cose avevano perso un senso che forse aveva appena cominciato a intuire, ma ormai era stato spazzato via da quella nuova follia che si chiamava realtà. Strinse forte Giuditta e Giuditta strinse forte lui.
«Bravo, bambino. Andrà tutto bene. Te lo prometto. Ci penserò io a te.»
Miglio la guardò. Poi, istintivamente, gli uscì quella frase.
«Mi devo essere perso un pezzo.»

capitolo ventiduesimo

«Dottoressa Ambrosini, possiamo considerare la notizia ufficiale?»

«Sì. Il Seviziatore è stato catturato grazie all'instancabile lavoro dell'unità speciale dell'ispettore Lamberti.»

«È vero che c'è una settima vittima?»

«Purtroppo sì. Il killer è stato catturato proprio nell'atto di togliere la vita a Donatella Orlandi.»

«Ci conferma che l'identità del Seviziatore è quella dell'agente Michelangelo Giglio, l'assistente della psichiatra Giuditta Licari?»

«Sì, lo confermo.»

«Dottoressa, le vittime accertate sono sette. Si sospetta che ve ne siano altre?»

«Non potrò rispondere a questa domanda sino alla conclusione delle indagini.»

«Come mai la dottoressa Licari non si è accorta che il killer era proprio lì, al suo fianco?»

«La dottoressa Licari ha svolto un lavoro eccellente. Purtroppo la vittima principale di tutta questa vicenda è proprio lei.»

* * *

Le luci dell'ufficio erano spente. La stanza sarebbe parsa vuota a una prima occhiata, tanto immobili erano le tre persone in piedi in mezzo a essa. Una donna alta e bionda, ferma a braccia conserte, che fissava il pavimento. Un uomo di mezz'età leggermente curvo, in piedi con le braccia stese lungo il corpo. Una seconda donna, più bassa e tozza della prima, con lo sguardo volto verso la finestra nonostante le veneziane abbassate. Giuditta, Lamberti e l'Ambrosini non si scambiarono nemmeno una parola. Tutto veniva detto in quel silenzio denso, l'accordo veniva preso e sigillato non verbalmente. A conclusione del muto conciliabolo, Lamberti alzò la testa e tutti e tre si guardarono bene in faccia, consapevoli di quello che avrebbero fatto. Quando parlò, l'ispettore mosse appena le labbra, le parole quasi impercettibili:

«Ognuno faccia la sua parte».

* * *

«Sergio? Ciao, sono Giorgio Lamberti, scusa l'ora ma... Ah, sì, sì, è vero, l'abbiamo preso... Sì, era uno dei nostri... Non lo so, ascolta, ascoltami, Sergio, è per questo che ti chiamo... C'era una cosa in sospeso tra di noi, ricordi? Il caso Fumagalli... So che è un mezzo favore quello che ti chiedo, penso che difendere questo ragazzo gioverà alla tua immagine pubblica immensamente e dovremo sopportare le tue cravatte in video per molte seconde serate a venire... Sì, esatto, ho detto difendere... No, no, è colpevole... Schiaccianti, non ci sono dubbi. Ma non abbiamo una confessione, e quindi ci sarà il processo... Per direttissima, sì... Infermità mentale. Totale... Sì. Sì, sono sicuro... Sergio, lo conosco da anni quel ragazzo, se non lo avessi visto sarei il primo... No, non lo ha visitato ancora nessuno, ma sai di chi era l'assistente?... Esatto... Sì, è vero. O forse no, non lo so, non sono bravo come te con i pettegolezzi... So solo che è distrutta... Non può, è una testimone... L'ho accompagnata io sul luogo del delitto.. e ho messo io le manette al ragazzo... scusami... no... senti, accetti?... Bene. Sì, pro bono, come ti pare... Ok... Che non si sappia che sono stato io... No, va bene, ok. Sei un amico... Sì, diffondi pure la notizia... Anche subito, se ti fa comodo. Vai a parlargli, sarà pieno di giornalisti... Imponi che nessuno gli torca un capello finché resterà in quel posto... al resto penserà la Licari. Grazie ancora, Sergio. Sì, certo, prestissimo. Ciao.»

* * *

«Noi non ci dovremmo parlare.»

«Lo so.»

«Va bene. Che cos'hai per me?»

«Il profilo.»

«Quando l'hai stilato?»

«Quattro anni fa.»

«Ne hai fatto avere una copia di nascosto anche a Zennato?»

«Non ce n'è stato bisogno: me l'ha chiesta lui stesso insieme a un colloquio privato.»

«Mmh. Non hai fatto schemi. Di nuovo.»

«Non credo nella schematizzazione, professore, lo sa.»

«Non sono più professore, e tu non sei più all'università, Giuditta. Entrambe le cose mi arrecano molto dispiacere. Allora, è colpevole?»

«Sì.»

«Diagnosi?»

«Sindrome dissociativa, disfunzione da personalità multiple, schizofrenia. Non so essere più precisa.»

«Causa scatenante?»

«Ha trascorso l'infanzia in un macello. La morte per lui era la prassi. Il massacro, il sangue, la paura... Comunque glielo racconterà.»

«Questo era il background. Io ti ho chiesto quale fosse la causa scatenante.»

«...»

«Allora?»

«Ero io.»

«...»

«Lo faceva per compiacere me. Per divertirmi, per interessarmi. Per conquistarmi.»

«E ci è riuscito? Quando eri la mia assistente sembrava un'impresa impossibile...»

«...»

«...»

«Professor... dottor Malvernari... lei lo valuterà per l'accusa. L'avrei fatto io ma non posso. Eppure sono io che ho avuto accanto un ragazzo normale, allegro, solare, per quasi ogni giorno della mia vita negli ultimi anni. Crede che gli avrei concesso di avvicinarsi a me così tanto se avessi anche solo intuito le sue potenzialità distruttive?»

«Nemmeno con quell'altro poliziotto ti era riuscito.»

«C'è una differenza. Quell'altro poliziotto non mi aveva lasciato scelta.»

* * *

«È appena giunta una notizia ANSA. Pare che a difendere il Seviziatore Michelangelo Giglio, il pluriomicida che ha ucciso sette vittime accertate, sarà l'avvocato Sergio Geronzi, noto al pubblico per il caso Camboni e per la controversa assoluzione di Mario Fumagalli nella vicenda del crack piacentino. Geronzi ha dichiarato che, pur avendo raccolto ancora una scarsa documentazione, richiederà per il suo assistito la totale infermità mentale. Per questo si avvarrà della perizia di uno psichiatra criminale d'eccezione, il dott. Alberto Maria Zennato. L'accusa, per contro, ha richiesto come perito, col compito di valutare la salute mentale dell'imputato, un altro luminare nel campo della psichiatria, il dott. prof. Ennio Malvernari.»

* * *

«Una folla silenziosa ha oggi seguito il funerale di Donatella Orlandi, ventidue anni, ultima vittima, in ordine di tempo, del Seviziatore Michelangelo Giglio. In molti hanno voluto testimoniare la loro solidarietà alla famiglia e il loro sdegno per la barbara fine della ragazza. Il padre della vittima ha rifiutato la corona di fiori commissionata dall'assassino della giovane, l'agente Michelangelo Giglio, suo fidanzato. Affranto dal dolore il genitore ha respinto la giustificazione dell'infermità mentale dell'uomo, che sembra soffrire di uno sdoppiamento di personalità, e ha dichiarato che non avrà mai il suo perdono né quello della moglie. Diversi i toni di entrambi, invece, per Giuditta Licari, la psichiatra che ha seguito il caso e che ha paradossalmente consentito la cattura del killer, che pure lavorava al suo fianco. La dottoressa Licari non ha voluto presenziare al funerale per una forma di rispetto verso la vittima, considerato che l'assassino nutriva per lei una passione che lo spingeva a uccidere. Queste le dichiarazioni della signora Orlandi:

"Giuditta è una vittima quanto lo è Donatella! È andata a trovarla il pomeriggio stesso che... che... Mia figlia era così dispiaciuta. Diceva che era una brava persona, che l'aveva giudicata male... Non è colpa loro se sono finite tra le braccia di quel mostro".»

* * *

«"Mostro o pazzo?" Si apre oggi il processo a carico di Michelangelo Giglio, il ventottenne agente di polizia accusato dei sette efferati omicidi attribuiti al serial killer ribattezzato il Seviziatore. Sebbene le prove a carico dell'imputato siano schiaccianti, egli continua a dichiararsi innocente. Solo poche settimane fa sono stati celebrati i funerali della sua fidanzata, nonché settima vittima, Donatella Orlandi, e sino all'ultimo Giglio aveva ripetutamente chiesto di potervi partecipare. Quando il permesso gli è stato negato per l'ennesima volta, aveva voluto inviare una corona di fiori, rifiutata però dai genitori della ragazza. Figura ambigua in tutta questa vicenda è quella della dottoressa Giuditta Licari, nota psichiatra che più volte è stata una figura cruciale per la soluzione di delitti avvenuti nel nostro Paese. Le indiscrezioni che trapelano parlano di una relazione segreta della Licari con l'imputato, più giovane di lei di dodici anni. Questo giustificherebbe il movente per l'uccisione di Donatella Orlandi, ma non spiega il perché degli altri crimini, e soprattutto della loro efferatezza. L'avvocato Sergio Geronzi, che difende l'imputato, ha chiesto una perizia psichiatrica per il suo assistito, invocandone l'infermità mentale.»

capitolo ventitreesimo

Loredana Ambrosini si sistemò con aria pensosa la toga mentre fingeva di consultare alcuni appunti. La sala era gremita. Avevano concesso le riprese televisive e metà delle persone presenti erano giornalisti. Quando avevano chiesto all'avvocato Geronzi se il viso dell'imputato dovesse essere oscurato e Geronzi aveva rigirato la domanda a Miglio, questi aveva candidamente risposto:

«No, perché? Tanto lo sanno che sono io».

Tutti i testimoni, Giuditta compresa, sedevano nelle prime tre file di banchi, subito dietro gli avvocati. Quando Miglio se l'era vista tanto vicina, appena due posti a scalare dietro di lui, le aveva sorriso rassicurato. Ora che lei c'era sarebbe andato tutto bene. Lamberti si sistemò sulla punta della sedia dei testimoni. L'Ambrosini alzò lo sguardo e i loro occhi si incrociarono per meno di un attimo, ma fu sufficiente.

«Ispettore Lamberti, come descriverebbe l'imputato? Come un buon poliziotto?»

«Sì. Non ha mai ricevuto la minima nota di demerito, non ho dovuto mai riprenderlo. Quasi mai.»

«Eppure qualche settimana fa lo aveva sospeso per venti giorni.»

«Sì, infatti.»

«Quali erano state le sue mancanze? Aveva commesso errori, mancato di rispetto a un superiore?»

«Niente del genere. Lo avevo sospeso per ragioni... personali.»

«Può essere più preciso?»

«Il ragazzo mi era sembrato molto provato, sotto pressione, e ho ritenuto che un periodo di sospensione dal lavoro gli avrebbe giovato.»

«Se non sbaglio, però, l'imputato lavorava come assistente della dottoressa Licari. Un lavoro importante, certo, ma non credo che scattare fotografie sia propriamente "stressante".»

«L'agente Giglio aveva dato segni di grande irrequietezza. Potevano derivare dal lavoro come da questioni personali, e per questo io ho ritenuto...»

L'Ambrosini lo interruppe subito.

«Mi perdoni. Cosa intende per "segni di irrequietezza"?»

«Be', era nervoso, agitato... alzava spesso la voce... aveva avuto anche uno scontro verbale con la dottoressa Licari durante un'esposizione.»

«E nessuna di queste cose avveniva, di norma?»

«No, mai.»

«Poteva darsi che il motivo dell'irrequietezza dell'imputato fosse proprio la dottoressa Licari?»

«Si spieghi meglio.»

«Sto cercando di stabilire in che rapporti fossero i due. Avevano solo un rapporto di lavoro o c'era dell'altro?»

«Be', dopo tanti anni trascorsi lavorando insieme... si era creata un'amicizia, io credo.»

«Le leggo la testimonianza dell'ispettore Broglia in merito allo scontro verbale cui ha fatto accenno poc'anzi: "A metà della riunione l'agente Giglio ha interrotto la dottoressa Licari. Una cosa che nessuno di noi avrebbe fatto, per rispetto verso di lei. Ha sostenuto un'ipotesi di pista che si è poi rivelata valida, ma l'ha fatto con molta arroganza, quasi volesse sfidare la dottoressa. E infatti lei gli ha chiesto di uscire e hanno avuto un colloquio privato. Al termine di questo colloquio, quando ho rivisto l'agente Giglio, ho notato che aveva gli occhi arrossati...". È questa la discussione di cui parlava?»

Lamberti si trattenne dall'agitarsi sulla sedia. Faceva parte del gioco, e si era ripromesso di giocare fino in fondo.

«Sì.»

«Mi perdoni ma mi sembra che i toni travalichino quelli dell'amicizia. Pare che i due fossero in contrasto. O che comunque non avessero buoni rapporti.»

«Questo non glielo so dire.»

«Ha affermato che spesso l'agente Giglio alzava la voce.»

«Sì, è capitato.»

«Con chi?»

«Non lo so. Sentivo che parlava a voce alta.»

«Poteva parlare al telefono? Discutere al telefono con la fidanzata?»

«Può darsi.»

«Sapeva che i rapporti con la signorina Orlandi non erano sereni?»

«Sì, lo sapevamo tutti, ma santo cielo, la nostra è una stazione di polizia, non un salone da parrucchiere...»

«Me ne rendo conto. Dunque lei constatò questo nervosismo, ma aspettò prima di sospendere l'agente Giglio. Aspettò che avvenisse l'incidente alla signorina Orlandi per sospenderlo.»

«Prima non ne avevo ragione, il nervosismo non è una colpa.»

«Ma contaminare la scena di un delitto lo è...»

* * *

«È stata una scena sconcertante. Nessuno di noi si sarebbe mai aspettato qualcosa del genere da lui!»

Morabito parlava con veemenza, il microfono si era reso da subito superfluo, e un addetto era andato discretamente a spostarglielo un po' più lontano dalla bocca. Per contro l'avvocato Geronzi parlava a voce bassa, molto pacatamente, senza guardare il testimone, quasi non fosse interessato al suo racconto.

«Ci può spiegare in che senso?»

«Miglio... insomma, l'agente Giglio, era l'ombra della dottoressa Licari. Lo consideravamo un bambinone, e ci eravamo accorti tutti che si era preso una cotta per la dottoressa, ma ci ridevamo sopra. Anche perché professionalmente nessuno poteva fargli la minima critica, era puntuale, preciso. Magari eccedeva in puntigliosità...»

«Era zelante?»

«Sì, faceva le cose ancora prima che gliele chiedessi. Non era un lecchino, non voglio dire questo. Ma se magari la scena del delitto era un po' troppo cruenta te lo trovavi di fianco che ti passava un caffè per tirarti un po' su...» Gli lanciò un'occhiata e ritrovò lo stesso ritratto dell'innocenza che conosceva da anni. Miglio accennò un sorriso e a Morabito capitò una cosa che raramente era successa in vita sua: la voce gli si spezzò. «Era forte...» Aveva usato il verbo al passato, come se stesse parlando di un morto.

«Torniamo a quel giorno.»

Morabito si riprese subito e ricominciò a sbraitare.

«Ma niente, eravamo sulla scena del delitto Disio, quello della donna dissanguata. Io e la Licari ci eravamo già beccati, quindi aspettavo che finisse i suoi rilievi e che Miglio – cioè l'agente Giglio – finisse le sue foto. Poi è successo sa dio cosa... si è messo a fissare una pianta.»

Geronzi alzò fintamente stupito gli occhi dai suoi appunti.

«Una pianta?»

Sentendosi subito gratificato dall'attenzione dell'avvocato, Morabito alzò la voce di qualche ulteriore decibel.

«Sì, l'appartamento della Disio era zeppo di piante, ma ce n'era una grande, enorme, poco lontano dal corpo. Lui di colpo l'ha vista... non so spiegare...»

«Cerco di aiutarla. È stato come se l'agente Giglio "realizzasse" improvvisamente la presenza della pianta? Come se la vedesse realmente per la prima volta?»

«Sì, una cosa del genere.»

«Vada avanti.»

«Niente. Si è tolto i guanti e si è messo a parlare alla pianta, a toccarla. Per raggiungerla ha camminato nel sangue della vittima.»

«Sta dicendo che ha contaminato la scena del delitto?»

«Sì. Sembrava un sonnambulo. A me francamente è sembrato matto.»

«Dice che parlava alla pianta. Ricorda cosa le diceva?»

«Mah, borbottava, ho sentito poco. Diceva che la pianta aveva visto tutto, che aveva sofferto per la morte della Disio, stava quasi per piangere. Ma non sono sicuro delle parole...»

«E come avete risolto la situazione?»

«Ci ha pensato la Licari. Lo ha chiamato finché lui si è come "svegliato". Poi gli ha detto di stare fermo, ha portato altri indumenti sterili, insomma, quelli di plastica, glieli ha messi e lo ha portato fuori.»

«La dottoressa Licari ha guidato come un bambino l'agente Giglio, cambiandogli le protezioni sterili e accompagnandolo fuori?»

«Sì. Era molto preoccupata, si vedeva. Lui continuava a scusarsi. So che lei poi ha fatto i salti mortali per non farlo sospendere. Ma è stato allucinante vederlo parlare con quella pianta...»

«Un'ultima domanda, ispettore Morabito: le risulta che l'agente Giglio sia un ambientalista?»

«Miseria se lo è! Ci ha rotto le scatole per anni con la raccolta differenziata! Se non buttavamo la carta nel raccoglitore arrivava a chiamarci "assassini". Poi ci siamo abituati...»

«Grazie, non ho altre domande.»

* * *

La dottoressa Ambrosini e il dottor Escagno, l'anatomopatologo, chiacchieravano amabilmente, quasi stessero prendendo un tè. Più sorrideva lei e più sorrideva lui.

«Certo che me lo ricordo. Ma non per malizia, solo che la dottoressa Licari era sempre così seria, e invece quel giorno era eccitata come una bambina!»

«Può spiegarci perché, dottor Escagno?»

«Durante l'autopsia di Amos Terlenghi, la quarta vittima, la dottoressa aveva avuto un'intuizione in merito al tubo endotracheale.»

«Ci spieghi meglio.»

«Il tubo endotracheale utilizzato per uccidere Terlenghi era obsoleto e di una marca poco conosciuta, e questa cosa era parsa strana alla dottoressa. Perché non usare un normale tracheotubo reperibile in ogni ospedale? Poi le venne questa intuizione: la vittima era stata addormentata con una dose massiccia di un prodotto utilizzato normalmente per addormentare gli animali, la Promazina. E anche quel tracheotubo veniva spesso usato per gli animali. Così la dottoressa capì che ci poteva essere un collegamento e che l'assassino stava lanciando un messaggio animalista...»

«Bene, dottor Escagno, ma arrivando al punto...» lo incalzò l'Ambrosini.

«Ah, sì, sì. La dottoressa aveva fatto qualche telefonata, e per farlo si era levata uno dei guanti e l'aveva messo in tasca. Io nemmeno me n'ero accorto. Ma poi, quando ha deciso di andare all'unità cinofila, ha chiamato l'agente Giglio per sapere se aveva l'auto pronta. Fu allora che avvenne.»

«Esattamente "cosa" avvenne?»

«La dottoressa indossava le nostre coperture sterili monouso. Uscì dalla stanza levandosele velocemente di dosso, e io uscii con lei. Stava già andando alla porta quando l'agente Giglio le chiese se aveva un guanto solo.»

«Lei sta dicendo che l'agente Giglio non era presente quando la dottoressa si era sfilata il guanto, ma che vedendola uscire dalla sala settoria si era accorto subito che ne aveva uno solo?»

«Esattamente. Lei stessa se n'era dimenticata, si frugò

nella tasca e andò a gettarlo. Ci fu anche uno scambio scherzoso tra i due, non ricordo le parole esatte, ma lei gli disse che doveva smettere di fissarla, o cose del genere.»

«Ha mai ricollegato questo piccolo incidente col fatto che qualche tempo dopo il serial killer abbia infilato un guanto, usato per commettere l'omicidio Disio, negli abiti della dottoressa Licari?»

«Sinceramente no.»

«Che lei sappia l'agente Giglio è animalista?»

«Oh, sì. Con i cadaveri non ha problemi, ma guai se gli si parla di cavie. Diventa una furia.»

* * *

L'avvocato Geronzi stava dedicando al dottor Stelvio Giurioli, il veterinario dell'unità cinofila antidroga, tutta l'attenzione che aveva appena lesinato a Morabito.

«Dunque lei mi sta dicendo, dottore, che l'agente Michelangelo Giglio non ha assistito al suo colloquio con la dottoressa Licari.»

«Non è nemmeno entrato. Che so, per salutare, per dare un'occhiata intorno... Si è subito buttato nel recinto a giocare con i cani.»

«E perché questo le è parso strano, dottor Giurioli?»

«Vede, la dottoressa Licari era venuta all'unità cinofila proprio per fare delle verifiche sui tracheotubi e la Promazina, mentre il suo collega sembrava essere del tutto disinteressato alla cosa. Come se non gli importasse nulla dell'indagine.»

«Oppure come se sapesse già tutto sui tracheotubi e la Promazina?»

«Poteva dare questa impressione, sì.»

* * *

Loredana Ambrosini si schiarì la voce prima di leggere. «Chiedo venga aggiunta agli atti la lista di controllo stilata dalla sezione investigativa, che ha verificato come, nelle ore in cui avvenivano i delitti attribuiti al Seviziatore, l'agente Giglio non fosse mai in servizio; in quanto assistente della dottoressa Licari i suoi orari coincidevano con quelli di lei. Una verifica di eventuali alibi dell'imputato è ancora in corso.»

* * *

L'invidia è una brutta bestia. L'ispettore Marcello Broglia, piccolo, magro e bruttarello, non era mai riuscito a superare quella provata per l'agente Michelangelo Giglio, nonostante questi sembrasse non accorgersi nemmeno delle frecciatine sarcastiche che regolarmente gli lanciava. Ora era venuto il momento, per lui, di rifarsi di anni di fegato roso.

«Sì, la pista dei precedenti. L'agente Giglio ne aveva parlato in quella riunione. E si rivelò buona: ogni vittima aveva dei precedenti. Ovvero: aveva dei precedenti penali, oppure aveva sporto querela... Era comunque entrata in contatto con le forze di polizia.»

L'Ambrosini scartabellò subito tra le sue carte domandando:

«Chi verificò questi precedenti?».

«L'agente Giglio stesso.»

«Nessun altro?»

«Be', dopo gli ultimi fatti anche questo punto è stato verificato. Tutto esattamente come aveva detto lui.»

«Ispettore Broglia, mi tolga una curiosità. Se io volessi fare una ricerca del genere come potrei farla?»

«Non potrebbe. Nessuno ha accesso agli archivi della polizia, se non un membro delle forze dell'ordine o del governo...»

«Quindi se io decidessi di uccidere solo persone che hanno avuto a che fare con la polizia dovrei chiedere a un poliziotto di stilarmi una lista.»

«No, non potrebbe comunque. Sono dati riservati.»

«Un'ultima domanda: ritiene che un buon hacker potrebbe aggirare gli ostacoli e penetrare negli archivi della polizia?»

«Be', mi auguro di no. Comunque non me la sento di escluderlo.»

* * *

L'Ambrosini cominciava ad avere un'aria stanca. «Venga messo agli atti: il prossimo teste ha accettato di deporre purché in forma anonima. Il suo viso non verrà ripreso né fotografato e il suo nome verrà mantenuto segreto. Per l'interrogatorio si utilizzerà il nome fittizio di "Paolo".»

* * *

«Mi dica, in che rapporti era con l'agente Giglio?»

«Qualche volta si era rivolto a me per conto della polizia. Queste cose capitano. Ma quella volta era una faccenda personale, dovevo rintracciare una persona che scriveva in una chat. Non era un lavoro difficile e l'ho fatto.»

«Quale è stato il risultato della sua ricerca?»

«Un tizio handicappato che scriveva in molte chat, quasi tutte porno.»

«Quindi un paio di fogli con i suoi dati e basta?»

«No no, Giglio mi ha chiesto la stampata di tutti i dialoghi tra questo tizio e una certa Nova, che poi ho capito che era la Licari.»

L'Ambrosini si voltò teatralmente a guardare Giuditta, che non ricambiò lo sguardo. Il pm tornò a rivolgere la sua attenzione al teste.

«Conosce il contenuto di quelle pagine?»

«Ma niente, un po' di porcate... Si stuzzicavano a vicenda.»

«Era presente quando l'imputato le ha lette?»

«No, erano troppe, un centinaio, forse. Ma dalla scorsa

che gli aveva dato non mi sembrava gli facessero piacere...»

Rigido sulla sua sedia, Miglio avvampò.

* * *

«È comodo? Ha bisogno di qualcosa?» L'Ambrosini guardò premurosa Daniele Messori, che era stato sistemato sul banco dei testimoni da un paio di nerboruti inservienti, e il fatto che avvenisse davanti a un mare di gente con l'aggravante delle telecamere sembrava non essergli piaciuto per niente.

«No» grugnì sgarbato in risposta.

L'Ambrosini sorrise e si prese un minuto intero per rileggere, seguendo le righe con la penna, un foglio. Poi sferrò un diretto da manuale.

«Lei frequenta d'abitudine locali come l'Hot Shot, signor Messori?»

Impreparato a entrare così di colpo *in medias res*, Daniele cominciò ad agitarsi e a sudare copiosamente.

«No, non d'abitudine. Ogni tanto.»

«Penso che sia chiaro a tutti lo scopo per cui si frequenta quel locale. Può raccontarci cosa avvenne la sera in questione?»

«Sì, be', io ero là con alcuni amici... ci sono anche le loro testimonianze depositate... Insomma, io ero nel locale, guardavo le spogliarelliste... facevo amicizia, c'era una donna che... be', in quei posti trovi anche le professioniste... cose così... A un certo punto sento che qualcuno mi si siede accanto e mi offre una birra. Io mi volto e vedo che era lui.»

«Intende l'imputato?»

«Sì, il Seviziatore, Giglio.»

«È presente in quest'aula? Può indicarcelo con un dito?»

«Sì, quello lì biondo, in prima fila...»

«Vorrei che venisse messo a verbale che il teste ha appena indicato l'imputato. Vada avanti, signor Messori.»

«Allora mi ha offerto la birra e io ho accettato. Così ci siamo messi a parlare del più e del meno e a un certo punto lui comincia a minacciarmi, a dirmi che se non lasciavo stare una certa tizia mi ammazzava.»

L'Ambrosini abbassò impercettibilmente la voce, e per reazione anche Daniele fece altrettanto.

«Ha detto esattamente così, che l'ammazzava?»

«Non lo so, che mi spaccava la faccia, roba del genere. Io mi sono preso paura, nelle mie condizioni, mi capisce...»

«Aveva capito a chi si riferiva, quale era la donna da cui doveva stare lontano?»

«Non subito, prima avevo pensato che si riferisse a una delle putt... a una delle ragazze del bar. Poi ho capito che era una che avevo conosciuto su internet, in chat. Una certa Nova.»

Silenzio in aula. Ormai chi fosse Nova lo sapevano tutti.

«Non le è parso strano che l'imputato conoscesse la sua identità, considerato che in chat lei usava il nickname Aries?»

«Sì, ma in quel momento non ci ho pensato.»

«E non ha pensato nemmeno che come Aries lei non aveva mai fatto accenno all'Hot Shot, ne parlava piuttosto in altre chat, molto più... come dire... "hard"?»

«Guardi, in quel momento pensavo solo che non volevo prenderle.»

«E così ha promesso di troncare ogni rapporto con Nova.»

«Sì. Sì, e l'ho fatto, il giorno dopo, subito.»

«Ma lei aveva visto l'imputato, giusto? Non si è chiesto come mai un ragazzo come lui potesse, mi perdoni, essere geloso di lei?»

«Me lo sono chiesto sì. Ho pensato che forse era paranoico. O che era una frana a letto.»

«Perché era convinto che Nova fosse la sua donna?»

«Ne parlava come se lo fosse.»

«E non sapeva che Nova in realtà fosse la dottoressa Licari.»
«No.»
«Né che quello che si trovava davanti fosse un poliziotto.»
«No.»
«Lo ha scoperto dopo, però.»
«Che lui era un poliziotto sì.»
«E come?»
«L'ho riconosciuto.»
«L'imputato? Ha riconosciuto l'imputato?»
«Sì, in tv. Dopo quella cosa là del guanto si vedeva un servizio dove i giornalisti cercavano di intervistare la dottoressa, e ho riconosciuto lui nella scorta. L'ho riconosciuto mentre entrava nel portone con lei. Aveva un modo di mandare via i giornalisti, lo stesso che aveva avuto con me. Come se li odiasse... Come se mi odiasse.»
«E questo le ha fatto venire il sospetto che Nova e la dottoressa Licari fossero la stessa persona?»
«No.»
«Quindi lei mi sta dicendo che non ha MAI scoperto che Nova era in realtà Giuditta Licari.»
«Giuro su Dio no!»
Il giudice intervenne subito.
«Signor Messori, eviti certe espressioni.»
«Scusi, signor giudice, scusi...»
«Dunque lei non aveva capito che Nova fosse Giuditta Licari.»
«No. Ma neanche lei sapeva chi fossi io.»
«Questo non è esatto. La dottoressa Licari si era insospettita in merito alla sua identità. Lei si faceva passare per architetto, giusto?»
«Sì... qualche volta. Sa...»
«La dottoressa Licari aveva fatto svolgere un'indagine ai limiti della legalità dal suo assistente, Michelangelo Giglio, riguardo alla sua persona. I risultati di quell'indagine

sono stati consegnati in parte alla dottoressa, e in parte conservati dall'agente Giglio.»

«Non lo sapevo.»

«Ci spieghi che genere di dialoghi avevate.»

«In che senso?»

«Di cosa parlavate? Del vostro lavoro? Non credo, visto che entrambi mentivate. Di sport? Di politica?»

«Be', lei lo sa come sono le chat...»

«No, non lo so. Mi spieghi.»

Daniele ormai era in un bagno di sudore.

«Facevamo sesso. Sesso virtuale.»

«Vi scrivevate cose particolari per eccitarvi reciprocamente, giusto?»

«Sì, ecco.»

«Ma poi, dopo l'incontro con l'agente Giglio lei ha smesso di scrivere a Nova. Perché?»

«Be', perché mi aveva messo paura. E una come Nova la potevo trovare dappertutto. Quindi...»

«Quindi il rapporto con questa Nova non era importante per lei.»

«Nooo, ne avevo altri... Insomma, nelle chat funziona così...»

«Non ha mai pensato che forse per Nova, alias la dottoressa Licari, lei potesse essere importante?»

«No... francamente no.»

* * *

Il giudice si schiarì la voce:

«Viene data lettura della testimonianza di un minore, A.M., residente nello stesso caseggiato della dottoressa Giuditta Licari. Testimonia quanto da lui visto la stessa notte in cui Daniele Messori ha incontrato Michelangelo Giglio. Si dia inizio alla lettura». E fece un cenno verso la giovane assistente della dottoressa Ambrosini che cominciò a leggere con sicurezza.

«Mia madre stava già dormendo e io scrivevo un messaggio con il telefono cellulare a una mia amica. Visto che non c'era molto campo mi sono accostato alla finestra e guardando fuori ho visto l'agente Michelangelo Giglio (identificato tramite riconoscimento fotografico) che fissava le finestre della dottoressa Licari. Lo conoscevo bene perché veniva spesso a prenderla la mattina per andare a lavorare. Visto che il cellulare non funzionava bene ho deciso di salire sul terrazzo per mandare il messaggio alla mia amica. Poi ho sentito una porta aprirsi e ho visto la dottoressa Licari che dalla sua porta spiava fuori. Abbiamo parlato e le ho chiesto se stesse per uscire, ma lei esitando mi ha risposto di no. Allora per scherzare le ho chiesto se aveva paura di essere "intercettata" dal suo amico là fuori e lei è sbiancata. Ha cercato di sorridere ma io mi sono accorto che aveva paura. Comunque è rientrata e dopo un po' sono tornato a casa anch'io e guardando fuori ho visto che l'agente Giglio non c'era più.»

L'Ambrosini si sporse verso il microfono.

«Si notifica inoltre che il minore sostiene di aver visto l'imputato fermo a fissare le finestre della dottoressa Giuditta Licari più volte in quei giorni.»

* * *

Geronzi, a differenza dell'Ambrosini, non aveva l'aria di essere né stanco né desideroso di chiudere gli interrogatori.

«Agente Semeraro, esattamente cosa le fu riferito quel giorno?»

«Be', era un pettegolezzo, mi fu riferito da una delle assistenti di laboratorio. La voce, poi, si scoprì che era partita dall'agente Chiarolla, che quel giorno era di turno nel furgone dove venivano intercettate e controllate le telefonate della dottoressa Licari. La dottoressa, naturalmente lo sapeva.»

«Il contenuto di quella telefonata è noto alla corte e trascritto nella scheda quindici. Ce lo saprebbe riassumere?»

«Io la telefonata non l'ho sentita. So solo che la fidanzata di Miglio, Donatella, aveva chiamato la dottoressa Licari facendole una scenata di gelosia. E che la dottoressa aveva accusato il colpo, insomma, ci era rimasta male.»

«E cosa decise di fare?»

«Premetto che io non sono un tipo pettegolo. Fosse stato per me era un pettegolezzo e finiva lì. Ma so come vanno le cose lì in centrale, e piuttosto che a riferirgli della telefonata, magari infiorandola tutta di dettagli e sottintesi che non c'erano, fosse una segretaria o un collega un po' stronzo… chiedo scusa.»

Il giudice intervenne stancamente. Lui sì che aveva voglia di finirla e tornare a casa.

«Cerchi di mantenere un linguaggio corretto, agente Semeraro.»

Semeraro annuì e Geronzi gli fece un gesto magnanimo.

«Prego, prosegua.»

«L'ho preso da parte, Michelangelo, intendo, e gli ho detto in breve della telefonata e dell'intercettazione.»

«Qual è stata la sua reazione?»

«Eh, molto forte.»

«Cosa intende per forte?»

«Si è messo a urlare parolacce contro la fidanzata, ha dato in escandescenze. Io ho cercato di calmarlo, ma ha voluto uscire in anticipo e andare a casa.»

«Aveva mai visto l'imputato in quelle condizioni?»

«Così arrabbiato mai.»

«Da cosa crede dipendesse tanta ira?»

«Penso dal fatto che Donatella avesse insultato la dottoressa Licari. Michelangelo ci faceva una malattia per quella donna.»

«Gliel'ha mai detto?»

«No, mai una parola. Ma bastava vedere come la guardava.»

«Crede fosse ricambiato?»

«Non lo so. Non ho praticamente mai lavorato con la

dottoressa Licari, ma comunque è molto difficile capire cosa le passi per la testa. Miglio non parlava quasi mai di lei, e quando lo faceva aveva il tono di chi parla di... non so, di un amore segreto.»

«Un'ultima domanda. Il giorno in cui lei ha confidato all'imputato il pettegolezzo della telefonata fatta dalla sua fidanzata alla dottoressa Licari, è lo stesso in cui Donatella Orlandi è stata aggredita?»

«Sì, è successo un paio d'ore dopo. Mi sono subito sentito in colpa.»

«Perché lei riteneva che l'imputato, data la sua alterazione, potesse essere stato l'artefice di tale aggressione?»

«Sì.» Spostò lo sguardo verso Miglio, che sedeva accanto a Geronzi. «Mi dispiace, Miglio, scusa, ma non eri te stesso quel giorno...»

«Grazie, agente Semeraro. Può andare.»

* * *

L'Ambrosini sembrò alzarsi dopo un'eternità. Tanti giorni di interrogatori, tante voci, tanti volti, tante parole. Ma erano QUELLE le parole che tutti aspettavano.

«L'accusa chiama a testimoniare la dottoressa Giuditta Licari.»

capitolo ventiquattresimo

Loredana Ambrosini finse di sistemarsi la toga, poi finse di consultare i propri appunti, di smistarli cercando qualcosa. Diede a Giuditta tutto il tempo di avvicinarsi con passi legnosi alla sedia, sedersi rigida ed eretta nel suo tailleur gessato che cominciava ad andarle stretto, la giacca aperta e la gonna che le fasciava le cosce come una morsa. Fece passare altri secondi in cui il brusio in sala e i colpi di tosse si sprecarono. Finalmente alzò gli occhi e incontrò quelli di Giuditta. Non ci fu alcun cenno d'intesa, né occhiata in codice. Ma il messaggio fu trasmesso ugualmente.

«Dottoressa Licari, mi dovrà perdonare, ma sarò necessariamente costretta a farle delle domande molto dirette.»

«Va bene.»

«Come lei sa, questo procedimento ha lo scopo di stabilire se l'imputato, accusato di sette omicidi riguardo ai quali si dichiara innocente, fosse in grado di intendere e di volere al momento dei fatti. L'infermità mentale è il suo ramo, giusto?»

«Sono una psichiatra, sì.»

«Ecco, partiamo proprio da qui. Lei è una professionista con pluriennale esperienza. È stata a contatto con diversi criminali che manifestavano alterazioni dell'equilibrio mentale, EPPURE...»

Pausa.

«... nell'agente Giglio non ha notato niente. Non si è mai accorta che fosse – scusi il termine improprio – "pazzo". O comunque affetto da qualche malattia psichica. Ma ora sostiene, e vuole farci credere, di essere fermamente convinta che lui non fosse in possesso delle proprie facoltà mentali mentre soffocava con il cuscino la propria fidanzata?»

Che brava attrice era Loredana Ambrosini. Questo Giuditta doveva riconoscerglielo. Non si erano più incontrate dal giorno dell'arresto di Miglio, da quando Giuditta era diventata la testimone chiave del processo. E di tempo ne era passato, tempo che Giuditta aveva trascorso prevalentemente chiusa in casa, senza rispondere al telefono, senza ricevere nessuno. Lamberti le aveva piazzato un paio di uomini nei dintorni per paura che facesse sciocchezze o che qualcuno le desse fastidio. Andrea, quale volenteroso teste anonimo (in quanto minorenne), aveva ricevuto le chiavi della cassetta della posta di Giuditta. Smistava le lettere, le bollette, i volantini, poi saliva i gradini due a due e gridava: «Posta» infilando le buste sotto la porta. Le lettere arrivavano sempre aperte, ed era il segnale che Giuditta dovesse leggerle. Tadzio sceglieva con gran cura quelle dei peggiori fanatici, nel bene e nel male, le missive minatorie, quelle che profetizzavano una veloce discesa agli inferi, quelle che allegavano immaginette di santi che proteggessero cotal Santa Donna. Sapeva che così l'avrebbe fatta sorridere. E Giuditta sorrideva, riponendo con cura per categorie sia gli scritti sia i santi. Poi c'erano le lettere chiuse. Quelle che avevano tutte la stessa provenienza. Giuditta riponeva anche quelle, lisciandole con cura. Leggeva e rileggeva il proprio indirizzo scritto con calligrafia sghemba, infantile, con guizzi pindarici che la rendevano quasi illeggibile. A volte c'era scritto «alla cortese attenzione della gent.ma dott.ssa» ("Tutto minuscolo, benedetto ragazzo..."), altre soltanto il nome. Solo da quelle tre righe Giuditta capiva, non aveva bisogno di aprirle. Altri le avevano già lette. Forse erano state messe agli atti.

«Sì, ne sono convinta.»

«Mi perdoni, ma fatico proprio a crederle. Non è più verosimile pensare che Michelangelo Giglio abbia recitato una parte, ingannando lei come tutti gli altri? Che, insomma, per una volta lei si sia sbagliata? Andiamo, non crederà di essere infallibile!»

Giuditta aveva ripassato mentalmente, per giorni e giorni, tutte le ipotetiche risposte a dozzine di ipotetiche domande, per trovare il punto debole, la falla, il punto su cui sarebbe potuta scivolare. Quando Alessandro era comparso nella sua cucina, il mattino seguente la tragica scoperta che, ahimè no, non era infallibile, e aveva spinto verso di lei quella confezione di mangime per uccelli, le sue parole erano state chiare:

«Un capro espiatorio. È tutto quello di cui abbiamo bisogno».

Lei aveva ubbidito, ma in quell'obbedienza si era scavata una nicchia di margine di scelta. Doveva essere Miglio, e che Miglio fosse, ma alle sue condizioni. Non l'immagine speculare di se stessa, ma quella fittizia di un povero pazzo, o meglio ancora, di una personalità completamente distorta, sdoppiata, due menti che coesistevano, l'una all'insaputa dell'altra, come nei romanzoni americani. Miglio Dr. Jekyll e Mr. Hyde? Improbabile. Ma non impossibile. E lei aveva scelto tra la strada spianata di un ragazzotto di provincia che cova manie di grandezza e, deriso dai colleghi per non essere un poliziotto impeccabile, trova la sua rivalsa nel diventare un assassino impeccabile, e la via impervia di una mente spaccata in due da traumi infantili con un effetto eco violento nel vivere comunque a contatto con la morte, da un lato rifugiatasi in una casa di bambole con una fidanzatina perfetta, una casina perfetta e un microcosmo perfetto e asettico, dall'altro dilaniata dal bisogno di esorcizzare nel sangue il suo tormento. Giuditta aveva cominciato a salire la via impervia, tentando l'ardua impresa di trasformare Miglio in un caso clinico da manuale. E per fare questo era d'obbligo...

«Sì, dottoressa Ambrosini, io mi ritengo infallibile.»

«Non è un'affermazione un po' presuntuosa?»

«Come lei ha ben ricordato, io ho anni di esperienza alle spalle. E la psichiatria è una scienza, come la matematica. Infiorata, non lo nego, da molte leggende pittoresche, ma sempre una scienza. Se l'agente Giglio avesse recitato io me ne sarei accorta. Come mi sono accorta del compiacimento dell'ispettore Broglia nel cercare di deriderlo durante la sua deposizione, come mi sono accorta degli affannosi tentativi dell'ispettore capo Lamberti di sminuire le sue colpe, come mi accorgo perfettamente dello smarrimento che prova in questo momento l'imputato sentendo le mie parole. Sono sempre stata consapevole dell'abulia nella quale viveva il mio assistente...»

«Dottoressa...»

«Perdoni, ma lei mi ha posto una domanda e ritengo un mio diritto completare la risposta.»

«Prego...»

«Ho steso il suo profilo anni fa. E per anni ho cercato di spezzare questo dualismo nel quale viveva...»

«Dottoressa, devo proprio interromperla. Se intende proseguire deve cercare quanto meno di rendere comprensibile il perché sia così necessario da parte della corte ascoltarla. Parla di un dualismo. Benissimo, concede anche a noi di capire di cosa si tratti?»

Grande attrice. Perfetta.

«Miglio... l'agente Giglio aveva manifestato NETTAMENTE di vivere due vite.»

«Prego?»

«Due vite. Ben distinte.»

«Ci sta dicendo di avere sempre saputo che l'imputato soffriva di un disturbo della personalità?»

«Sì.»

«Ma poco fa ha negato di...»

«Lei non mi ascolta, dottoressa Ambrosini. Forse perché mi interrompe spesso. Probabilmente le piace ascoltare se stessa.»

«Chiedo che l'ultima frase venga cancellata dal verbale.»

«Obiezione.»
Toh, Geronzi era vivo.
«Respinta. Dottoressa Licari, non mi costringa a multarla per oltraggio alla corte...»
«Signor giudice, lo considera un oltraggio il tentativo di spiegare con chiarezza quale fosse la mia opinione professionale e personale sull'imputato? Perché è questo che sto cercando di fare, e il pubblico ministero non mi agevola.»
«Arrivi al punto e sia breve.»
Giuditta si voltò soddisfatta verso l'Ambrosini, assumendo un'aria tronfia. Oh, come doveva sembrare odiosa, saccente e petulante. A pensarci bene non le costava il minimo sforzo.
«L'imputato, dottoressa Ambrosini, viveva su due parametri di vita sfalsati. Le testimonianze che hanno preceduto la mia sono lampanti: tutti lo descrivono come un giovane passionale, un ecologista molto attivo, un instancabile lavoratore. Il primo ad arrivare e l'ultimo ad andare via. Parlava del suo lavoro, dei suoi interessi e delle sue passioni come se fossero vitali, per lui. Era una gioia ascoltarlo, sapere che esiste ancora qualcuno con degli ideali.»
«E il lato oscuro quale sarebbe, allora?»
«Nessuno. Solo che quando usciva dalla centrale si spegneva. La sua vita privata era incolore, insapore, mancante per sua stessa ammissione di qualsiasi forma di empatia. Non gli importava di nulla, non aveva hobby, tollerava le scenate della fidanzata senza esserne mai davvero toccato.»
«Questo effettivamente era stato messo in rilievo nel profilo che aveva tracciato. Ma inevitabilmente ci porta al punto di partenza: lei non aveva colto nessuna follia in questa "doppia vita"?»
«Vede, dottoressa Ambrosini, io frequentavo l'imputato dalle sei alle dodici ore al giorno. Ho trascorso con lui la maggior parte del mio tempo negli ultimi quattro anni. Più volte ho rimarcato questa dicotomia, e l'imputato ha

sempre accolto i miei rimproveri come giusti. Se ci fosse stato dell'altro me ne sarei accorta. Se lui mi avesse mentito me ne sarei accorta...»

«E allora?»

Giuditta guardò Miglio con una pena profonda, con la compassione di chi vede la mosca dibattersi nella tela del ragno. O almeno sperava di avere azzeccato quell'espressione.

«Allora so che non mi ha mai mentito. Io credo che lui non fosse affatto consapevole di cosa gli accadesse quando "staccava". Per questo io non me ne sono accorta, per questo non ho captato segnali. Perché lui non ne emetteva.»

«Ovvero?»

Giuditta preparò l'affondo. Cambiò tono di voce, divenne quasi civettuola. Si addiceva a qualcuno che rimesta nella melma.

«Il pomeriggio della sua morte la fidanzata dell'imputato, la signorina Orlandi, mi aveva attaccata molto duramente. E nel farlo aveva sbandierato dettagli intimi della sua vita sessuale con l'agente Giglio.»

«E questo, mi scusi, cosa c'entra?»

Giuditta proseguì come se non l'avesse nemmeno sentita.

«Le mie affermazioni sono avallate anche dalle dichiarazioni delle amiche della signorina Orlandi e dall'autopsia del dottor Escagno. Pare che i due avessero spesso rapporti contro natura e che si dedicassero al *bondage*...»

«Ma... cosa c'entra... obiezione...»

«... e che durante i rapporti lui avesse degli atteggiamenti violenti con la signorina Orlandi...»

«OBIEZIONE!»

«Respinta.»

«... addirittura arrivasse a tentare di soffocarla...»

«Ma cosa c'entra! Quelli erano giochi!»

Giuditta tirò un sospiro di sollievo. Miglio si era alzato e aveva parlato. Come previsto.

«L'imputato si sieda!»

«La signorina Orlandi aveva confidato alle sue amiche che un giorno o l'altro l'avrebbe ammazzata...»

«Ma non è vero, Giuditta! Cosa dici?»

«Avvocato Geronzi, tenga a bada il suo assistito!»

«Si è presentato più volte in ufficio con ematomi e segni di graffi. Quando gli chiedevo come se li fosse procurati sorrideva e diceva che era stata Donatella...»

Miglio la guardava con gli occhi sbarrati.

«Ma non andava mai in dettagli. E sono certa che non mentisse, solo che non ricordava i frangenti precisi in cui se li era procurati. E cioè mentre la sua fidanzata si dibatteva per rimanere viva.»

Calò un silenzio irreale nella sala.

L'Ambrosini sembrava colta di sorpresa. Non lo era.

«Io avevo perfettamente colto nel segno quando ho definito l'imputato come una persona che viveva due vite. La prima piena, attiva, la seconda passiva, piatta, di cui parlava poco... e ora posso aggiungere che ne sapeva poco.»

Trasse un profondo respiro, conscia che l'Ambrosini non l'avrebbe interrotta.

«Nemmeno il più grande attore del mondo avrebbe potuto recitare in maniera così impeccabile senza mai cadere in contraddizione. Men che meno l'imputato. Michelangelo Giglio non ha mai raccontato né a me né ai suoi famigliari, né agli amici più intimi i dettagli della sua vita privata perché, semplicemente, non li ricordava.»

* * *

"Sono stata brava?"

Non c'erano state altre domande da parte dell'Ambrosini, e Giuditta, durante la pausa, sorseggiava un bicchier d'acqua e continuava a chiederselo: "Sono stata brava? Ho ottenuto il risultato che volevo? Sono stata noiosa, pedante, saccente, sono passata per una professionista di ferro senza un velo di umanità?". Non c'era Alessandro lì a risponderle. E ora veniva la parte peggiore, quella in cui avrebbe pagato il suo pegno. Geronzi si preparava a controinterrogare, tranquillo come lo era stata l'Ambrosini. Entrambi sapevano. «Cosa» sapessero forse non era del tutto attinente alla realtà. Avevano percepito che Giuditta era disposta a farsi immolare per Miglio. Si erano incontrati tutti e tre per una stretta di mano quella mattina. Un paio di secondi, non di più. Giuditta aveva detto:

«Attaccate. Sparate a zero. Senza esclusione di colpi».

Poi se n'era andata ad aspettare di essere chiamata per la deposizione. Ma ora che era venuto il suo turno per il patibolo aveva paura. Alessandro non c'era. Alessandro non sarebbe accorso in suo aiuto se avesse tentennato, se fosse inciampata, se fosse caduta. E lei aveva bisogno di Alessandro. Aveva bisogno di Alessandro.

* * *

«Dottoressa Licari, l'agente Giglio è stato suo assistente per circa quattro anni, è esatto?»

«Sì.»

«Questa serie di delitti ha invece iniziato il suo triste corso poco più di un anno fa.»

«Sì.»

«Sono corretti questi dati?»

«Per quanto mi risulta sì, sono corretti.»

«Premesso che, naturalmente, lei è qui in qualità di testimone e non di perito psichiatrico, è inevitabile che le sue capacità mi portino a porle domande che travalicheranno l'ambito legale indirizzandosi verso quello psichiatrico. Accetta di rispondere a domande di siffatta natura?»

«Certo.»

«Dunque, stando alle sue parole, la deviazione di personalità, già preesistente nell'agente Giglio, non si manifesta per tre anni e poi improvvisamente esplode. È questo il suo punto di vista?»

«All'incirca.»

«Addirittura possiamo dire che il potenziale omicida di Michelangelo Giglio resta in embrione, come una montagna di dinamite per ventisette anni e poi improvvisamente... BUM.»

Giuditta ne convenne.

«BUM.»

«È un iter che, stante la sua esperienza, le pare plausibile?»

«Sì, avviene nella maggioranza dei casi che la deformazione della personalità non si manifesti per anni sino a quando un evento scatenante fa da detonatore...»

«La fermo subito. Lei ha parlato di due vite parallele che l'agente Giglio viveva: la vita lavorativa, a cui partecipava attivamente, e quella personale, che letteralmente subiva come uno spettatore.»

«È la mia ipotesi.»

«Una vita nella quale la parte "deviata" della personalità dell'agente rimane assopita; rifacendomi all'esempio della dinamite è come se fosse stata rinchiusa in un magazzino.»

«Sì.»

«Ma un giorno qualcuno apre quel magazzino, allaccia un detonatore e accende la miccia.»

«Più o meno.»

Giuditta aspettava. Geronzi la tirava per le lunghe. Le sembrava di essere uno di quei cavalieri medievali che in un gioco suicida dovevano passare attraverso un percorso di sacchi dondolanti e lame affilate per avere il bacio di una regina o simili... Aveva visto qualcosa del genere in un film...

«Secondo lei quale è stato il detonatore?»

«Non sta a me fare una perizia...»

«D'accordissimo, ma qui si sta valutando se l'ipotesi che il mio assistito fosse incapace di intendere e di volere al momento degli omicidi sia plausibile. Insomma, io stesso stento a credere che una mente malata trascorra quasi trent'anni senza che si scateni la sua furia omicida, che tutti conoscano l'imputato per una persona e poi salti fuori che era un'altra.»

«Non sarebbe il primo a esserne sorpreso. La casistica...»

«Lei era a conoscenza della presenza di 257 fotografie e 34 ingrandimenti riguardanti la sua persona ritrovate nell'appartamento dell'imputato?»

Primo sacco. BAM!

«No.»

«Non si era accorta che la fotografava di nascosto?»

«No.»

«Come giudicherebbe i sentimenti che l'imputato provava, o meglio dire, prova, per lei?»

«Affetto... stima, rispetto...»

«Non le sembra più realistico dire che l'imputato è irrimediabilmente, appassionatamente innamorato di lei?»

«Be', io non...»

«Innamorato in maniera morbosa, ossessiva...»

«Mi sembra un'esagerazione...»

«257 fotografie non sono forse un'esagerazione?»

«Sì, ma non...»

«Tutti i testimoni che hanno deposto prima di lei hanno affermato che il sentimento dell'agente Giglio verso di lei era palese, sotto gli occhi di tutti e vorrebbe farci credere che solo lei non se n'è accorta?»

«No, certo, io...»

«L'imputato ha mai dichiarato di amarla?»

«No.»

«Ha mai dichiarato di voler lasciare la sua fidanzata per lei?»

«No.»

«Lei e l'imputato avevate una relazione sentimentale?»

«No.»

«Sessuale?»

«No.»

«Ci sono mai stati tra di voi dei contatti intimi dichiaratamente di stampo sentimentale?»

«Una volta. Ci siamo dati un bacio.»

«È quel bacio a cui sono stati testimoni alcuni suoi colleghi e il padre della signorina Orlandi nell'ospedale dove la signorina Orlandi era stata ricoverata dopo essere stata brutalmente aggredita dall'imputato?»

Secondo sacco. BAM!

«Sì.»

«Non era un momento molto romantico.»

«No, infatti.»

«E perché avete deciso di baciarvi, allora?»

«Non abbiamo deciso niente. Eravamo molto confusi… E io cominciavo a rendermi conto…»

«Di cosa, dottoressa?»

«Che forse stavo diventando un terzo incomodo.»

«Ma ha appena dichiarato di non aver avuto nessuna relazione sentimentale con l'imputato.»

«Infatti. Però… non credevo potesse essere stato lui a colpirla, ma non volendo scartare l'ipotesi allora ho pensato che forse avevo travisato i sentimenti che Miglio, l'agente Giglio… l'imputato provava per me.»

«Si spieghi meglio, la prego, è molto confusa.»

«Io avevo sempre pensato che mi considerasse una maestra, una specie di nave-scuola. Che mi ammirasse e forse subisse un po' il fascino della… conoscenza, insomma, delle mie capacità lavorative.»

«Lei credeva che l'imputato provasse questo?»

«Sì, lo credevo.»

«Non aveva mai dubitato che ci fosse dell'altro?»

«Be', stavamo molto insieme… lui mi parlava di sé… qualche volta diceva frasi affettuose, ma non… non so…»

«L'imputato ha registrato un totale di 416 ore di straordinario nei quattro anni in cui ha lavorato con lei.»

Terzo sacco. BAM!

«Davvero? Non me ne…»

«Veniva a prenderla e poi la riportava a casa quasi tutti i giorni, è esatto?»

«Sì, ma…»

«Lei ha un'automobile propria?»

«Sì...»

Faceva caldo... Era giusto così, era la strada che aveva scelto, la via impervia, quella che avrebbe salvato Miglio e...

«Perché ha chiesto proprio all'agente Giglio di scoprire la vera identità di quel fantomatico Aries con cui chattava?»

«Perché sapevo che conosceva un hacker...»

«Non ha mai pensato che questa cosa potesse ferirlo?»

«Quale cosa?»

«Il fatto di scoprire che lei faceva giochetti sessuali al computer con un altro.»

Quarto sacco. BAM!

«Ma no, io non...»

«Ha appena confermato di essere sempre stata consapevole dei sentimenti dell'agente Giglio per lei. Non le sembrava crudele chiedere una cosa simile proprio a lui?»

«Non pensavo che avrebbe letto i risultati...»

«Non pensava, non credeva, non voleva... Mi sembra che lei stia mostrando molti limiti per essere un "enfant prodige" della psichiatria!»

«Io non volevo ferire Miglio, non pensavo che avrebbe letto quel foglio, di solito era così... così...»

«Supino? Obbediente? Sottomesso?»

«Avvocato Geronzi...»

«Sto cercando di aiutarla.»

«Non riesco a capire dove voglia arrivare.»

«Al detonatore, dottoressa Licari.»

Prima lama. ZAC!

«Il... che cosa c'entra adesso? I delitti sono iniziati molto prima che...»

«Ah, lo so. Ma le "stranezze" dell'agente Giglio invece no. Quelle hanno inizio proprio allora, quando contatta l'hacker. Quando scopre che lei ha una relazione. È lì che improvvisamente le due strade, le due vite parallele cominciano a convergere.»

«Non capisco dove...»

«Io credo che l'"altro" agente Giglio, il Seviziatore, chiamatelo come volete, agisse per lei. Che la omaggiasse con i suoi delitti. Morti invece che fiori.»

«La sua ipotesi è...»

«No no no. La SUA ipotesi. Questo è quanto ha detto al mio assistito quando è accorsa in ospedale dopo il delitto Orlandi. »

«Io non ricordo...»

«La frase esatta è...» Geronzi consultò dei fogli. «..."Lo facevi per me. È colpa mia, lo facevi per attirare la mia attenzione".»

Seconda lama: ZAC! ZAC!

«Sì... io forse...»

«Lo testimoniano quattro persone.»

«Ricordo di aver detto...»

«Quando lo ha capito?»

«Come?»

«Vede, dottoressa, io posso comprendere che lei si sia lasciata lusingare dall'affetto di un ragazzo tanto più giovane di lei, di bell'aspetto, assolutamente devoto... E credo sinceramente che il suo profilo fosse esatto, per lo meno in parte. Posso arrivare a capire un sadico compiacimento nel negare a lui qualcosa che concedeva ad altri, nel farglielo sapere, nel suscitare la sua gelosia...»

«No, un momento...»

«... ma quello che mi sfugge è perché si sia ostinata nel voler ignorare segnali che dovevano essere lampanti, per lei, di un forte turbamento psichico da parte del mio assistito.»

«Segnali? Ma quali...?»

«La seguiva ovunque, non è vero? Passava le ore di fronte a casa sua, e lei se n'è accorta, tanto che temeva di uscire.»

«Ma era stato per la faccenda del guanto, per... per proteggermi...»

«Il guanto, certo, quello che lei talvolta si infilava distrattamente in tasca, cosa che solo l'agente Giglio aveva notato e aveva fatto notare a lei. Eppure il giorno del rinvenimento del "guanto dell'omicidio", chiamiamolo così, a lei non torna in mente questo dettaglio.»

«No.»

«Neanche dopo, pensandoci.»

«Be', no... magari...»

"Alessandro"

«Magari cosa? Magari le viene in mente che ha ritrovato il guanto il giorno stesso in cui gli ha chiesto di rintracciare il suo amante virtuale, Aries?»

Terza lama. ZAC! ZAC! ZAC!

«No. Io non...»

«Ci teneva, a questo Aries?»

"Alessandro, cosa devo rispondere?"

«Sì. Un po'.»

«Un po'... E lo ha fatto intendere all'agente Giglio, quando gli ha chiesto di fare quella ricerca?»

«No. Non credo.»

«Si è poi rimessa in contatto con il signor Messori?»

«No, lui ha cancellato il suo nickname...»

«"Piperita Patty" le dice niente?»

"Alessandro, ho paura! Ho bisogno di te! Dimmi cosa fare!"

«...»

«Non è il nome con cui si è rimessa in contatto col signor Messori dopo la cancellazione del nickname Aries?»

«S-sì.»

«Eppure le interessava solo "un po'".»

"Cosa devo dire? Non ce la faccio da sola, Alessandro! AIUTAMI!"

«...»

«"Un po'" che è stato sufficiente a spingere l'imputato a minacciare di morte il signor Messori e a massacrarne la vicina di casa in una specie di "avvertimento", proprio mentre voi due vi stavate scrivendo.»

ZAC! ZAC! ZAC! ZAC! A Giuditta girava la testa. Non riusciva più a rispondere coerentemente. In quel momento avrebbe preferito il romanzaccio di serie B, avrebbe disperatamente voluto essere la protagonista pazza di un thriller di pessimo livello, avrebbe voluto che Alessandro fosse una parte di lei, una proiezione della sua mente, e le suggerisse le risposte. Voleva vederlo anche se non c'era, voleva ascoltarlo anche se non parlava, voleva diventare lui, o che lui diventasse lei, bastava non essere più sola. E così lo fece. Fissò l'uomo in piedi appoggiato alla porta d'ingresso. Sbatté le palpebre. Alessandro. Chiuse gli occhi, li riaprì. Solo una guardia giurata.

"NO!"

Li richiuse, ricreò la suggestione, aprì gli occhi ed eccolo in fondo all'aula, in piedi, le braccia conserte, il sorrisetto di quando le dava della bambina. Sapeva che non c'era. Ma decise di non volerlo sapere. Ne aveva bisogno, il resto era fuffa per psichiatri.

"Cosa devo rispondere?"

Da laggiù la voce stentorea le suggerì:

«STA INSINUANDO CHE SONO STATA IO A SPINGERE L'AGENTE GIGLIO A UCCIDERE ADELE PIZZI?».

«Sta insinuando che sono stata io a spingere l'agente Giglio a uccidere Adele Pizzi?» ripetè Giuditta.

«Io non insinuo niente. Io sto facendo domande. Domando a un'"infallibile psichiatra" come sia possibile che non abbia ricondotto all'agente Giglio e alla ricerca dell'hacker la scelta di uccidere Adele Pizzi.»

«MI È SEMBRATA UNA STRANA COINCIDENZA» minimizzò l'Alessandro che non c'era.

«Mi è sembrata una strana coincidenza.»

«Come le era sembrata una coincidenza che la signorina Orlandi si trovasse la testa fracassata poche ore dopo averle telefonato?»

«NO, IO... FORSE HO PENSATO CHE MIGLIO AVESSE PERSO LA TESTA...»

Funzionava. Un romanzaccio di serie B. Fuffa per psichiatri. Funzionava.

«No, io... forse ho pensato che Miglio avesse perso la testa...»
«Perché? Per una telefonata? Perché doveva difenderla?»
«NON LO SO... IO... NON LO SO...»
«Non lo so... io... non lo so...»
«Ma se non avevate una relazione perché prendersela tanto?»
«LUI ERA... CAMBIATO...»
«Lui era... cambiato...»
«Certo che era cambiato, e lei sapeva esattamente da quando! Perché è stata lei a farlo cambiare!»
«IO NON L'HO MAI SPINTO A UCCIDERE!»
«Io non l'ho mai spinto a uccidere!»
«A uccidere no, ma a richiamare la sua attenzione, a rivendicare i propri delitti sì. Lei lo ha spinto a venire allo scoperto.»
«MA COME, SANTO CIELO, COME?»
«Ma come, santo cielo, come?»
Maggiore era la veemenza che metteva nelle sue parole maggiore era la calma che dilagava dentro di lei. Alessandro aveva messo tutto a posto.
«Lo ha fatto ingelosire. Oh, forse inconsciamente, ma lo ha fatto. Ed ecco il guanto, la scatoletta con su scritto "Miglio", l'aggressione alla fidanzata, le telefonate intercettate... Ha stuzzicato il mostro a venire allo scoperto e lui lo ha fatto. E lei nemmeno se n'è accorta?»
«FORSE...»
«Forse...»
«No, niente "forse"! La realtà è che lei aveva capito! Aveva capito che l'agente Giglio non era la persona che credeva di conoscere! Aveva capito che c'era qualcosa di tremendamente sbagliato in lui!»
«MA NON NE ERO SICURA!»
«Ma non ne ero sicura!»
«No, certo. Ed è per questo che ha soffocato i suoi dubbi, per questo si è tenuta per sé le proprie ipotesi! Per-

ché non voleva ammettere di essere fallibile, non voleva ammettere di ESSERSI SBAGLIATA!»

«IO NON POTEVO CREDERE CHE LUI...»

«Io non potevo credere che lui...»

«Che lui... lui chi? Il suo assistente? Oppure l'uomo di cui stava per diventare finalmente l'amante, dopo anni di solitudine? Un uomo che la idolatrava, che per anni aveva tenuto sulla corda in un estenuante tira e molla, costruendo così il famoso detonatore che aveva risvegliato il mostro, che aveva spinto il mite Miglio a diventare il Seviziatore per essere all'altezza dell'INFALLIBILE dottoressa Licari?!»

«NON... NON LO SO PIÙ...»

«Non... non lo so più...»

«E lo sa qual è stata la miccia? L'ultima telefonata. Quando lei improvvisamente si è tirata vigliaccamente indietro. Una volta intuita la verità si è nascosta dietro Donatella Orlandi. In quella telefonata lei dice esattamente: "Siamo stati due pazzi!". Vuole riascoltarla per averne conferma?»

«NO...»

«No...»

«Lei sa di essere stata la causa della morte di Donatella Orlandi?»

Giuditta alzò gli occhi pieni di lacrime e rispose semplicemente la verità.

«Sì.»

«Sa che avrebbe potuto salvare lei, e forse anche lui, se non fosse stata tanto vigliacca, tanto egoista?»

«Sì.»

«Lei ha fallito, dottoressa Licari. Se lo ricordi. Non ho altre domande.»

* * *

Le gambe pesanti quanto l'anima, Giuditta guardò in fondo alla sala. Offuscata dalle lacrime la figura di Alessandro fece un cenno d'assenso. Batté le palpebre e ricambiò lo sguardo pieno di rimprovero della guardia giurata. Sorrise appena: andava bene così. Il brusio di un alveare malevolo permeava l'aria. Nello scendere dalla pedana incespicò. Miglio scattò per aiutarla, ma Geronzi era più vicino.

«Tutto bene?»

«È stato bravissimo.»

«Grazie anche al suo elenco di domande.»

Giuditta doveva aspettarselo, ma comunque strinse gli occhi e chiese:

«Come?».

«L'elenco che mi ha fatto avere in forma anonima. Era perfetto. Ora, non dico che lei potrebbe rubarmi il mestiere, però...»

«... so perfettamente come farmi massacrare. Grazie, avvocato Geronzi.»

* * *

Da qualche parte, in giro per la città, Alessando sorrideva.

capitolo venticinquesimo

«Giglio Michelangelo… ventotto anni… agente, ex agente di polizia… assistente… lo sono ancora?… Assistente della dottoressa Giuditta Licari, psichiatra della polizia… Sì, capisco le accuse… innocente – no, anzi – non colpevole… Grazie… no, grazie… No, non me lo ricordo… neanche… no, dottoressa Ambrosini, mi scusi, ma può dirmi anche tutte le date che io non me ne ricordo nemmeno una… no, dimentico sempre anche i compleanni, Donatella s'incazza, s'incazzava di brutto… l'ultima volta?… più di un mese fa, era a letto per la botta in testa… sì, era viva… sempre a letto, solo che quella volta era morta… era… soffocata, credo, non lo so per certo… non aveva segni… intendo sul collo, sa quando si usa la corda, o le mani troppo brutalmente… no, l'ho trovata morta… non c'era nessuno, c'ero solo io… poi è arrivato un fottio di gente, cioè, molta gente… mi puntavano le pistole… sì, erano miei colleghi, credo… non ricordo molto bene… c'era… aspetti che mi sfugge il nome… ah, lei sì, lei è arrivata dopo… mi ha fatto mettere giù Donatella, ah, poi c'era Lamberti, che mi ha ammanettato, l'ispettore Lamberti… cosa ho provato in che senso?… Vedendola? Mah, mi sono messo tranquillo… cioè, sapevo che ora che c'era lei le cose sarebbero andate a posto… Se sono andate a posto? Non lo so… boh, sto a vedere… Sì, io lo so come sono andate le cose… però… le cose non sono mai… non so spiegarmi bene… Giuditta riuscirebbe a spiegarlo meglio… no, non mi hanno mai fatto impressione i cadaveri... non lo so, non mi fanno impressione e basta... no, nemmeno a Giuditta, ma lei ci è abituata... no, ma scherza? Lei non è proprio il tipo... cioè, ci si è abituata col tempo, io non credo che sia nata così... insomma, una persona si deve proteggere altrimenti impazzisce... cosa?... no, nemmeno io sono nato così, ma cosa c'entra?... E infatti nemmeno io sono impazzito, se mi porta qui un morto non è che svengo o roba simile. E nemmeno me la faccio sotto, dottoressa, se questo le ricorda qualcosa!... sì... sì, ok, chiedo scusa... Ma non voglio che si insinuino cose su Giuditta, me ne sono stato zitto durante il suo interrogatorio perché ... Ma certo che si sa difendere da sola... È che tutti si sono fatti un'idea sbagliata di lei, solo perché è più brava... sì, è la migliore... certo che è migliore di me... di fianco a lei mi sento una... insomma, io non sarei arrivato dove sono arrivato senza di lei, mi ha insegnato tutto... tutto... in generale... con lei imparavo sempre qualcosa, e poi mi stava ad ascoltare e... io avevo come i pensieri tutti ingarbugliati e lei... sì... sì, esatto, la matassa... lei mi capiva, era la sola che... no... nessun altro... nemmeno lei, no... Donatella era immatura... Giuditta sa cose che nemmeno immaginavo... mi ha insegnato che dalla morte si può imparare a vivere... sì, ecco, che dalla morte si può imparare a vivere.»

Il giudice D'Ortenzio stava rileggendo per la terza volta, quella sera, i verbali dell'interrogatorio dell'agente Michelangelo Giglio, ribattezzato il Seviziatore dalla deficienza dei media o di qualcun altro. Reo confesso o quasi. Perché uno non può ostinarsi a dichiararsi innocente con una montagna simile di prove indiziarie a suo carico. Indiziarie, questa era la parola che lo tormentava. Rilesse la seconda parte delle risposte.

«... sì, certo che lo ricordo... me lo aveva chiesto come un favore personale... sì, è stata una cosa brutta da fare... non lo so... geloso non è... non la consideravo certo una cosa mia… però quello le diceva certe cose… non lo so… io… non lo so, è inutile che me lo chiedete, tanto non gliele ho mai dette quelle cose… ma no… no, guardi, questa è una stronzata, che cosa… che cosa – NO, MI LASCI PARLARE – che cosa crede potesse aspettarsi da uno come ME? No, dico, mi avete visto? E avete visto lei?… sì… sì, ora sono calmo avvocato, va bene… sì, no, non ho bisogno di sospensioni, facciamola finita, va'… sì… Ancora?… No, non credo che lei provasse… no, lo escludo!… Perché… perché no, perché lei è così… così meravigliosa e… sì… cioè, a Donatella volevo bene… no, è vero che io e Donatella facevamo dei giochi… sì, sessuali… ma non per farci male, credo… io non… non credo che lei si facesse male… cioè, in quei momenti non si pensa molto, ma… credo, ecco, io credo che lei, be', che le piacesse, penso… come?… Sì… io credo di sì… Cioè, non sono sicuro… Non lo so se l'amavo… sì… sì, ma… Sì, ho detto a Giuditta che amavo Donatella… sì e dopo ho baciato Giuditta, ma è… è che in quel momento mi sembrava di amare Donatella…sì, anche Giuditta, mi sembrava… credevo di amarla… ma in maniera diversa e… non lo so… ero così scosso… perché Donatella era ferita…e be', allora mi è venuto di baciare Giuditta… così…»

«Giuseppe, non mangi niente?»

La voce della moglie Roberta strappò il giudice all'incredula rilettura di quelle frasi.

«No, questa sera no. Domani.»

La signora Roberta, donna di buon senso, sapeva che non mangiare niente non gli avrebbe certo agevolato il sonno, in fondo aveva settant'anni sulle spalle, il fisico ha le sue necessità! Ma sapeva anche cosa significasse la parola «domani» per suo marito. Il giorno dopo l'udienza in tribunale sarebbe stata molto breve: Giuseppe avrebbe emesso la sentenza e dopo tutti sarebbero andati a pranzo. Lei che era moglie, ma era anche mamma, pensò a chi sarebbe riuscito a costringere la madre di quel ragazzo a cacciare giù qualcosa. La sintonia tra lei e l'uomo con cui era sposata da quasi cinquant'anni era tale che i sentimenti che entrambi avevano provato da subito per l'imputato erano stati identici: pena infinita mista ad amara incredulità. Di nascosto aveva sbirciato alcuni degli incartamenti nello studio del marito mentre lui si faceva il bagno. Aveva cercato le perizie psichiatriche, per quanto lei, negli psichiatri non ci credesse tanto quanto non credeva nei maghi e nelle cartomanti. Erano tutte pompose, tutte diverse, eppure tutte tragicamente uguali.

Estratto dalla perizia psichiatrica del Dott. Ennio Malvernari, esimio Psichiatra e Psicoterapeuta, autore delle maggiori opere letterarie e scolastiche attualmente in uso nell'Università di cui è Magnifico Rettore.

«Cosa cerchiamo per tutta la nostra vita? Qual è lo scopo per cui siamo nati, qual è lo scopo per cui viviamo e poi moriamo? Essere amati. Semplicemente. Essere amati per noi stessi, per quello che siamo. Ha conosciuto l'amore, Michelangelo Giglio? No. No, non si può condurre un bambino in un macello per vedere la morte, per vedere gli occhi delle bestie disperate, occhi che tutt'ora l'imputato descrive con vivida disperazione, no… […] Nonostante si costruisca un'esistenza all'apparenza normale egli è frustrato, dibattuto, timoroso di dover anche lui, un giorno, varcare quelle sbarre che conducono al macello. Ma invece ecco, il cambiamento. Entra nella sua vita la prima figura vera, solida, affidabile: la dea madre, l'insegnante-amica, e col tempo l'inarrivabile donna amata: Giuditta Licari. Cosa ha rappresentato Giuditta Licari per Michelangelo Giglio, se non il tutto? […] A quel punto scatta una sorta di conflitto interiore in Michelangelo. Egli non vuole essere solo un alunno, vuole essere degno della donna che ama eppure non sa di amare. Vorrebbe farle dono di qualcosa di unico, perfetto, irripetibile. Essere alla sua altezza. E in un complesso edipico ritorto egli mutila il FI-

GLIO per essere PADRE, e dona alla MADRE come pegno di conquista la sola cosa che le dà ragione di esistere: la morte. [...]»

I fogli dattiloscritti da Malvernari tremavano appena nella mano del giudice. Maledetta artrite! Eppure le voleva rileggere tutte e quattro, le perizie. Partivano da vie diverse, a volte diametralmente opposte, ma la conclusione era sempre la stessa... la conclusione...

Estratto dalla perizia psichiatrica del Dott. Alberto Maria Zennato, Primario di Psichiatria presso la Clinica "San Torquato" e l'Ospedale Maggiore, referente psichiatrico della trasmissione televisiva *Siamo Voi* e direttore della rivista specialistica "Mente: tra scienza e verità".

«[...] Quel sé spaccato, quel sé diviso, quel sé che il trauma mai superato dell'infanzia aveva costretto a sdoppiarsi: da un lato restava il bimbo avido di crescita e sapere, ma incapace di assorbire, assimilare, attingere. [...] Dall'altro lato, però, il mostro si ciba, si nutre di quel sapere che il bimbo si lascia scivolare addosso, impara le nozioni e le incanala in una porzione dell'ego che maschera, mutila, separa dal conscio [...]. Maestra inconsapevole e caparbia col bimbo, Giuditta Licari insegna al mostro ogni arte d'uccidere e torturare e tormentare. Senza mai vedere che pochi, miseri risultati nel suo giovane assistente, ella ritrova i risultati dei propri insegnamenti distorti nella raccapricciante magnificenza degli orridi delitti del Seviziatore! [...]»

Estratto dalla perizia psichiatrica del Dott. Federico Trasangelo, Primario di Psichiatria dell'Ospedale "Maria Delle Colonnate" e docente universitario in Psichiatria moderna e sue applicazioni in campo forense.

«Dato che i parenti delle vittime si sono costituiti parte civile e hanno scelto di incaricarmi per una perizia psichiatrica nei confronti dell'imputato, ho ritenuto di non acquisire alcun materiale che poteva venirmi fornito dalla procura [...]. Ammetto di essere rimasto perplesso, mi pareva impossibile che un uomo simile, un debole, incapace di reagire, dubbioso su qualsiasi cosa, potesse avere commesso degli omicidi tanto efferati eppure condotti con mano lucida sotto l'occhio di una mente vigile, folle, ma assolutamente geniale. Cominciavo a convincermi di trovarmi davanti a un macroscopico errore giudiziario quando, quasi incidentalmente, ho fatto riferimento al modus operandi di un omicidio ben specifico, quello di Lucia Astuni. M'è parso, se la corte mi concede il paragone un po' ardito, di assistere a una "trasfigurazione" dell'imputato mentre mi spiegava con dovizia di particolari le implicazioni tecniche per compiere un delitto simile alla perfezione...»

Il giudice corse alle dichiarazioni dell'imputato a cui si riferiva lo psichiatra.

«... si usano seghe, coltelli, lame di ogni tipo... lo ricordo benissimo, certo... no, ero piccolo, avrò avuto cinque anni, forse meno... sì, be', mia madre... no, non era d'accordo... cioè, il suo ragionamento filava, se dovevo fare quel mestiere prima... sì sì, mio padre era convinto che sarei rimasto... perché?... mah, non lo so, non mi ricordo... so solo che ho scelto una scuola lontana... così guadagnavo tempo, partivo presto, tornavo tardi... no, in pullman... io non l'ho mai chiesto, il motorino... no, avrei fatto prima... sì, ma a me non disturbava, bastava che... bastava che stavo via... no, non è che mi faceva impressione, è solo... boh, che mi sentivo... come si dice, Giuditta? ... "Empatico", ecco... mi ricordo che una volta avevo letto di una tizia che faceva il sapone con le ossa e la soda caustica... o una roba del genere... la soda caustica da noi la usavano per pulire… non ho mai sopportato quell'odore, no… lo storditore?… la Disio intende?… ostilità?… no, perché?… non me ne fregava niente di lei… ma no, tanto morta era morta… e poi tutti dicevano che era una stronza… i vicini, la gente… la gente, quella che abbiamo interrogato… che ne so quando, io mica mi ricordo sempre tutto!… certo che lo storditore me lo ricordavo, era sul tavolo… anche se non ci fosse stato avrei saputo che era stato usato quello… i capelli bruciati!… già se li tingeva, quindi c'era anche un po' di odore di chimico… no, il sangue non lo sento più… non mi dà fastidio, ne ho visto tanto… la pianta?… quale pianta?… no, non mi ricordo la pianta… o forse… lei dice quella per cui volevano sbattermi fuori?…»

Il giudice si levò gli occhiali strofinandosi gli occhi. Cercava di rimanere distaccato, aveva presenziato a tanti di quei processi, eppure non riusciva a togliersi dalla testa il viso dell'imputato. La sua deposizione era stata il colpo di grazia, eppure lui aveva snocciolato autoaccuse involontarie con candore, quasi… innocenza… Quegli occhi. Quegli occhi da bambino. Quegli occhi da lepre presa nella trappola. Infilando di nuovo gli occhiali per leggere l'ultima pagina, D'Ortenzio pregò segretamente che fosse davvero pazzo.

«… certo che amo le piante… e anche gli animali… amo tutto ciò che è vivo, tutto ciò che è pulito… no, non tutti gli esseri umani lo sono… basta vedere come abbiamo ridotto il mondo… dovremmo essere puniti, tutti quanti… punizioni esemplari, come quelle del Seviziatore… no, non dico che faceva bene, però… no, lei no… ma scherza?… lei, lei è pulita… non distorce la realtà, ha il coraggio di guardarla in faccia e di affrontarla per quello che è… no, non lo so cosa prova… forse pena… io sono addoloratissimo… davvero, Giuditta, sono addoloratissimo che tu sia coinvolta in tutto questo… se fosse stato per me… lei non dovevate portarcela qui in tribunale... lei non c'entra... io credo di amarla... forse sono sicuro di amarla...»

«Basta così.»

Il giudice spense l'abat-jour, chiuse il faldone e la porta dello studio. Mentre si infilava il cappotto e il cappello la moglie si affacciò con aria di rimprovero nel corridoio.

«Esci?»

«Ho bisogno di una boccata d'aria. Vado solo al bar qua sotto, stai tranquilla. Ho bisogno di snebbiarmi la testa.»

Uscì nell'aria pungente della sera. Il bar in effetti era a due passi, ma preferì percorrere il viale fino in fondo e tornare indietro. Era una delle zone più belle della città, i classici quartieri alti: poco traffico, parcheggi assegnati, bassa criminalità. E poi quei bei palazzi antichi che qualche lungimirante architetto aveva ristrutturato solo all'interno, ripulendo senza alterarla la facciata antica. Ma per il giudice quel viale significava «casa» e basta. Dava una bella sensazione poter camminare guardandosi i piedi senza aver paura di fare brutti incontri. La passeggiata lo rinfrancò un po'. Entrò nel bar. Anche quello sapeva di casa. Conosceva tutti gli avventori, quelli che lo frequentavano da vent'anni e quelli che man mano si erano aggregati per prendere la bella abitudine dell'aperitivo prima di cena, il caffè dopo, la birra e una partita a biliardo quando si era in serata.

«Buonasera, giudice» lo salutò il barista. Lì non c'erano nomi, solo soprannomi o professioni. Per il gestore era un discorso a parte.

«Buonasera Antonio. Buonasera dottore... Avvocato...»

Salutò alcuni avventori seduti al bancone del bar. La televisione era accesa e trasmetteva un servizio su il Seviziatore. Con calma e senza sollevare proteste il barista cambiò canale. Tutti sapevano che D'Ortenzio era il giudice che presiedeva il processo dell'anno, e tutti sapevano che quello non era un argomento di conversazione. Lui non ne poteva parlare, loro non ne parlavano. Gli fecero posto e lui si sedette appoggiando il cappello sul banco.

«Cosa prende? Solito caffè corretto?»

«No, stasera mi ci vuole qualcosa di più forte. Fai tu.»

Il silenzio durò un solo secondo. Il giudice si voltò verso l'avventore più giovane e finse un'allegria che si era lasciato alle spalle da mesi.

«Allora, Maestro, come andiamo?»

«Finché tiro avanti la baracca non mi lamento» sorrise quell'altro.

«Va là, che qui dentro mi sa che sei il più ricco di tutti.»

«Allora offre lui da bere, stasera!» intervenne un altro.

«Ci sto» fece il Maestro. I bicchieri si riempirono. «A cosa brindiamo?»

Questa volta il silenzio si fece spesso. Istintivamente tutti sapevano che toccava al giudice pronunciare il brindisi. Ma nel liquido chiaro del bicchiere lui vide un'onda di capelli biondi scompigliati. Il coniglio nella tagliola.

«Alla verità bastarda» disse alzando il bicchiere.

Bevvero in silenzio. Il giudice stava quasi per decidere di andarsene e gli altri lo capirono. Allora il Maestro si fece coraggio e gli appoggiò una mano su un braccio.

«Senta, so che lei non ne può parlare, però... Guardi che tutti speravano che fosse un colossale errore. Insomma, lo abbiamo visto, quel ragazzino. È matto come un cavallo, ma mica è colpa sua. Ha raccontato solo bugie. Non c'è uno straccio di prova in suo favore. Tutti hanno sperato che di colpo saltasse fuori un testimone misterioso che lo scagionasse! Pensi che perfino io ho sperato di averlo riconosciuto...»

Il giudice voltò la testa di scatto.

«No, stia tranquillo. Sa quella volta che diceva di essere stato rapinato, che era tornato a casa in autobus? Una sera in autobus c'era un ragazzo biondo un po' malmesso.

Mi sono scervellato per cercare di ricordare se fosse lui. Solo che poi...»

Il giudice pendeva dalle sue labbra.

«Be', proprio quella sera invece ero dalla mia donna. Io non me lo ricordavo, ma lei sì, non son tornato a casa.» Poi, vedendo spegnersi l'ultimo barlume di speranza negli occhi del giudice aggiunse imbarazzato: «Scusi».

«Quello che voleva dire il Maestro è che la capiamo. Insomma, mostro o malato o quello che è... fa pena. Fa tanta pena» aggiunse velocemente l'Ingegnere.

«Sì» fu tutto quello che riuscì a dire il giudice.

Il Maestro e l'Ingegnere si alzarono in contemporanea.

«Allora, ce la facciamo questa partitina a biliardo? Giudice, è dei nostri?»

Anche se gli sembrava di non capirlo più, questo mondo, Giuseppe D'Ortenzio pensò che la solidarietà restava comunque una bella cosa.

«A patto che mi facciate vincere, stasera! Tu sono due anni che mi fai nero!»

«Giuro sul mio onore che stasera mi farò battere in maniera indegna!» rise il Maestro, aiutandolo a togliersi il cappotto. E appoggiandogli una mano sulla spalla, Alessandro lo accompagnò nella sala da biliardo.

* * *

Il giudice Giuseppe D'Ortenzio si alzò in piedi e cominciò a leggere senza tentennamenti o pause.

«Si richiede di mettere agli atti che il dott. Ennio Malvernari, il dott. Alberto Maria Zennato e il dott. Federico Trasangelo concordano all'unanimità nell'attribuire la totale infermità mentale all'imputato, sia nell'atto di compiere gli omicidi sia nella vita quotidiana. Viste le prove, ascoltate le testimonianze e verificati i fatti, questo tribunale giudica l'imputato Michelangelo Giglio colpevole dei reati a lui ascritti, ovvero dell'omicidio di Chiara Telli, Lucia Astuni, Ermes Iannoni, Amos Terlenghi, Irene Disio,

Adele Pizzi e Donatella Orlandi, e lo condanna a sette ergastoli, uno per ogni vittima. Questo tribunale altresì, percepite le perizie psichiatriche del dott. Ennio Malvernari per l'accusa, del dott. Alberto Maria Zennato per la difesa e del dott. Federico Trasangelo per i parenti delle vittime costituitisi parte civile, riconosce all'imputato la totale infermità mentale e l'incapacità di intendere e di volere al momento degli atti criminosi. Per questo la sua pena verrà permutata in una permanenza a tempo indeterminato in una struttura detentiva a carattere psichiatrico dove gli si possano prestare le cure adeguate.»

E il cuore del pubblico si era chiuso nella pena per quel bel ragazzo biondo che piangeva senza accorgersene, incredulo per le parole che aveva udito e di cui era stato costretto a raccogliere il significato.

* * *

«Geroldi? Sono Zennato! Carissimo, come stai?... Ascolta, sta per giungere da te un mio assistito... Sì, esattamente... Devo farti una richiesta molto delicata, ma molto ferma. Io ho INSISTITO perché l'istituto carcerario fosse il tuo, e tu sai quanto questo avrà un riscontro sull'opinione pubblica... Ecco, in cambio tu eviterai che il ragazzo venga contattato... Esattamente, all'interno dell'istituto... Geroldi, perdonami, ma sono molto stanco e non ho tempo per fare cerimonie, mi aspettano a una trasmissione tv e non intendo perdermela... Bene, ci siamo capiti. Il capo infermiere è sempre Scattoli?... Ah, benissimo, benissimo, fagli sapere che l'assistito è amico della dottoressa Licari. Sì, sì, di' amico, e ricordagli il nome Gerolamo Lionelli. Lui capirà, credo. Ora devo scappare, ma è stato un vero piacere... Certo, ci vedremo alle visite... Naturalmente, naturalmente... Sì, certo, citerò l'istituto stasera in tv... se mi fai andare! A presto carissimo!»

* * *

Erano tutti in sala riunioni. L'unità speciale. Nessuno aveva acceso le luci salvo il neon sopra la scrivania. Illuminato da una patina fredda Lamberti tirò su col naso. «Bene, rimettiamoci al lavoro.»

Giuditta si guardò intorno e si accorse che tutti avevano gli occhi lucidi, qualcuno piangeva apertamente. Tutti volevano bene a Miglio. Sentì qualcosa di caldo e umido scorrere sulla sua guancia. Anche lei piangeva. Del resto, anche lei voleva bene a Miglio.

capitolo ventiseiesimo

«Ciao amore della mamma, dio non sai quanto siamo orgogliosi di te io e il papà, che guarda, è nero per le inquadrature, continua a dire che ti facevano venire il nasone e io a insistere, ma se l'avvocato ce l'aveva davanti dove doveva guardare, mica era lì per la telecamera, e poi non importa, tutti i telegiornali iniziano con quella notizia e c'è sempre la mia bambina in primo piano, che guarda, sono tanto dispiaciuta per quel povero ragazzino, che chissà la sua mamma come sta soffrendo in questo momento, povera stella, lui sì, si dovrà fare i suoi anni di manicomio, ma pensa alla sua mamma, che comunque sono sempre le mamme quelle che soffrono di più, e tu dimmi, hai mangiato, vai a dormire presto stasera, che un bel sonno è quello che ti ci vuole, poi pensi di andare in qualche trasmissione o di fare le interviste, guarda c'è la signora Savoldi che è verde dall'invidia, che sua figlia lo sai che adesso la mandano via dal negozio perché dicono che c'è troppo personale, e comunque fai bene a non metterti in mostra, così ti noteranno di più perché, ah il papà dice che c'è quello psichiatra in televisione, Zennato, che lo vedo sempre la domenica, allora ci sentiamo domani, che voglio sentire cosa dice, comunque ancora una volta brava e telefona alla mamma di quel povero ragazzo, ciao, amore, ciao.»

* * *

«Come stai?»
«Male.»

«Il telefono è ancora sotto controllo?»

«Sì, ma chi se ne frega...»

«Miglio lo hanno portato via? Intendo all'istituto?»

«Sì.»

«Senti, perché non vieni a stare un periodo qui con me e Alfio? Ti spupazzi i bambini, ci riprendi la mano e vedrai che gli altri ti lasciano in pace.»

«Non posso, ho da fare, Clara.»

«Ma cosa, porca miseria?! Hai appena catturato un serial killer e hai ancora da fare?»

«Sì, ci sono cose che devo sistemare.»

* * *

La porta della rimessa cigolò. Quando la richiuse alle sue spalle Giuditta si trovò in un buio quasi totale. Fuori imbruniva, dalla strada filtrava appena qualche traccia di luce. L'odore del fumo era forte. Anche al buio Giuditta si mosse per intuito, passò rasente le biciclette ammucchiate e raggiunse il muro umido. Vi si appoggiò con la schiena. A mezzo metro da lei una lucina si accendeva a intermittenza.

«Vuole fare un tiro?»

«No, grazie Andrea.»

«Mi chiami pure Tadzio.»

Giuditta sorrise nel buio e preferì non sapere come aveva scoperto che lo chiamava così.

«Secondo me dovrebbe provare. Schiuda la bocca...»

Giuditta ubbidì. Le piaceva sentirsi dare ordini da quel ragazzino.

«Non si muova...»

Sentì le labbra di Tadzio appoggiarsi lievi alle sue, e senza suono le sentì compitare: «Respiri».

Giuditta aspirò il respiro di Tadzio, che le espirò nei polmoni uno sbuffo di marijuana. Si trattenne dal tossire. Non sapeva se avrebbe mai accolto dentro di sé qualcos'altro di quel piccolo uomo. Lo sentì sorridere e poi tornare al suo posto.

«Cosa mi voleva dire?»

Era la prima volta che Giuditta gli dava un appuntamento in maniera dichiarata, ma aveva preferito rompere l'equilibrio delicato dei loro giochi pur di fare quello che aveva in mente da tempo.

«Non cambiare mai pusher.»

Dai movimenti sentì che Tadzio si voltava a guardarla.

«Verrà da te un uomo. Non ora, tra un po' di tempo. Non so di cosa ti farai allora, né se sarai ancora qui, né se sarai ancora vivo. Ti offrirà della roba, buonissima qualità, buonissimi prezzi. NON-PRENDERLA. Nemmeno se fosse davvero il Nirvana.»

«Alto, moro, molto veloce.»

Giuditta annuì anche se al buio.

«Già, me lo ricordo. Quando dovrebbe venire?»

«Tra circa due anni.»

«Bene. Ho tempo per pensarci. Potrei diventare veloce anche io.»

Le passò lo spinello.

«Magari più veloce di lui.»

Giuditta se lo sentì passare davanti, ci fu un lampo di luce, poi la porta della rimessa si riaccostò cigolando. Si portò il mozzicone alle labbra. Non aveva mai fumato marijuana prima di allora. Non le fece nessun effetto.

* * *

Il buio della notte era diverso dal buio della rimessa per biciclette. Il buio della sua stanza, così conosciuto, confortante. Un buio affilato come una mannaia, che ti scompone nelle diverse parti di te. In quel buio Giuditta aspettava, seduta sul bordo del letto. La sveglia diceva a caratteri cubitali che erano le 3:58. Giuditta aspettò.

E aspettò.

E aspettò.

Alle quattro il telefono squillò.

«Pronto?»

«...»
«...»
«...»
«...»
«E così ti hanno tolto il controllo.»
«Sì.»
Da qualche giorno il BIP di sottofondo, quello che si annidava tra i fruscii della linea, era scomparso, e con esso il furgone davanti a casa. Ormai non ce n'era più bisogno, no? Anche i mitomani erano stati archiviati.
«Ora puoi venire ammazzata in piena libertà.»
Era allegro. Non sentiva la sua voce da molto tempo, da prima del processo.
«Infatti.»
«Il tuo amichetto come sta? Vitto e alloggio come sono?»
«Passabili.»
«Li hai testati di persona? Ah, no, tu vai solo per la prima colazione.»
«Alessandro, smettila. Sai che devo farlo.»
«So un cazzo, so!»
«...»
«...»
«...»
«Giuditta, mi ami?»
Quante volte ci aveva pensato? Quante volte da quando avevano portato via Miglio in manette, chiuso in un doppiopetto prestatogli da Vizzi, che non riusciva ad andare oltre il senso di colpa? Vizzi non se lo sarebbe scrollato di dosso mai più. A ognuno la sua espiazione. A Lamberti sempre le mezze luci accese in ufficio. Giuditta sapeva che faceva fatica a leggere con quella luce, ma quello sforzo gli serviva per non ricordare quella volta che aveva trovato un fermaglio rosa confetto con un orso in cima sulla scena di un delitto e aveva fatto una scenata a Miglio davanti a tutti. Morabito e i suoi unni avevano smesso di raccontarsi barzellette sconce sul furgone che li portava a

un «teatro d'azione». L'Ambrosini aveva cominciato a portare i capelli raccolti, Semeraro aveva smesso di fumare. Nessuno faceva nulla scientemente, ma il subconscio di ciascuno percepiva, avvertiva che era stata compiuta La Grande Ingiustizia. Sapevano di dovere qualcosa al Capro Espiatorio che aveva lavato tutti i peccati e tutti i panni sporchi. A ciascuno la sua espiazione.

Già.

«...»

«Mi vuoi sposare?»

«...»

«...»

«Lasciamici pensare.»

* * *

«Non posso essere il tuo medico, non ora.»

«Perché no?»

«Non ufficialmente.»

Miglio sorrise, il solito sorriso aperto. Non fosse stato per i capelli rasati a zero non avrebbe notato nessuna differenza tra lui e l'uomo che aveva scoperto di amare diverse settimane prima, sotto il porticato di un ospedale. Un amore tra i tanti, ma pur sempre un amore.

«A proposito, stai bene, sai?»

«Sì, ho pensato che vorrei tenerli così. Sai che stavo cominciando a perderli? Mi dava un fastidio che non immagini quando Donatella me lo faceva notare.»

La guardia era stata allontanata da uno sguardo di Giuditta quando era entrata nella saletta riservata per i colloqui VIP. Sin dal suo ingresso nell'istituto tutti si erano profusi in salamelecchi che lei aveva degnamente accettato senza dar loro alcun peso. Scattoli, il capo infermiere, non si era mai fatto vedere. Probabilmente tremava ancora solo a sentire il nome di Giuditta. Loro condividevano un segreto. I piccoli incidenti che capitano in vent'anni di lavoro... Tutte le mattine andava da Miglio prima di recarsi in centrale, spesso gli portava le brioche fresche e il caffè. Se era molto presto gli descriveva la luce sulla città e lo guardava, il mento appoggiato sui pugni chiusi, a godersi il racconto come se lo stesse vedendo con i suoi occhi. Quella routine aveva naturalmente sostituito quella del lavoro, e prestissimo per entrambi era stato normale vedersi ogni giorno, a qualsiasi ora, come prima, come sempre. Miglio, bambino cocciuto, riprese l'argomento.

«Allora quand'è che diventi tu la mia psichiatra?»

«Devono passare dei mesi canonici, Miglio, quante volte te lo devo spiegare? Se fosse per me...»

«Ma tu hai tante conoscenze! Lamberti non può fare niente?»

«Ascoltami, sciocco! Seguiamo le regole per una volta. A tempo debito potrò subentrare allo psichiatra dell'ospedale. Dopo di che ci vorranno due o tre anni prima di...»

«Tu pensi di guarirmi?»

A Giuditta parve che le avessero infilzato un paletto nello stomaco.

«Non lo so, Miglio. Adesso vediamo...»

Lo vide rabbuiarsi.

«Mi occuperò io di te. Non l'ho sempre detto che mi occuperò io di te?»

«Sì, lo so. Tu ti occuperai di me. Lo so, Giuditta.»

Silenzio. Poi a mezza voce Miglio borbottò:

«Ogni tanto mi sembra di ricordare...».

Giuditta tese i tendini del collo fin quasi a spezzarli. Il viso rimase rilassato.

«Davvero?»

«Sì... ho dei flashback, mi ricordo le scene del delitto, ma non c'è nessuno, nemmeno io... Secondo te significa qualcosa?»

«Sì... Che siamo sulla buona strada, forse...»

Miglio la fissava. Non gli bastava. Voleva sentirsi ripetere la favola.

«Miglio, piantala. Tu sei malato. Malato, hai capito? Non

è stata colpa tua, niente è stato colpa tua. È inutile che ti sforzi! Quelle cose le hai fatte quando non eri in te, non pretendere di ricordarle tutte di colpo. Ci vorrà tempo, e pazienza, e anche sofferenza, sì, ci vorrà tutta la nostra buona volontà, e non sarà facile, né per te né per me. Adesso, per quanto tu faccia, Miglio ricorderà solo i ricordi di Miglio!»

«E quell'altro dov'è?»

Giuditta sospirò. Sempre la stessa storia. Coriaceo, testardo.

«Da qualche parte, dentro di te. O che ne so, forse è sparito. Quando cominceremo a lavorare...»

«Voglio ammazzarlo.»

«Miglio, non ricominciare...»

«Mi ha portato via la vita, quel fottuto bastardo!»

Giuditta si sporse oltre il tavolo e gli fece una carezza.

«Adesso basta, smettila. È di te stesso che stai parlando, se ti agiti è peggio.»

Miglio si chiuse in un mutismo meditabondo.

«Sai, ho ripensato a quel progetto che avevi...» lo incoraggiò Giuditta.

«Quale progetto?»

«Quello di iscriverti a medicina. Da qui puoi farlo, sai? Di tempo per studiare ne avresti e poi potresti conseguire la laurea, una volta fuori...»

«Sarebbe una figata... potrei specializzarmi in pediatria oppure psicologia, che dici?»

«No. Io dico che saresti un bravissimo anatomopatologo.»

«Così potremmo lavorare insieme.»

«Già, potremmo lavorare insieme.»

«Che storia...»

«Che storia.»

Miglio rimase immobile a osservarsi le dita, con un vago sorriso, perso in chissà quali sogni. Poi, lentamente, una leggera ruga venne a formarsi tra le sopracciglia. Dopo tanto tempo Miglio stava componendo un pensiero a sé stante, nato di sua spontanea volontà.

«Giuditta?...»

«Dimmi, Miglio.»

Alzò gli occhi verso di lei. E non erano gli occhi di un pazzo. E non erano gli occhi di un bambino. E non erano nemmeno gli occhi del solito Miglio, vessillo dell'ingenuità, dell'integrità morale che non si discute mai. Erano gli occhi di un giovane uomo, un po' provato ma perfettamente consapevole. Era la prima volta che Giuditta gli vedeva quegli occhi. Era ora.

«Non sono stato io a commettere quei delitti. Sono il solo rimasto a dirlo, e forse anche il solo a crederlo... Se fosse così, se fosse una verità solo mia allora pazienza, niente servirebbe a niente. Ma ora devo saperlo, Giuditta: davvero non sono stato io. Tu mi credi?»

Le prese le mani. Lei se le lasciò prendere, notando per la prima volta come fossero grandi e calde quelle di Miglio, che quasi inghiottivano le sue piccole e paffute, mentre avrebbe dovuto essere il contrario. Lo guardò con lo sguardo più dolce che i suoi occhi avessero mai espresso, e in un bisbiglio che restava solo tra di loro rispose:

«No».

Grazie (rigorosamente in ordine sparso):

alla signora Elba, la prima grande spinta; ai miei genitori, che mi hanno sempre lasciata libera di seguire le mie attitudini; a Lana, Lippa, Skippy e a un corridoio d'alberi d'estate; a Tilly, che è arrivata per ricordarmi sempre chi sono; a Mauro Smocovich, che ha accettato la mia proposta indecente dandomi spazio; a Mauro Marcheselli, che ha letto, corretto, editato per pura amicizia; al ricordo di A.M., il mio Tadzio; alla dott.ssa Paola Furioli per la consulenza veterinaria; a Claudia e Manuela, i primi critici; alla Tizi, che sorride sempre, che ha amato questa storia e che mi ha regalato il volto di Giuditta; al dott. Giuseppe Hinegk, che mi ha tolto qualche dubbio; a ro e dopo di lei tutti i primi lettori virtuali, senza i quali non avrei fatto quello che ho fatto, e quindi non sarei qui; a Rem, che con valdostana pignoleria ha messo pezze meticolose ai miei strafalcioni medici; all'avv. Davide Chieffo e all'«assistente Andrea» del commissariato di polizia di Desenzano, per avermi tolta dai carboni ardenti in extremis; a Giuseppe Genna per aver avuto la curiosità di saperne di più, per avermi riconosciuta, per averci creduto; a Stefano Magagnoli per avermi dimostrato che ci sono ancora persone che credono nel valore di una stretta di mano; a Michele Rossi, il mio puntino sulla i; a Matteo, per esserci sempre stato quando ho avuto bisogno; a Mauro, Ernesto, Sonia e a tutti quelli che non hanno avuto abbastanza tempo: siate sempre i miei guantoni da boxe; a chi mi ha finalmente detto «brava»; a chi ci ha creduto quando non ci credevo nemmeno io.

I personaggi, le vicende e le ambientazioni di questo romanzo sono stati inventati di sana pianta. Ogni riferimento a fatti, persone, luoghi e quant'altro è puramente casuale. Addosso la piena responsabilità di eventuali imprecisioni medico/veterinarie/tecniche alla mia inguaribile cocciutaggine.

Finito di stampare nel mese di aprile 2006
presso il Nuovo Istituto Italiano d'Arti Grafiche
Bergamo

Printed in Italy